피레네의 성

# 피레네의 성

*Slottet i Pyreneene*

요슈타인 가아더 지음
손화수 옮김

이숲에 올빼미

# I

스테인, 나야. 너와 다시 만난 건 정말 이상한 경험이었어. 거기서 널 만날 줄이야! 너도 너무나 놀라 쓰러지기 직전이었지. 그건 결코 '우연'이라 할 수 없어. 우리가 거기서 다시 만날 수 있었던 건 보이지 않는 어떤 힘 때문이라고 믿어. 그래, 보이지 않는 어떤 힘! 우린 네 시간을 얻을 수 있었지. 어쩌면 그 네 시간을 '얻었다'고 표현하는 건 어울리지 않을지도 몰라. 그날 이후 닐스 페터는 기분이 눈에 띄게 가라앉아 있었어. 그는 우리가 푀르데에 도착할 때까지 입을 굳게 다물고 한마디도 하지 않았어.

스테인, 우린 계곡 위쪽을 향해 서둘러 올라갔지. 삼십 분 뒤엔 자작나무 숲 입구에 다다랐고… 그동안 우린 한 마디도 하지 않았어, '그 일'에 대해서. 맞아, 우리가 이런저런 얘기를 했던 건 사실이지만, 그 일에 대해선 한 마디도 입 밖에 내지 않았어. 마치 그때처럼. 우린 아직도 그 일을 견디지 못하는 모양이야. 그래, 우린 그렇게 뿌리부터 썩어 들어갔어. 너와 나, 별개의 존재로서 우리가 각자 썩어 들어간 게 아니라 '우리'라는 개념의 존재로서 함께 그랬다는 거야. 우린 그날 잘 자라는 저녁 인사도 나누지 못했어. 난 아직도 마지막 밤을 소파에서 보냈던 네 모습을 기억해. 옆방에서 네가 피우던 담배 연기 냄새도 여전히 기억에 남아 있어. 난 닫힌 문 너머, 책상 앞에 쭈그리고 앉아 있을 네 모습이 눈에 선했지. 그래, 넌 책상 앞에 앉아서 줄담배를 피웠어. 그 다음날, 난 널 떠났어. 그리고 우린 한 번도 만나지 못했지. 그렇게 삼십 년이라는 세월이 흘렀어. 이해할 수 없는 일이야.

그리고 우린 마치 잠자는 숲속의 공주처럼 어느 날 문득 깨어났지. 아침에 똑같은 알람 소리에 깨어난 사람들처럼! 그리고 그곳으로 향했어. 서로 전혀 관계없는 별개의 존재로서 말이야. 그것도 같은 날! 예전에 알던 사람을 아주 오랜 세월이 흐른 뒤에 새로운 시대, 새로운 세상에서 갑자기 다시 만난 것처럼. 스테인, 우린 삼십 년이나 지난 뒤에 그렇게 우연히 만났어. 하지만 이걸 '우연'이라고 말하지는 말아줘. 그런 일 뒤에 어떤 알 수 없는 힘이 존재하지 않는다는 말도 제발 하지 말아줘.

가장 이상했던 건, 그때 호텔 주인이 갑자기 베란다로 나왔다는 거야. 삼십 년 전에 그 여자는 바로 그 호텔 주인의 딸이었지. 물론 그 여자한테도 삼십 년이라는 세월이 흘렀겠지. 난 그 여자가 우리를 본 순간, 인생의 데자뷰를 경험하지 않았을까 생각해. 그때 그 여자가 뭐라고 했는지 기억해? "오, 당신들이 아직도 함께 있는 걸 보니 정말 기뻐요."라고 했어. 그 말이 아직도 내 머릿속을 떠나지 않아. 어떻게 보면 좀 웃기기도 해. 왜냐면 칠십 년대 중반에 우리는 며칠간 그 여자 부모 대신 어린 시절의 그 여자를 돌봐주기도 했으니까. 물론 우린 그때 그 집 자전거도 빌려 타고 라디오도 빌릴 수 있었기에 기꺼이 그런 부탁을 들어줬지.

아이들이 날 부르고 있어. 이 칠월 여름날 저녁에 우리 가족은 지금 바닷가에서 휴가를 보내는 중이야. 남편과 아이들은 낚시로 잡은 숭어를 모닥불 위에 올려놓고 굽는 모양이야. 아, 닐스 페터가 위스키 잔을 들고 내게로 오고 있네. 내게 십 분의 여유를 주겠다는군. 맞아, 내겐 그 십 분의 시간이 필요해. 왜냐면 난 지금 너한테 뭘 좀 부탁할 생각이거든.

앞으로 우리가 주고받는 메일은 읽자마자 모두 지워버리는 건 어때? 읽자마자… 읽는 즉시 모두 삭제해버려서 우리가 나눈 얘기의 흔적을 남기지 말자는 거지. 이렇게 하면 두 영혼 사이에서 흐르는 온갖 생각의 파도가 글이라는 형태로 남는 일을 피할 수 있지 않을까? 만약 우리가 주고받는 생각과 말이 어떤 형태로도 남지 않는다는 걸 확신한다면, 아무 걱정 없이 무슨 말이든 할 수 있을 것 같아. 게다가 우리한테는 각자 배우자와 아이들도 있으니까 그 점도 고려하지 않을 수 없어. 그리고 난 컴퓨터에 온갖 사적인 것들이 저장되는 걸 좋아하지 않아.

언제 우리가 다시 문을 활짝 열고 이 상태를 벗어날 수 있을지는 모르겠어. 하지만 언젠가는 저마다 쓰고 있던 가면과 의상을 벗어 던지고 이 삶의 카니발에서 벗어나겠지. 그러면 우리 뒤엔 몇몇 자잘한 기억의 잔상만이 남을 테고, 또 시간이 흐르면 그것들마저도 사라져버리겠지.

그래, 우리… 시간을 벗어나보는 건 어떨까? 흔히 '현실'이라고 부르는 이 시간 말이야.

시간은 흐르게 마련이야. 하지만 난 그때 일어났던 일들이 가끔 내 머릿속으로 헤집고 들어오는 바람에 마음 편히 살 수가 없어. 마치 뭔가가 내 등 뒤에서 바짝 쫓아오는 것 같은 느낌, 내 뒤를 쫓는 누군가의 숨결이 목뒤에 닿는 듯한 느낌이 들거든.

난 아직도 레이캉에르에서 봤던 푸른 불빛을 선명하게 기억하고 있어. 그 때문에 지금도 경찰차가 내 뒤에서 따라올 때마다 깜짝깜짝 놀라곤 해. 몇 년 전에 경찰복을 입은 남자가 우리 집 초인종을 누른 적이 있어. 그 사람은 문을 열어주며 당황해 어쩔 줄 모르는 날 수상하다고 생각했을지도 몰라. 하지만 그 경찰은 이웃 집 주소를 물어보려고 우리 집 초인종을 눌렀던 것뿐이었어.

아마도 넌 내가 대수롭지 않은 일에 너무 깜짝깜짝 놀란다고 하겠지. 어쨌든 형사입건의 시효는 벌써 끝났으니까. 하지만 수치심은 여전히 남아 있어.

내게 약속해! 이 편지를 읽는 즉시 삭제하겠다고!

넌 황폐해서 금세라도 쓰러질 것 같은 산속 호텔에 도착할 때까지 왜 거기 갔었는지 말해주지 않았지. 넌 지난 삼십 년 동안 뭘 하고 지냈는지 설명하는 데만 바빴고, 지금 네가 진행하는 기상변화 프로젝트에 관한 얘기로 말을 끝냈어. 참, 호텔 베란다에서 나를 만나기 전날 밤 아주 이상한 꿈을 꿨다고도 했어. 우주적인 꿈이었다고 했지? 하지만 그때 마침 암소 떼가 우르르 몰려오는 바람에 우린 계곡 아래로 허겁지겁 발길을 돌려야 했어. 그래서 넌 그 꿈에 대해 더 얘기할 수 없었지. 어쨌든, 네 우주적인 꿈 얘기는 기회가 닿는 대로 다시 들었으면 좋겠어.

우린 몇 시간이나마 눈을 붙여보려고 했지만, 너무나 들떠 있던 바람에 – 맞아, 그건 사실이야- 자리에 누워 눈을 감고 자는 대신 소리 죽여 나직이 얘기를 나눴지. 별들과 우주 같은 것들에 대해, 손이 닿지 않는 먼 곳에 있는 광대하고 초월적인 것들에 대해…. 지금 생각해보면 참 이상해. 그땐 내게 어떤 믿음도 없었어. 나만의 믿음이 생긴 건 바로 그 일이 일어난 뒤였어.

아이들이 또 나를 부르네. 이 메일을 보내기 전에 마지막으로 한마디만 더 쓸게. 그때 우리가 봤던 호수 이름이 '초로의 호수'였어. 인적이라곤 전혀 없는 산중에 있는 호수 이름이 '초로의 호수'라니, 뭔가 이상하다고 생각하지 않아? 그러니까 바위투성이 구불구불한 산길을 걷던 '초로'의 존재들은 어떤 사람들이었을까? 닐스 페터와 함께 차를 타고 가면서, 난 지도만 뚫어지게 들여다봤어. 그럴 수밖에 없었던 것이 그때 이후에 거기 가본 적이 없었거든. 솔직히 지도에서 눈을 뗄 수가 없었어. 호숫가에서도 마찬가지였지. 몇 분 뒤에 우리는 다른 곳에 도착했어. 절벽 옆에서 방향을 틀어 도착한 그곳은 가장 가슴 아픈 장소이기도 했지.

난 계곡 아래로 내려올 때까지 지도에서 눈을 떼지 않았어. 지도를 들여다보면서 닐스 페터한테 그곳 지명을 하나하나 큰 소리로 불러줬어. 그 덕분에 새로운 지명을 여러 개 알게 됐어. 어쨌든 난 뭔가를 하지 않으면 안 됐어. 그저 묵묵히 그곳을 걷다보면 과거의 기억이 떠올라 정신이 아득해져서 닐스 페터한테 모든 걸 털어놓게 될까 봐 그랬던 거야.

우린 곧 새로 생긴 터널에 도착했어. 난 닐스 페터한테 통널 교회[1] 건물을 지나 호수를 끼고 돌아가느니 차라리 터널을 통과하는 게 낫겠다고 말했어. 곧 해가 저물 테니 시간이 없다는 핑계를 대면서.

초로의 호수라….

그러고보니 '산딸기 여인'이 바로 '초로'의 여인이라고 해도 될 것 같아. 적어도 그땐 그렇게 보였으니까. 한마디로 나이 많은 여자, 진홍색 스카프를 어깨에 두른 나이 든 여자. 우린 적어도 우리가 함께 허깨비를 보지 않았다는 걸 확인해야 할 정도였어. 그래, 그땐 그나마 우리가 대화라는 걸 하고 있었지.

진실을 말하자면, 그때 그 여자의 나이는 지금의 우리 나이 정도였어. 더 많지도, 더 적지도 않은 딱 우리 나이. 그 여자는 흔히들 말하는 중년 부인이었지.

베란다로 걸어 나오는 네 모습을 보는 순간, 난 마치 내 모습을 보는 것만 같은 착각이 들었어. 우리가 마지막으로 얼굴을 마주했던 건 삼십 년 전이었지. 난 그 순간, 마치 유체이탈을 하듯이 나 자신을 보고 있는 듯한 느낌이 들었어. 바로 네 눈을 통해서 말이야. 동

---

1)통널 교회 : 북서 유럽에서 발견되는 중세 교회당의 한 형태이며, 목조 교회의 일종. 목골조 가구식 구조를 이용해 건축되었다는 공통점이 있음. 원래는 북유럽 여러 곳에 널리 퍼져 있었으나 현재까지 남은 통널 교회들은 대부분 노르웨이에 있음.

시에 난 산딸기 여인을 떠올렸지. 그 순간의 경험은 평생 잊을 수 없을 만큼 강렬했어.

아이들이 또 날 부른다. 벌써 세 번째야. 이제 메일을 보내고 삭제해야 할 것 같아.

　　　　　　　　　　　　　　　　　　　　　- 솔룬으로부터.

마지막 문장을 쓰면서 잠시 생각에 잠겼어. 하마터면 '너의 솔룬'이라고 쓸 뻔했지 뭐야. 하지만 다시 생각해보면 우린 정식으로 관계에 마침표를 찍은 적이 없어. 난 그날 내 짐을 들고 나와 널 떠났을 뿐이야. 그리고 다시는 돌아가지 못했지. 네게 남아 있는 내 물건을 베르겐으로 보내달라고 편지를 보냈던 건 그로부터 반년이나 지난 뒤였어. 하지만 난 그때도 우리 관계가 정식으로 끝났다고 생각하지는 않았어. 그저 너와 반대편에 있던 내 상황을 고려할 때 그렇게 하는 편이 가장 현실적이라고 생각했을 뿐이야. 내가 닐스 페터를 만난 건 몇 년 뒤였어. 그리고 네가 베릿을 만난 건 십 년이나 지난 뒤였지.

넌 참 인내심이 강한 남자였어. 넌 항상 참고 견디며 나를 바라봤고, 우리 관계를 포기하지 않았지. 난 그런 네 모습을 떠올리며 내가 양다리를 걸치고 사는 중혼자 같다는 생각을 가끔 했어.

난 아직도 그 산길에서 있었던 일을 잊을 수 없어. 마치 지금까지 단 한 시간도 그 생각에서 완전히 벗어난 적이 없었다는 느낌마저 들어. 그런데 그 후에 그 일이 일어났지. 사실 그건 매우 이상한 일이었고, 희망을 가져다주는 일이기도 했지. 난 그 일을 일종의 선물로 생각하고 있어. 그 일을 경험했을 때 우리 둘 다 그걸 일종의 선물로 받아들였다면 어땠을까? 하지만 우린 그러지 못했지. 둘 다 겁에 질려 어쩔 줄 몰랐으니까. 넌 나보다 먼저 쓰러졌고, 난 널 감싸고 보호하느라고 정신이 없었어. 그런데 넌 갑자기 벌떡 일어나 달아나버렸지.

그로부터 며칠이 채 지나지 않아 우린 각자의 운명을 받아들여야 했어. 우린 서로 눈을 마주 볼 힘도 의지도 잃어버렸지.

스테인… 우린 그랬어. 믿을 수 없는 일이야.


솔룬, 그날 넌 정말 아름다웠어. 진홍색 원피스를 입고 피오르와 푸른 정원, 그리고 흰 울타리를 배경으로 서 있는 네 모습은 너무 아름다워서 눈이 부실 정도였어.

난 널 한눈에 알아봤어. 아니, 내가 헛것을 봤던 건 아닐까? 아니야, 그건 정말 너였어. 마치 다른 시간에 속한 그림에서 튀어나온 듯한 자태로 바로 거기 네가 서 있었지. 그리고 기왕에 말이 나왔으니 하는 말이지만, 난 널 본 순간 산딸기 여인을 떠올리진 않았어.

네가 내게 메일을 보내다니! 솔직히 난 네가 정말 메일을 보내줬으면 좋겠다고 생각하면서 몇 주를 지냈어. 메일로 서로 안부를 전하자고 제안했던 쪽은 나였지만, 기회가 닿는다면 꼭 연락하겠다고 했던 건 너였으니 이건 네가 시작한 일이라고 해도 좋을 거야.

우리가 바로 그 곳에서 만난 건 믿을 수 없을 정도로 이상한 일이었어. 마치 우린 그곳에서 다시 만나기로 했던 오랜 약속을 지키기 위해 살아온 것 같은 기분마저 들었으니까. 하지만 우린 그런 약속을 한 적이 없었지. 그러니 우리 재회는 우연이라고 할 수밖에 없어.

난 아침 식사를 마치고 커피 잔을 든 채 베란다로 나갔어. 그런데 거기서 널 본 순간, 너무 놀라서 커피를 쏟았어. 다리가 후들거려서 서 있기조차 힘들었지. 하긴, 커피 잔을 떨어뜨리지 않으려고 바닥에 주저앉긴 했지만.

네 남편한테도 인사를 건넸지만, 어쩐 일인지 그는 갑자기 뭔가 급한 일이라도 생긴 것처럼 차에서 뭘 좀 가져와야겠다며 자리를 떴지. 그 덕분에 너하고 몇 마디 나눌 수 있었어. 곧 호텔 여주인이 베란다로 나오더군. 그 여자는 호텔 로비를 지나가던 나를 알아봤을 거야. 삼십 년 전 자기 어머니가 호텔을 운영하던 시절의 내 모습을 기억했을까? 너와 내가 함께 서 있는 모습을 보자, 그 여자는 삼십 년 전 함께 그 호텔에 들렀던 연인들이 결혼하고 가정을 꾸린 후에 옛날 로맨스를 회상하려고 자기 호텔에 들렀다고 생각했던 것 같아. 내가 그 여자였어도 그렇게 생각했겠지. 만약 정말 그랬다면 우린 함께 아침 식사를 하고 베란다로 나갔을 거야. 삼십 년 전 모습과 다른 점이 있다면, 우린 둘 다 담배를 끊었다는 거지. 어쨌든 아침 식사를 마치고 피오르를 둘러싼 산맥의 아침 정경을 만끽하러 베란다로 나가는 건 지극히 당연한 일이라고 생각해. 삼십 년 전에도 그랬으니까.

삼십 년 전과 비교할 때 또 다른 점이 있다면, 호텔 로비가 새롭게 단장되었다는 거야. 카페도 새롭게 변했더군. 하지만 나무와 피오르, 그리고 높은 산들은 예전과 조금도 다름없었어. 호텔 안 벽난로가 있는 로비에도 달라진 건 없었어. 가구와 그림, 당구대도 예전과 똑같이 제자리를 지키고 있었으니까. 그곳에 있던 피아노를 조율했는지는 확신할 수 없어. 넌 삼십 년 전 바로 그 피아노 앞에 앉아서 드뷔시와 쇼팽의 야상곡을 연주했지. 피아노를 치던 널 둘러싸고 사람들이 감탄하며 박수를 보냈던 걸 난 아직도 선명하게 기억해.

그리고 삼십 년이 지났어. 하지만 내게 그 삼십 년은 전혀 움직이지 않고 제자리에 가만히 서 있었던 것처럼 느껴져.

아, 그러고 보니 그때와 비교해서 한 가지 현실적으로 달라진 걸 잊었어. 맞아. 그곳엔 터널이 새로 생겼지. 우린 그때 배를 타고 거기 갔고, 배를 타야만 거기서 나올 수 있었어. 다른 방법은 없었지.

그날의 마지막 페리가 들어오고 나서 우리가 만끽했던 그 고요함을 기억해? 마지막 페리가 들어오고 나면 마을 전체가 문을 닫은 것처럼 밤새 쥐죽은 듯 조용했지. 그 고요함은 다음 날 아침 페리가 피오르를 향해 나가 새로운 승객들을 태우고 들어오는 오전까지 계속됐어. 우린 그 저녁의 고요함을 '자비의 시간'이라고 불렀지. 이제는 늦은 저녁 베란다에 앉아서 그런 고요함을 즐길 수 없을 것 같아. 밤새 터널에서 쏟아내는 차량의 행렬을 바라봐야 할 테니 말이야. 그 차들은 서쪽으로 가거나 빙하 박물관에서 방향을 바꿔 우리가 묵었던 호텔로 갈지도 모르지.

참, 그건 그렇고 우리가 삼십 년 전 호텔 여주인의 딸을 잠시 돌봐줬다는 건 잊고 있었어. 모든 걸 기억할 수는 없잖아.

메일을 보낸 즉시 삭제하자는 네 제안에 찬성해. 답신으로 보낸 메일도 보낸 즉시 삭제해야겠지. 사실 나도 컴퓨터에 이런저런 게 저장돼 있는 걸 별로 좋아하지 않아. 하지만 가끔은 머릿속을 떠도는 생각을 밖으로 쏟아내고 싶을 때가 있어. 요즘은 너무 많은 말이 머리와 컴퓨터에 저장되고 있지. 그게 인터넷이든 USB메모리 스틱이든 하드디스크든….

난 이미 네가 보낸 메일을 삭제했어. 그렇게 하고 보니 지금 답장을 쓰는데 네가 나한테 보냈던 메일 내용을 자세히 기억할 수 없다는 단점도 있어. 어떤 문장은 다시 한 번 보고 싶기도 한데 어쩔 수 없지, 기억을 더듬어 답장을 쓰는 수밖에. 앞으로도 우린 이런 식으로 계속 메일 주고받게 될 것 같아.

넌 우리가 호텔 베란다에서 삼십 년 만에 다시 만난 배경에 뭔가 보이지 않는 힘이 작용했다고 했지. 하지만 난 이 문제에 관해서 만큼은 생각이 전혀 다르다는 걸 알아줬으면 좋겠어. 난 이런 사건이 누군가의 의지나 힘 때문이 아니라 전적으로 우연히 일어났다고 믿거든. 삼십 년 세월이 흐른 뒤에 우리가 약속도 없이 바로 그 호텔에서 다시 만났다는 건 아주 큰 우연이라고 할 수밖에 없어. 우리가 매일 이런 일을 겪을 수 없다는 사실을 염두에 둬야 할 거야.

신비스럽고 초자연적인 것에 유난히 관심이 많은 널 응원하고 부추길 마음은 없지만, 네 말을 부인하진 않을게. 버스를 타고 베르그스호브덴의 긴 터널을 나와 산꼭대기에 도착하니 안개가 자욱했어. 안개 때문에 발아래 아무것도 보이지 않을 정도였지. 마치 안개가 피오르와 산맥을 풍경에서 지워버린 것만 같았어. 다음 터널을 지나 산기슭으로 내려오니 어느새 안개와 구름은 내 머리 위에 있더군. 피오르와 골짜기 아래쪽의 세 갈래 길은 보였지만, 산꼭대기는 안개 때문에 보이지 않았어.

그때 문득 이런 생각이 스쳤어. 솔룬도 여기 있을까? 여기 왔을까?

그런데 다음 날 아침 식사를 마치고 커피 잔을 든 채 베란다로 나가니, 바로 그곳에 네가 화사한 여름 원피스를 입고 서 있었던 거야.

그 순간 어떤 생각이 들었는지 알아? 내가 널 만들어냈다는 느낌이 들었어. 동화책에 나오는 건물에서 네 모습을 오려낸 듯한 느낌, 널 향한 내 그리움과 동경이 베란다에 널 만들어낸 듯한 기분이랄까.

하긴 우리가 '로맨틱한 장소'라고 불렀던 바로 그곳에서 널 떠올리지 않는다면 그것도 이상한 일이겠지. 거기 우리가 거의 동시에 도착했던 건 정말 특별한 우연이라고밖에 달리 설명할 길이 없어.

난 호텔 아침 식탁에 놓인 오렌지 주스를 마시고 삶은 달걀 껍질을 벗기면서 널 생각했어. 동시에 전날 밤 꿨던 너무도 이상하고 선명한 꿈을 머리에서 지울 수가 없었지. 그래서 커피 잔을 들고 베란다로 향했던 거고. 그런데 바로 거기 네가 서 있었던 거야.

솔직히 난 네 남편한테 미안한 마음이 들었어. 우리가 그렇게 만나고 나서 한 시간 뒤에 우리한테 둘 만의 시간을 주려고 산으로 올라가는 네 남편 뒷모습을 보면서 난 연민을 느끼지 않을 수 없었어.

우리가 함께 걷는 모습, 함께 대화하는 모습, 과거에서 밀려오는 파도를 함께 즐기는 우리 모습을 보면서 네 남편은 무슨 생각을 했을까? 네가 말한 대로 계곡은 옛날 그대로였어. 그리고 너도 예전 모습 그대로였지. 하지만 난 운명이란 걸 믿지 않아, 솔룬. 정말이야. 난 운명이란 걸 절대 믿지 않아.

네가 산딸기 여인을 언급했으니 하는 말이지만, 그건 정말 내가 경험한 가장 이상한 일이었어. 난 아직도 그 여자를 잊지 못하고 있어. 그리고 그 여자의 존재를 부정하지도 않아. 하지만 내가 꼭 하고 싶은 말이 있어. 난 집으로 오는 길에 아주 이상한 경험을 했거든.

난 너희 부부가 휴가를 마치고 집으로 돌아간 뒤에도 다음 날 오전에 있을 기후 세미나에 참가하기 위해 그곳에 계속 남아 있었어. 오후에 짧은 강연을 할 예정이었지. 그리고 금요일 오전 발레스트란에서 플롬으로 향하는 페리를 탔어. 몇 시간 뒤에 뮈르달로 가는 기차에 올랐다가 거기서 다시 기차를 바꿔 타고 오슬로로 향했어.

뮈르달에 도착하기 전 기차는 한 거대한 폭포 앞에 멈춰 섰어. 그 폭포 이름은 쇼스포센이라고 하더군. 관광객들은 그 폭포를 보려고 기차에서 쏟아져 나와 카메라 셔터를 눌러댔어.

기차역에 서서 그 거대한 폭포를 바라보고 있는데 그 아래 호수에서 뭐가 나타났는지 알아? 훌더[2]! 맞아, 훌더. 도대체 어디서 나타났는지도 모르게 갑자기 수면에 나타났다가 눈 깜짝할 사이에 사라지더니, 불과 몇 초 후에 수십 미터 떨어진 곳에서 불쑥 솟아올랐어. 그런 동작을 두세 번 되풀이했지.

---

2) 노르웨이에 구전으로 전해 내려오는 가상의 인물. 인적 없는 곳에서 사는 신비스러운 금발 여자로 꼬리가 달렸다고 한다.

너라면 이 일을 어떻게 설명할까? 어쩌면 홀더 같은 존재한테는 자연 법칙이 적용되지 않는지도 모르지. 하지만 성급한 결론을 내리는 건 피하는 게 좋을 것 같아. 그렇다면 내가 봤던 건 환영이었을까? 아니야. 그때 거기서 나와 같이 홀더를 본 사람이 백 명도 넘어. 그렇다면 우린 모두 함께 초현실적인 상황을 동시에 경험했다는 말일까? 아니야. 그건 아니야. 모든 건 사전에 계획된 일이었지. 관광객들을 위해 배우들이 이벤트를 했던 것뿐이야. 게다가 홀더의 동작은 전혀 자연스럽지 않았어. 여기저기 전혀 예상치 못했던 곳에서 번개처럼 불쑥불쑥 모습을 드러냈지. 상식적으로 그건 불가능한 일이야. 그렇다면 어떻게 그런 일이 가능했을까? 그래, 그건 속임수였어! 그날 오후, 그곳에 정확히 몇 명의 홀더가 있었는지는 모르겠지만, 짐작건대 홀더역을 맡은 사람이 아마도 두세 명은 있었던 게 틀림없어. 물론 모두 똑같이 시간당 수당을 받았겠지.

이처럼 예전에 우리가 함께 생각해본 적 없는 이런 일들을 지금 굳이 얘기하는 이유는 아직 늦지 않았다고 생각하기 때문이야. 어쩌면 그 산딸기 여인도 누군가가 고용했던 사람이 아니었을까? 우리 같은 행인들을 놀라게 하는 역할을 맡았던 배우였을지도 몰라. 어쩌면 그 여자의 출현에 우리만 희생된 게 아닐지도 모르잖아. 사실 전국적으로 어느 동네나 그런 기이한 사람이 한 명쯤은 있어.

내가 잊고 말하지 않았던 게 또 있는지 궁금해지는군. 아, 맞아! 그 여자는 어디서 나타났는지도 모르게 갑자기 모습을 드러냈을 뿐 아니라 마치 흙더미 속으로 스르르 빠져들듯이 순식간에 우리 눈앞에서 사라져버렸지. 자기가 맡은 임무를 완수했다는 듯이 그렇게 사라져버렸어. 어쩌면 바로 그게 그 여자가 맡았던 역할이 아니었을까? 어쩌면 그 여자는 산짐승을 잡으려고 파놓은 함정에 빠졌거나 거기 쌓여 있던 낙엽 더미 뒤로 몸을 숨겼을지도 몰라. 어쨌든 난 거기에 대해선 확실하게 장담할 수가 없다. 하긴, 그 여자가 어디로 사라졌는지 우린 자세히 살펴보지도 않았잖아. 그리고 사실을 말하자면 우린 그때 너무 놀라서 걸음아 날 살려라 하고 도망쳤지.

사람들은 '눈으로 직접 보기 전엔 절대 믿을 수 없다.'고 말하곤 하지. 하지만 눈으로 봤다고 해서 모든 걸 믿을 수 있을까? 어떤 때는 뭔가를 확신하기 위해 한 번쯤은 두 눈을 비비고 나서 결론을 내려야 하지 않을까? 누군가가 어떻게 눈속임을 하는지 우린 항상 자문해봐야 해. 하지만 우린 그때 그런 생각을 하지 못했지. 너무도 놀랐으니까. 그리고 그 전에 있었던 일 때문에 제대로 생각할 수 없는 상태에 있었으니까. 그런 일을 겪은 사람이라면 누구라도 우리처럼 반응했을 거야.

내가 네 말을 전적으로 부인한다고는 생각지 말아줘. 난 널 다시 만날 수 있어서 정말 반갑고 기뻤어. 그날 난 온종일 나도 모르게 미소를 머금고 다녔어. 그런 특별한 우연이 전혀 의미 없는 일이라고는 생각지 않아. 어쩌면 그건 아주 중요한 의미가 있는 어떤 특별한 우연이라고 할 수 있어. 왜냐면 우린 둘 다 그 우연한 일에서 아직도 헤어나지 못하고 있잖아. 그리고 그 일은 나중에 우리가 겪은 일에 결정적인 영향을 미쳤을지도 모르지.

우린 이 세상 수많은 장소 중에서 하필이면 그곳에서 우연히 만났지.

그리고 함께 산에 올랐어. 우리가 그 일을 되풀이 하리라고 누가 짐작 이라도 할 수 있었겠어?

사실 등산하는 데 보내는 네 시간은 그리 길다고 할 수 없어. 예를 들 어 가까운 이들과 함께 자주 산에 오르는 사람한테 네 시간은 짧은 시 간이지. 하지만 십 년 동안 한 번도 산에 오르지 않은 사람한테 네 시 간은 길다고 볼 수 있지. 그러니 만남에서도 한 번 만난 것과 한 번도 만나지 않은 것은 횟수의 차이가 엄청나다고 할 수 있지.

알았어, 스테인. 네가 보낸 메일을 읽다 보니 왜 우리가 헤어졌는 지를 떠올릴 수 있게 됐어. 그 이유 중 하나는 함께 겪은 일을 해석 하는 우리 의견이 서로 너무 달랐다는 거야. 또 다른 이유는 내 해 석을 네가 늘 얕보고 업신여긴다는 느낌이 들었기 때문이야.

그래도 난 너하고 다시 연락할 수 있다는 사실이 반갑고 기쁘기만 해. 스테인, 난 네가 그리워. 내게 조금만 시간을 줘. 기분이 좀 나 아지면 다시 메일을 보낼게.

내가 네 의견을 얕보고 업신여긴 적은 없어. 단지 그때 내가 정확히 무슨 말을 했는지 기억할 수 없어 아쉬울 뿐이야. 내가 메일에 무슨 말을 썼는지 기억해? 널 만난 뒤 온종일 미소 짓고 콧노래를 부르면 서 집 안을 돌아다녔다고 하지 않았어?

그건 그렇고, 너한테 해줄 말이 더 있어. 호텔에서 널 만나고 나서 난 페리를 타고 그곳을 떠났어. 그 낡은 페리는 헬라 부둣가에 잠시 정박했다가 다시 출항했고, 방스네스를 거쳐 발레스트란으로 방향을 바꿨지. 난 발레스트란에 도착해서 그곳에 있는 크빅크네 호텔 앞을 서성이며 베르겐에서 오는 페리를 기다렸어. 페리는 예정보다 좀 늦게 도착했어. 기억하기로는 아마 삼십 분 정도 늦었던 것 같아. 마침내 도착한 페리에 타고 보니 그 페리 이름이 '솔룬디르'더군.

난 깜짝 놀랐어. 물론 페리 이름을 본 순간 널 떠올렸지. 그때까지도 난 이틀 전 오래된 증기선 정박항에 서서 내게 손을 흔들며 작별 인사를 하던 널 생각하고 있었거든. 그 페리 얘기를 하다 보니 오래전 어느 여름날 네 외할머니를 찾아뵈러 '솔룬'이라는 섬에 갔던 일이 기억난다. 네 외할머니 이름이 혹시 란디 아니었니? 란디 횐네보그?

어쨌든 난 이 모든 걸 문득 떠오른 생각의 편린들로 여기고 싶진 않아. 오히려 과거의 경험들이 한꺼번에 밀려든 의식적인 상태로 간주하고 싶어. 갓 스무 살을 넘긴 우리가 바닷가에서 함께 보냈던 순간들이 마치 영화의 한 장면처럼 생생하게 머릿속을 헤집어놓는 것 같은 상태 말이야. 언제 그 영상들을 내 기억에 담았는지조차 기억할 수 없지만, 어쨌든 그것들은 너무도 선명하게 내 의식 속으로 들어왔지. 그 기억들은 무성 영화의 장면들과는 거리가 멀어. 난 네 웃음소리와 말소리까지도 들을 수 있었어. 바닷바람, 갈매기 울음소리도 들었고, 네 상큼한 머리카락 냄새도 맡을 수 있었으니까. 소금기 어린 바닷물과 미역 냄새… 그건 결코 사소하고 평범한 기억의 한 조각이라고 할 수 없어. 그건 마치 억누를 수 없는 행복한 느낌이 간헐천에서 솟아오르는 물처럼 온몸을 사로잡는 느낌이었지. 아니 어쩌면 그건 언젠가 한

때 우리만의 시간이라고 할 수 있었던 과거의 플래시백이라고 할 수 있을지도 몰라.

그 오래된 호텔에서 삼십 년 만에 널 만나고 집으로 돌아오는 길에 난 네 어머니 고향 이름을 딴 페리에 탔어. 네 이름도 그곳 지명을 딴 것이라고 언젠가 내게 말해주지 않았어? 사실 우린 옛날에 네 외할머니가 사셨다던 '위뜨레 술라'라는 섬에 관해서도 자주 얘기했지. 하지만 '솔룬'과 '솔룬디르'라니! 내가 깜짝 놀랄 만하다고 생각지 않아?

그런데 이런 우연한 일들을 두고 운명이나 초자연적인 힘 운운해서는 안 된다고 생각해. 솔직히 따지고 보면 페리의 이름은 그 근처 항구도시 이름을 딴 것뿐이지. 그 이상도 그 이하도 아니야. 그렇게 생각하니 난 안정을 되찾을 수 있었어. 하지만 여전히 페리의 갑판을 서성이며 계속 혼자 미소 지었지.

넌 어떻게 생각해?


난 지금 솔룬에 있어. 콜그로브에 있는 낡은 집 안에 앉아서 창 너머 작은 섬과 암초들을 바라보고 있어. 하지만 남자 다리가 바깥 풍경을 가리고 있지. 닐스 페터는 지금 알루미늄 사다리에 올라서서 이층 창틀에 페인트칠을 하는 중이야.

지난 수요일, 호텔에서 만난 너와 함께 산에 다녀왔더니 남편은 갑자기 집으로 돌아가자고 했어. 저녁 뉴스가 시작되기 전에 베르겐에 있는 집까지 가야 한다는, 말도 안 되는 이유를 대면서 말이야. 우린 빙하수 옆에 새로 뚫린 터널 쪽으로 차를 몰았어. 그때 시각은 벌써 오후 세 시가 다 됐지. 터널을 빠져나와 윌스트라바트네 호수를 따라 차를 몰고 가는데 자욱하던 안개 사이로 햇살이 비치기 시작했어. 우리가 퓌르데에 도착할 때까지 남편이 했던 말은 그 안개에 대한 한 마디뿐이었어. 셰이 호수 갓길을 돌면서 "이제 좀 가벼워지는 것 같군."이라고 하더군. 난 남편하고 대화하려고 애썼지만, 그의 입에서 한 마디도 끌어낼 수 없었어. 집으로 오는 길에 곰곰이 생각해보니 남편의 한 마디는 안개를 두고 했던 말이 아닐 수도 있었어. 어쩌면 그건 안개 같은 자기 심정을 표현한 말이 아니었을까?

퓌르데를 지나 남쪽으로 차머리를 돌렸을 때 남편은 나를 바라보면서 자기가 너무 서둘렀던 것 같다며 사과하더군. 그러면서 우리 외갓집에 들러 하루 정도 머무르는 게 좋겠다고 했어. 요즘은 '여름 별장'이라고 부르는 낡은 집이지. 원래는 집으로 곧장 돌아갈 계획이었지만, 남편이 갑자기 별장에서 하루를 쉬어 가자고 했던 건 화해의 제스처가 아니었을까? 하긴, 삼십 년 만에 만난 너하고 단둘이 몇 시간 산책하겠다고 했을 때 남편은 불편한 기색을 감추지 않았지. 그리고 그 뒤에도 차 안에서 몇 시간이나 침묵을 지켰잖아. 우린 솔룬의 섬마을로 향했지. 우린 네가 기후 세미나 오프닝에 참석하고 있는 동안 바닷가에서 한적한 시간을 보냈어. 물론 난 그 와중에도 떠오르는 생각들을 너한테 보냈어. 과거 기억들, 순간적인 장면들, 우리가 함께 겪었던 일들… 난 그 뒤에도 며칠 동안 계속 너한테 내 생각을 전하려고 애썼어. 아주 강렬한 기억의 조각들을 마치 영화의 한 장면처럼 네게 마음으로나마 전해서 너도 그것들을 나와 함께 나누기를 바랐던 거지.

우리 부부는 목요일 밤늦게 베르겐에 있는 우리 집에 도착했어. 난 다음 날 아침 일찍 일어나 솔룬디르 페리가 정박해 있는 부둣가로 향했지. 그 페리는 오전 여덟 시에 베르겐을 출발할 예정이었어. 넌 그날 오전 중에 페리를 타고 발레스트란을 떠날 거라고 내게 말했지. 그래서 아침 산책도 할 겸, 스칸센과 수산물 시장을 지나 부둣가로 발길을 옮겼어. 스테인, 네가 즐겁게 여행하기를 바라는 내 마음과 함께 다시 작별 인사를 너한테 전하고 싶었기 때문이었어. 물론 그건 매우 엉뚱한 생각이긴 했지만, 난 그렇게 하고 싶었어. 그런 내 마음이 네게 전해지지 않았다고는 말하지 마. 솔직히 난 네가 '솔룬디르'라는 이름의 페리를 타고 여행한다는 사실이 좀 우습게 여겨지기도 했어. 난 네가 그 페리를 타는 순간, 동화 같았던 우리의 여름날과 나를 떠올릴 거라고 생각했어. 물론 그 페리의 이름은 내 이름을 딴 게 아니야. 네가 말했듯이 송네 피오르 상류 쪽에 있는 섬마을 이름을 땄지. 난 며칠 전 바로 그 섬에서 꼬박 하루를 보내기도 했어.

네게 메일을 쓰고 있는 지금, 난 피오르를 바라보고 있어. 내 시야를 가리던 털북숭이 남자의 다리는 이제 보이지 않아. 사실, 그 다리 때문에 눈앞에 펼쳐진 아름다운 바닷가 풍경도 제대로 볼 수 없었고, 생각을 제대로 정리할 수도 없었어.

솔룬디르는 고대 노르드어 '솔룬'의 복수형이야. 노르웨이 바닷가에는 여전히 수백 개의 솔룬 섬이 있지. 고대 노르드어에서 '솔'은 '고랑'을 의미하고 '운'은 '만족할 만큼 많다'는 뜻이야. 솔룬의 섬에는 고랑이 아주 많아. 사실, 그건 지리학적으로도 맞는 말이지. 게다가 '세월이 파놓은 고랑'이라는 말도 있잖아.

눈이 어질어질할 정도로 여기저기 널린 바위 사이를 뛰어다니며 숨바꼭질을 했던 때를 기억해? 형형색색의 바위가 한데 모여 있던 그 섬에서 우린 시간도 잊은 채 이리저리 돌아다니면서 조각 같은 자연에서 떨어져 나온 듯한 돌멩이들을 주워 모으기도 했지. 넌 흰 대리석을 모았고, 난 붉은 돌멩이를 모았어. 난 그 돌멩이들을 아직도 가지고 있어. 네 것과 내 것, 모두. 난 그 돌멩이들로 화단의 주변을 장식했어.

맞아. 우리 외할머니 이름은 란디였어. 너와 외할머니는 특별히 사이가 좋았던 것으로 기억해. 언젠가 넌 네가 만난 사람 중에서 우리 외할머니가 가장 따뜻하고 아름다운 사람이라고 했지. 그리고 외할머니는 당신의 그 작은 정원을 둘러보면서 자주 혼잣말처럼 이렇게 중얼거리셨어.

"스테인… 스테인한테는 아주 특별한 구석이 있어. 음… 아주 특별한 청년이야."

외할머니는 너처럼 건강하고 강인한 사람을 본 적이 없다고 입버릇처럼 말하셨어.

너도 알다시피 내 어머니도 거기서 어린 시절을 보냈지. 노르웨이에서 가장 서쪽에 있는 마을, 바로 그곳에서 말이야. 어머니의 처녀 시절 이름은 흰네보그가 맞아. 넌 참 별걸 다 기억하는구나. 어쨌든 우리 부모님이 내 이름을 '솔룬'이라고 지었던 건 이런 가족적인 배경을 고려했기 때문이었어. 결코 우연이라고 할 수 없지.

이제 난 일상으로 돌아온 셈이야. 아니, 나뿐 아니라 우리 가족 네명 모두. 이제 며칠 있으면 방학도 휴가도 끝나서 다시 바쁘게 지내게 될 것 같아. 잉그리는 벌써 대학생이 됐어! 여긴 바닷가 치고는 바람을 느낄 수 없을 정도로 조용해. 그래서 어제는 정원에서 바비큐 파티도 했지.

스테인, 이 세상이 우연의 조각들로 이루어진 모자이크라고 할 순 없어. 이 세상 모든 일은 모두 서로 연결돼 있어.

네 답장을 받아서 정말 기뻤어. 네 기분이 좀 나아지기까지 그리 오래 걸리지 않아서 다행이야. 이렇게 너하고 다시 연락할 수 있다는 게 믿기지 않아. 네 메일을 읽다 보면 너와 함께 있는 듯한 느낌도 들 때가 있어. 두 사람이 진정으로 소통할 수 있다면 물리적인 거리 따위는 문제되지 않는다고 말한 적이 있었지, 기억해? 그런 점에서 보면 이 세상 모든 이가 서로 연결돼 있다고 말할 수 있겠지.

그날 아침 네가 페리 선착장으로 가서 내게 네 마음과 바람을 보냈다는 말에 난 깊이 감동했어. 네 메일을 읽으니 종종걸음으로 계단을 내려가는 네 모습이 선명하게 보이는 것만 같았어. 마치 스페인 영화의 한 장면처럼. 어쨌든 네 따뜻한 마음과 바람은 분명히 전달됐어.

스테인, 넌 언젠가 문달스달렌으로 가던 중에 '초자연적 현상'을 인정하지 않는다고 말한 적이 있어. 예언이나 투시력, 텔레파시도 믿지 않는다고 했어. 넌 내가 그런 현상의 여러 가지 실제 사례를 얘기하자마자 그렇게 말했지. 스스로의 눈가리개를 벗어 던지고 그런 현상을 직시한다는 건 너한테 상상조차 할 수 없는 일이겠지. 넌 심지어 네 머릿속에 문득 떠오른 생각도 누가 너한테 보낸 게 아니라 네가 <u>스스로</u> 생각해낸 거라고 굳게 믿고 있을 거야.

그런 사람은 많아, 스테인. 요즘엔 정신적인 것, 초월적인 것에는 절대 눈을 돌리지 않으려는 눈 뜬 장님이 많아. 영적 빈곤이 만연한 시대라고나 할까.

하지만 난… 순진하다고 해야 하나… 우리가 삼십 년 세월이 흐른 뒤에 바로 그 호텔 베란다에서 다시 만난 걸, 난 단순한 우연으로 치부할 수가 없어. 이런 일의 이면에는 우리가 볼 수 없고 이해할 수 없는 힘이 있다고 믿어. 그게 뭔지, 어떻게 작동하는지는 내게 묻지 마. 그건 나도 모르니까. 정말 몰라. 하지만 그게 뭔지 이해하지 못한다는 건 눈을 감아버리고 모른 척하는 것과는 달라. 오이디푸스도 자기 운명에 대한 예언을 들었지만, 그게 어떤 형태로 자기한테 닥칠지는 전혀 몰랐잖아. 사실 오이디푸스는 자기 운명에 너무 집착한 나머지 눈 뜬 장님이 돼버리고 말았지.

보아하니 우린 지금 문자로 핑퐁 게임을 하는 셈이구나. 어쩌면 우린 이렇게 컴퓨터 앞에 앉아서 오후 내내 메일을 주고받게 될지도 모르겠어. 올여름엔 나도 솔룬으로 가볼까? 그래도 괜찮을까?

이제 뭔가 좀 말이 통하는 것 같구나. 난 지금 휴가 중이야. 그리고 우리 집엔 휴가나 주말에는 모두 자기가 원하는 걸 할 수 있다는 무언의 규칙이 있지. 식사는 다 함께 모여서 해야 한다는 예외가 있긴 하지만 말야. 하지만 아침 식사는 각자 따로 해결해. 쉬는 날에는 아침에 일어나는 시간이 각자 다르니까. 난 방금 가족들과 함께 점심을 먹었어. 그리고 저녁은 늦게 먹을 건데, 그때까지는 특별히 할 일이 없어. 오늘도 바람이 많이 불지만 않는다면 정원에서 바비큐를 할까 싶어.
넌? 오늘 오후에 뭘 할 거야?

안타깝게도 너하곤 비교할 수 없이 지루한 상황이야. 휴가와는 거리가 먼 지루한 일상이지. 난 지금 블린더른에 있는 대학 연구실에 앉아 있어. 여기서 시간을 좀 보내다가 저녁 일곱 시쯤 마요르스투아로 가서 베릿을 만날 거야. 그리고 함께 베룸으로 가서 거기 사는 베릿의 아버지를 만날 거야. 연세가 많이 드셨지만, 아직 몸도 마음도 건강한 분이야. 하지만 저녁 일곱 시까지는 시간이 많이 남아 있으니 그때까지는 너하고 메일을 주고받을 수 있을 것 같아.

아, 나도 블린더른에서 오 년 동안이나 학창시절을 보냈다는 걸 잊지 마. 스테인, 그 시절을… 그래, 그때 일을 생각하면 마치 꿈만 같아.

그런데 네가 오슬로 국립대학 교수가 됐다니… 그때는 너도 이렇게 되리라곤 상상하지 못했겠지? 그때 네 꿈은 대학 강사 아니었어?

맞아. 네가 떠난 뒤에 난 남아도는 시간을 때우느라고 많이 힘들었어. 그래서 공부에 열중했고, 그러다 보니 박사학위에 연구비까지 받게 됐지. 그런데 '옛날이야기'는 잠시 뒤로 미루는 게 어떨까? 지금 내가 궁금한 건 지금의 네 삶이야.

그래, 결국 대학 강사가 된 건 나였지. 우린 이 얘기를 전에도 한 적이 있어. 사실, 난 대학 강사가 된 걸 전혀 후회하지 않아. 각자 자기만의 이상을 품고 의지로 똘똘 뭉친 활기찬 젊은이들하고 매일 하루 몇 시간을 함께 보내다 보면 오히려 내가 얻는 게 더 많아. 심지어 내가 관심 있는 분야에도 그 친구들하고 함께 지식과 사고를 공유할 수 있으니 이보다 더 좋을 순 없지. 사람은 죽는 날까지 배운다는 말은 결코 빈말이 아니야. 그리고 이상하게도 말이야… 평균적으로 이 년에 한 번씩 내 강의실에서 꼭 금발의 곱슬머리 청년을 보게 되는데, 그들을 보노라면 마치 옛날의 널 보는 것만 같아. 너와 내가 함께하던 그 시절의 너 말이야. 한번은 정말 널 꼭 빼닮은 청년이 수업에 들어왔는데, 심지어 너하고 목소리까지 똑같았어.

그건 그렇고, 난 지난 메일에서 며칠 전 호텔 베란다에서 우리가 만났던 일을 꼭 우연으로 단정할 필요는 없다고 했지. 내 말에 대한 네 생각을 듣고 싶어.

그 얘기로 다시 돌아왔군. 그래, 말이 나왔으니 하는 말인데, '우연'이라는 말은 통계적으로 매우 낮은 확률을 의미한다는 건 너도 알고 있겠지? 난 언젠가 주사위로 통계적인 계산을 해본 적이 있어. 주사위를 던졌을 때 6이 연속으로 열두 번 나올 확률은 얼마나 될지 직접 계산해봤지. 결과를 말하자면 주사위의 6이 열두 번 연속으로 나올 확률은 수십억 분의 일이야. 그렇다면 정말 주사위를 수십억 번이나 던져야 열두 번 연속으로 6이라는 숫자를 얻을 수 있을까? 그건 그렇지 않아. 지구에는 수십억 명의 사람이 살고 있고, 또 지금 이 순간에도 지구 어딘가에서 주사위를 던지는 사람이 있을 거야. 그들 중에는 단한 번의 시도로 열두 번 연속 6을 얻은 사람도 없진 않을 거야. 그렇다면 우린 이 한 번의 시도로 얻은 결과를 행운이라고 해야 할까, 확률에 어긋난 일이라고 해야 할까? 아니 어쩌면 이건 우주적 차원의 일로 해석해야 할지도 몰라. 물론 이렇게 말하면 비웃을 사람이 한둘이 아니겠지. 어쨌든, 통계적으로 봤을 때 주사위의 6이라는 숫자를 열두 번 연속으로 얻는 일은 적어도 수천 년 동안 아무것도 하지 않고 주사위만 던져야 가능한 일이야. 물론, 단 몇 초 만에 이 일이 일어나는 경우도 없진 않겠지만. 정말 재미있지 않아?

어쨌든 그 호텔에서 갑자기 너하고 마주쳤던 건 정말 상상조차 할 수 없는 일이었어. 널 보는 순간, 난 깜짝 놀라 어쩔 줄 몰랐지. 난 그 일을 주저 없이 행운이나 행복한 우연이라고 부를 거야. 초현실적인 사건은 절대 아니니까.

정말 그렇게 확신해?

응, 거의. 주사위 숫자가 결정되는 데 운명이나 자연의 섭리, 영적인 힘 같은 게 간여하지 않는다는 걸 확신하는 거나 마찬가지야. 예를 들어 이런 일에 속임수를 쓰는 건 얼마든지 가능해. 속임수를 쓰지 않는다면, 그 결과를 잘못 알렸거나 잘못 인지했을 수도 있지. 하지만 물리적 현상은 절대 운명이나 신의 섭리나 '염력'이라는 유사 초자연 현상의 영향을 받을 수 없어.

염력을 쓰거나 몇 초 앞의 일을 미리 볼 수 있는 예지력을 써서 룰렛 게임에서 엄청나게 많은 돈을 번 사람이 있다는 말을 들어본 적 있어? 바로 몇 초 앞의 일을 내다볼 수 있는 능력이 있다면 룰렛 게임에서 수억을 벌기는 식은 죽 먹기일 거야. 하지만 난 그런 말을 들어본 적이 없어. 그건 그런 능력이 있는 사람이 아무도 없기 때문이야. 아무도! 만약 그런 능력이 있는 사람이 실제로 존재한다면, 카지노 정문 앞에는 염력이나 예지력 있는 사람은 출입을 금지한다는 경고문을 붙여두겠지. 하지만 그런 사람이 아무도 없으니까 카지노에서 그런 팻말을 볼 수 없는 거야.

도박만이 아니라 일상의 삶에서도 일반성이나 보편성이라는 게 있지. 난 이 사실을 간과해선 안 된다고 생각해. 세상에서 가장 놀랍고 우연한 사건은 그것이 일어난 문화권에서 대대로 전해 내려오고, 사람들 기억에 보존되지. 우리는 그런 일들을 삶에 간여하는 신의 섭리나 초자연적 힘으로 해석하는 거야.

이런 메커니즘은 솔직히 나도 이해할 수 있을 것 같아. 이렇게 아주 희귀하고 괄목할 만한 상황이나 존재를 선택해서 대대로 전해가며 기억한다는 건 다윈이 말한 적자생존의 원리를 떠올리게 해. 다른 점이 있다면 우린 지금 다윈의 자연적 선택이 아니라 인위적 선택에 관해 말하고 있다는 것뿐이지. 불행히도 이 인위적 선택에는 인위적인 개념이 포함되게 마련이야.

우리 인간한텐 거의 의식적으로 서로 상관없는 두 가지 사실을 어떤 식으로든 연관 지으려는 경향이 있는 것 같아. 난 이게 전형적인 인간적 특성이라고 생각해. 동물과 달리 인간은 어떤 현상이 일어날 때 흔히 그 배경에서 작동하는 근본적인 원인을 찾으려고 노력하지. 예를 들어 운명이나 신의 섭리, 초자연적 원리 같은 건 눈으로 직접 확인할 수 있는 게 아니잖아.

난 우리가 만난 것이 전적으로 우연이라고 장담해. 그런 일이 생길 확률은 거의 없다고 해도 틀린 말이 아니야. 실제로 우린 예전에 바로 그날을 마지막으로 삼십 년 동안 한 번도 만나지 못했으니까. 하지만 삼십 년이 지난 뒤에 우리가 갑자기 같은 장소, 같은 시각에 모습을 드러냈고, 그런 일이 생길 확률이 지극히 희박하다고 해도 그걸 우연이 아닌 다른 어떤 것으로 해석한다는 건 억지라고 생각해.

만약 우리가 역사상 특별히 주목할 만하고 의미도 있는 우연한 일들을 모두 모아 기록으로 남긴다면 아주 두꺼운 책이 될 거야. 물론 이 의미 있는 우연들은 역사에서 살아남은 생존자들이라고 해도 좋겠지. 그렇다면 그다지 특별하다고 볼 수 없는 그저 그런 우연들까지 모두 모아 기록으로 남긴다고 해보자. 그러면 이 세상의 숲에 있는 모든 나무를 다 동원해도 그 기록을 책을 만들기엔 모자랄 거야. 사실, 지구에는 그만큼 많은 책이나 나무가 들어갈 공간도 없지. 하지만 모든 일에는 예외가 있잖아. 그렇다면 하나 물어볼까? 넌 복권에 당첨되지 않은 사람들을 인터뷰한 기사를 읽어본 적 있어?

스테인, 넌 하나도 변하지 않았구나. 뭐, 그래도 좋아. 네 고집에선 어딘지 모르게 젊은이다운 신선함이 느껴지거든.

하지만 넌 어쩌면 눈뜬장님 중 한 사람일지도 몰라. 편협하고 실용적인 것에만 몰두하는 사람인지도 모른다고. 혹시 허공에 떠 있는 커다란 바위를 그린 마그리트의 그림을 기억해? 그 바위에는 작은 성이 세워져 있지. 난 네가 그 그림을 잊지 않았을 거라고 믿어.

그 그림과 같은 광경을 실제로 보게 된다면 어떨까? 넌 어떤 근거나 구실을 대면서 그 커다란 바위가 허공에 떠 있는 현상을 이성적이고 논리적인 방식으로 설명하려고 들겠지. 어쩌면 그게 조작된 속임수라고 주장할지도 몰라. 예를 들어 그 바위 속에 헬륨 가스가 가득 들어 있어서 공중에 떠 있는 거라든가 그 바위가 수많은 투명한 줄에 매달려 있다고 설명하겠지.

그런 너와 비교하면 난 참으로 단순한 영혼이야. 난 그런 광경을 실제로 보게 된다면 두 팔을 활짝 벌리고 '할렐루야!'라고 외칠 테니까.

넌 첫 메일에 이렇게 썼어. "우린 가끔 눈으로 직접 보기 전엔 믿을 수 없다고 말하지. 하지만 눈으로 본다고 해서 그걸 꼭 믿게 된다고 장담할 수는 없어…"

네 말을 한동안 곰곰이 생각했다는 걸 고백해야겠구나. 솔직히 자신의 오감을 믿지 못한다면 경험주의적 사고와는 거리가 멀다고 해야 하지 않을까? 이렇게 말하니 조금 중세적이고 고답적이라는 느낌이 들긴 한다만…

중세에는 오감을 통해 알아낸 것이 아리스토텔레스가 말했던 것과 다르면 그 오감을 잘못된 것으로 간주했고, 하늘의 별들을 직접 관찰한 후에 그것이 지구 중심적 세계관과 일치하지 않는다면 그 관찰의 결과를 잘못된 것으로 여겼지. 그때는 사람들이 직접 보고 느낀 것이 당시 이론과 일치하지 않으면 '주전원 (epicycle)'이라는 또 다른 얼토당토않은 이론을 끌어들여 이를 설명하려고 했지. 심지어 교회와 종교재판을 관장하던 자들은 갈릴레이의 망원경을 들여다보면 안 된다는 자기검열적 논리도 고안해냈어. 물론 너도 이런 사실들을 알고 있겠지.

혹시 이런 걸 생각해본 적 있어? 예를 들어 허공에 떠 있는 거대한 바위를 직접 네 눈으로 목격했을 때 넌 어떤 반응을 보일까? 그건 기적이라고 할 수 있겠지. 그래, 그건 기적이라는 말 말고는 달리 어떻게 설명할 수 없을 거야. 그런데 우리가 이 기적 같은 일을 둘이 함께 목격하거나 경험했고, 그걸 부인할 수 없을 때 넌 이걸 어떻게 설명할지 궁금해.

우리가 전에 그런 적이 있었나?

응, 분명히 그랬지. 하지만 삼십 년 만에 같은 호텔에서 우리가 마주쳤던 일은 운명이니 뭐니 하는 말로 지금 당장 설명하지 않아도 되니까 부담 느낄 필요는 없어.

무슨 뜻이야?

어쩌면 그 우연은 텔레파시로 생각해도 될 만큼 간단한 게 아닐까? 넌 텔레파시나 정신 감응, 천리안 따위는 믿지 않으면서도 중력이 존재한다는 건 믿잖아. 그걸 어떻게 설명할 수 있지? 난 네가 내 갈릴레이 망원경을 한 번쯤 들여다봤으면 해.

네 말대로 난 중력을 제대로 설명하진 못할 것 같아. 그건 그냥 거기 항상 있는 것으로 생각해왔으니까. 물론 난 얼마든지 네 갈릴레이 망원경을 들여다볼 마음이 있어. 너한테 갈릴레이 망원경이 수십 개가 있더라도 하나하나 다 들여다볼 마음이 있다고. 하지만 먼저 네 망원경을 건네받아야 그럴 수 있겠지.

그날 닐스 페터와 내가 그 호텔에 들른 건 다분히 충동적이었어. 난 남편한테 피예를란에서 하루 머물면서 그곳 서점들과 빙하 박물관을 들러보자고 했지. 사실 우린 동쪽 지방에서 휴가를 보내고 베르겐에 있는 우리 집으로 돌아오는 길이었어. 하지만 세월이 그만큼 흘렀으니 그때 그곳을 다시 들러보는 것도 나쁘지 않겠다는 생각이 들었던 거야. 물론 거기 발을 들여놓으면 아픈 기억이 다시 떠오르겠지만, 갑자기 충동을 느껴 그 호텔에 갔던 거야. 왠지 나도 모르게 문득 생각이 나서 그런 결정을 했던 것 같아.

넌 나하고 달라서 오랫동안 생각하고 계획을 세우고 그곳을 여행하기로 했겠지. 그러고 보면, 텔레파시 발신자는 너고, 수신자는 나였던 거야. 우리가 옛날에 함께 시간을 보냈던 그 호텔에서 묵으리라는 네 생각은 사실 특별하다고 볼 수는 없어. 요점은 우리가 어떤 생각을 보내거나 받을 때 그걸 '물리적으로' 느낄 수는 없다는 거야. 네가 어떤 생각을 하고 있을 때 네 몸이 그 생각에 따라 특별하게 반응하지 않는다는 것과 비슷한 이치지. 비록 그 생각이 아주 극적이고, 폭력적이거나 슬픈 것이라고 해도 네 머리가 어떤 특별한 소리를 만들어내진 않잖아. 그건 인간의 사고 작용이 다른 신체 작용이나 동작과는 다르기 때문이야.

우리가 이 세상에서 가장 아름답고 또 가장 슬픈 장소라고 생각하는 곳에 우리가 동시에 불쑥 나타났던 사건을 설명하기는 뜻밖에도 아주 간단해. 난 그게 텔레파시의 작용이라고 생각하거든. 반면, 네 설명이나 변명은 복잡하기만 해. 내가 보기에 넌 너무 확률적이고 통계적인 것들에 의존하는 것 같아.

호텔 베란다에서 우리가 만날 확률이나 가능성은 피오르를 사이에 두고 서서 서로 총을 쐈다고 가정할 때 그 두 개의 총알이 피오르 물 위 한가운데서 서로 충돌해 물속에 빠지는 경우만큼이나 희박할 거야. 초자연적 현상이란 바로 이런 거야. 적어도 기적에 가까운 정확성을 언급해야 설명할 수 있지. 난 이런 경우보다는 오히려 과거에 친하게 지냈던 두 사람이 정서적으로 깊은 관심을 보인 어떤 사건을 바탕으로 영적으로 의사소통하는 경우가 더 흔하다고 믿어. 다시 말해 그 호텔에 묵겠다는 신호를 보낸 사람은 너였고, 그 신호를 받은 사람은 나였다는 사실 말이야. 물론 그 신호를 받은 난 그 호텔로 발길을 돌리게 됐던 거지!

이건 텔레파시야. 네가 '특별한 우연'이라고 말하는 이런 현상은 이미 이 세상 수많은 대학에서 수많은 과학자가 실험하고 증명한 현상이기도 해. 노스캐롤라이나의 듀크 대학 라인 교수 부부는 이미 1930년대에 텔레파시에 관한 실험을 하고 이론을 정립하기도 했어. 네가 원한다면 내가 가지고 있는 자료를 보내줄 수도 있어. 양자역학에서도 이 세상 모든 것이 아주 미세한 분자와 원자까지도 서로 연관돼 있다고 하잖아. 난 사실 동료들 덕분에 지난 몇 달간 양자물리학에 관한 책을 꽤 많이 읽었어. 거의 일 년 동안 저녁 시간을 이용해 '제휴학문연구회'라는 모임에서 책도 읽고 공부도 했지. 우린 이 동아리를 '인 비노 베리타스(In vino veritas: 와인 속에 진리가 있다)'라고 불렀지. 동아리 이름이 말해주듯이 학문 연구 말고도 사교와 친목이 큰 자리를 차지했던 게 사실이야. 하지만 회원으로 참여한 물리학자들, 자연과학자들하고 몇 차례 모임을 해보니 오늘날 세상을 이해하는 데 현대 물리학이 공헌한 바가 거의 없다는 생각이 들었어. 솔직히 플라톤 시대와 비교할 때 우리가 세상에 대해 더 잘 알고 있는 게 얼마나 될까? 내 말이 틀렸다면 기탄없이 말해줘.

만약 두 개의 원자, 예를 들어 기원이 같은 두 개의 광자가 있고, 이 두 광자가 빛의 속도로 서로 분리돼서 반대 방향으로 운동한다고 가정해보자. 그럴 때도 이 두 개의 광자는 여전히 성질이 같은 하나의 개체로 인식할 수 있어. 비록 이들이 서로 반대 방향으로 우주를 향해 빛의 속도로 멀어진다고 해도 이들은 같은 성질을 지닌 같은 개체라 인식할 수 있어. 즉, 이 쌍둥이 원자들은 여전히 상대의 성질과 관련한 정보를 갖고 있고, 상대에게 일어난 일에 직간접적으로 영향을 받게 돼. 이것은 의사소통과 전혀 관계없이 소위 '비공간적' 상관성이나 결합성과 관련 있어. 물리학적으로 보자면 이 세상은 비공간적이라고 해도 틀린 말이 아니야. 이처럼 신비스럽고 이해하기 어렵기로 따지자면 중력 현상도 마찬가지겠지. 아인슈타인은 중력 개념을 전적으로 부인했어. 왜냐면 이 현상이 이성적으로 맞지 않는다고 판단했기 때문이었지. 하지만 아인슈타인이 세상을 떠나고 나서 이 현상은 실험적으로 증명됐잖아.

우리가 지금 얘기하는 건 텔레파시나 정신 감응 현상이 아니라 물리적 감응 현상이야. 엄청난 거리를 사이에 두고 두 영혼이 접촉한다는 건 양자물리학 관점보다는 인간적 관점에서 더 실질적이고 중요하다고 할 수 있어. 그 이유는 우리 인간이 바로 그 영혼의 주인이기 때문이야. 밤하늘의 별과 우주를 올려다봐. 그리고 떠도는 혜성과 소행성들을 올려다보면서 크게 웃어봐. 하늘과 우주는 광대하고 신비롭지만, 그 안에서 살아가는 영혼을 소유한 존재는 바로 우리 인간이야. 대체 혜성과 행성이 할 수 있는 일이 뭐야? 그것들이 이 세상에서 일어나는 일들을 감지하고, 거기에 대해 반응할 수 있다고 생각해? 그것들에 자의식이 있다고 생각해?

만약 내가 미신을 믿는 사람이라면 난 이 세상에 존재하는 모든 물질과 원자에도 의식이 있어서 그들이 원거리에서도 서로 소통한다고 말할 거야. 하지만 난 미신을 믿지 않아. 난 인간이 아주 특별한 존재라고 생각해. 우주라는 극장에서 주인공 역할을 하는 존재는 바로 영혼을 소유한 인간이야!

스테인, 네가 내 편지를 읽고 있는 지금 이 순간에도 네 뇌에선 수십억 개의 중성자가 움직이고 있어. 그것들은 태양이나 다른 별에서 오기도 하고, 다른 은하계에서 오기도 하지. 따라서 그것들은 우주의 '비공간적 존재'라고 할 수 있어.

또 다른 패러독스를 말하자면, 양자역학에서 말하는 원자는 때로 파동으로 운동하기도 하고, 때로 입자로서 운동하기도 해. 실험에 의하면 하나의 전자나 개체는 두 개의 서로 다른 균열이나 틈을 동시에 통과할 수 있다고 했어.[3] 이건 마치 하나의 테니스공이 테니스장의 서로 다른 두 개의 울타리를 동시에 통과한다는 것과 비슷해.

난 지금 어떤 물체가 어떻게 동시에 파장으로 그리고 입자로 운동할 수 있는지 설명해달라는 게 아니야. 난 그저 네가 이 우주의 신비스러운 원리를 겸손하게 받아들이기만을 바랄 뿐이야. 인간에겐 물리학 법칙이 마치 수수께끼 같지. 그렇다면 그건 그저 수수께끼로 받아들이고 존중하면 되지 않을까? 우리가 하늘과 땅 사이의 모든 일을 설명할 수는 없어. 그건 시인이 할 일이지. 내 말은 아침에 일어나 창밖을 내다보면서 이 신비로운 우주에서 사는 인간이 얼마나 미미한 존재인지 깨닫고 머리를 절레절레 흔드는 일이 우리 몫은 아니라는 거야. 어쨌든 이 세상의 설명할 수 없는 신비로운 일들 앞에서 우린 그저 겸손하게 그것들을 받아들이고 존중하는 수밖에 없다고 생각해.

의식이 깨어 있는 상태에서 네가 어떤 구체적인 생각을 나한테 보

---

3) double-slit experiment: 양자역학에서 실험 대상의 파동성과 입자성을 구분하는 실험이다. 빛을 이중 슬릿 실험 장치로 통과시키면 파동이냐 입자이냐에 따라 결과 값이 달라진다. 파동에는 회절과 간섭의 성질이 있으므로 빛이 양쪽 슬릿을 빠져나올 때 회절과 간섭이 작용해서 뒤쪽 스크린에 간섭무늬가 나타난다. 반면에 입자는 이런 특성이 없으므로 간섭무늬가 나타나지 않는다. 17세기 뉴턴은 빛이 입자임을 주장했고, 이것이 오랫동안 정설로 여겨졌으나, 19세기 초 토머스 영이 광자를 대상으로 이중 슬릿 실험을 하여 간섭 현상이 확인됨으로써 뉴턴의 이론은 반증되었다. 1927년 클린턴 데이비슨과 레스터 저머가 전자를 대상으로 이중 슬릿 실험을 하여 입자성과 파동성이 동시에 나타날 수 있음을 증명했다. 이 실험 결과는 당시 입자와 파동을 서로 반대 성질로 규정하며 양립할 수 없는 것으로 여겼던 물리학적 상식을 흔들어 놓았고, 새로운 관념과 물리학적 해석이 불가피해졌다. 그리고 그것은 양자론의 탄생으로 이어졌다.

내고 내가 그걸 받는다면, 현대 수학이나 물리학으로 이런 현상을 설명할 수 있을까? 이런 현상을 인정하고 받아들이는 건 우리가 겸손하게 무지를 인정하고 새로운 양자물리학적 이론을 받아들이는 것과 마찬가지야. 넌 그렇게 생각하지 않아?

영국의 수학자이자 천체물리학자인 제임스 진스는 이렇게 말했어. "알면 알수록 이 우주는 거대한 기계라기보다는 거대한 생각인 것 같다."

방금 최신 기후연구 보고서를 받았어. 그걸 보니 우리가 우려했던 것보다 문제가 훨씬 심각하네. 게다가 마감에 쫓긴 저널리스트 몇 명이 내게 전화해서 급하게 인터뷰를 요청한 바람에 시간을 내기가 어려워. 사실, 요즘은 미디어에서 이런 문제에 너무 예민하게 반응해서 더 그런 것 같아. 어쨌든 그런 이유로 너하고 대화를 잠시 중단해야 할 것 같아. 하지만 오후엔 다시 너와 대화할 수 있어. 그리 오래 걸리는 일은 아니니까. 어쨌든 우선 네 신념과 믿음을 존중한다는 말을 해주고 싶었어. 더욱이 우리 둘 사이에 서로 다른 이념과 주장이 있다고 해도 난 널 한 사람의 인간으로 무척 존중한다는 말을 해주고 싶어. 난 단지 '영적이고 형이상학적인 현상'이란 걸 도저히 믿을 수 없을 뿐이야.

그래, 알았어. 너한테 여러 모습이 있다는 걸 이해해. 어쨌든 지난 일은 그렇다 치고, 난 지금 산딸기 여인에 관해 얘기하고 싶어. 그날, 네 몸은 뻣뻣하게 경직되어 있었지. 그 모습은 책상 앞에 앉아 줄담배를 피우던 그날 밤의 너를 연상시키기도 했어.

넌 마치 아이처럼 훌쩍거리며 울었어. 난 널 감싸 안고 위로해줬지. 그런데 삼십 년이 지난 뒤에 우리가 다시 숲에 갔을 때 어떤 일이 생겼지?

넌 어떤 미지의 힘이 우리 삶에 개입한다고는 절대 믿지 않는다고 했어. 하지만 그날 넌 자작나무 숲의 동굴 앞에 멈춰 서서 마치 사시나무 떨듯 몸을 벌벌 떨었어. 스테인, 몸은 거짓말하지 않아.

우리가 몇 발자국 더 가까이 다가갔을 때, 넌 갑자기 내 손을 꽉 움켜쥐었어. 옛날에 연인 사이였을 때 우린 자주 손잡고 산책했지. 하지만 삼십 년 만에 만나 네가 내 손을 잡으리라곤 상상도 못 했어. 물론, 난 네 옆에 바짝 붙어 서 있었고, 넌 무엇엔가 네 몸을 의지할 필요가 있었겠지. 넌 두려워하고 있었어! 그날 거기 서 있던 넌 평소에 강건하던 모습과는 거리가 멀었어. 넌 어떤 끔찍하고 무시무시한 느낌에 사로잡혀 있는 것 같았어.

네 손은 크고 돌처럼 단단하잖아, 스테인. 그런 네 손이 사시나무 떨듯 떨리고 있었다고!

물론 나도 그 순간, 심각한 분위기에 압도당해서 어쩔 줄을 모르고 경악했지. 하지만 난 그래도 침착함을 유지했어. 나 자신에 대한 믿음 덕분이라고나 할까… 어쨌든 난 기본적으로 이 세상 것이 아닌 신비로운 것들에 대해 일종의 확신을 품고 지금까지 서서히 준비된 상태가 돼왔던 셈이야. 솔직히 난 과학이 설명하지 못하는

'초자연적인' 상태가 그리 놀랍지 않아. 난 그 여자가 언젠가는 자신을 다시 형상화하리라고 믿어왔어. 물론 '형상화'라는 말은 정확한 표현이 아닐지도 몰라. 왜냐면 그 여자를 형상화될 수 있는 물리적 존재라고 할 수는 없으니까. 어쩌면 그 여자는 우리 눈에는 보여도 카메라로 촬영하면 영상이 나타나지 않을지도 몰라. 우리가 흔히 말하는 '유령'일지도 모르지. 역사책이나 초심리학 책엔 이런 현상에 관한 기록이 많아. 물리적으로 수천 마일이나 떨어진 곳에 있는 다른 사람 앞에 모습을 드러낸 사람들의 증언도 많이 나와 있어. 죽었다가 부활한 사람을 봤다거나 그런 사람한테서 어떤 메시지를 전해 받았다는 일화를 여러 기록에서 볼 수 있어. 그 대표적인 예가 바로 예수가 아닐까? 오늘날 우리는 극단적인 물질문화가 지배하는 세상에서 살아가기 때문에 영혼이나 사후세계 존재와 접촉하거나 교류한다는 건 생각지도 못할 일로 간주하지. 하지만 셰익스피어 작품이나 아이슬란드 영웅전설, 성경이나 호머의 작품을 읽어봐. 아니, 셔먼과 전설로 풍부한 다른 문화권의 전통 설화를 살펴봐도 우리가 '초월적'이라고 부르는 현상에 대한 내용을 얼마든지 찾아볼 수 있어.

그거 알아? 난 솔직히 그때 그 일이 우리한테 위로나 도움이 될 수 있다고 생각해. 그날 이후, 난 그 여자의 태도를 수없이 떠올려봤어. 그때 우리를 바라보던 그 여자 눈빛에 증오나 적의 같은 건 전혀 없었어. 오히려 다정한 눈빛이었지. 그리고 그 여자는 미소 지었어. 그 여자는 이미 이 세상을 벗어난 존재였던 거야. 그 여자가 속한 '저세상'에 증오나 미움 같은 건 없을 거야. 왜냐면 거기엔 물질이란 것 자체가 존재하지 않을 테니까. 그렇다면 증오나 미움 같은 감정도 있을 수 없지.

하지만 그 순간에 우린 몹시 당황하고, 놀랐고, 두려워했지. 난 그때 숨을 쉴 수 없을 정도로 두려움에 떨었어. 하지만 우린 이미 일주일 전부터 당황하고 혼란스러운 상태에 있었던 게 사실이야. 만약 그 여자가 지금 다시 나타난다면, 난 두 팔을 활짝 벌리고 그녀를 환영할 것 같아.

그런데 이번엔 그 여자가 나타나지 않았지….

스테인, 죽음은 존재하지 않아. 따라서 엄밀히 말하자면 죽은 사람도 없어.

# II

할 일을 모두 처리하고 다시 노트북 앞에 앉았어. 너도 지금 노트북 앞이야?

웅, 스테인. 할 일 없이 집 안을 돌아다니는 중이었어. 그건 그렇고, 새로 발표된 기후 보고서의 요점은 뭐야?

꽤 심각한 내용이었어. 유엔의 기후변동에 관한 정부 간 패널(IPCC)은 지금까지 너무 소극적인 태도를 보였던 것 같아. 그들은 반작용 메커니즘에 거의 신경 쓰지 않았던 게 분명해. 요점만 간단히 말하면, 지구 평균기온이 올라갈수록 온난화 현상은 더 빨리 진행된다는 거야. 극지방 눈과 얼음이 녹으면 태양열을 반사하지 못해서 지층 온도가 더 높아지고, 그렇게 되면 지구 온난화 현상이 점점 더 빨라지지. 또 빙하가 녹아내리면 기후 가스, 즉 메탄이 발생해. 이런 자기 작동적인 메커니즘이 연달아 일어나고, 결국 우리는 치명적인 상황으로 치닫게 될 거야. 전 지구적 재앙이 시작되면 우리가 돌아갈 곳은 없어. 극지방 빙하가 녹아내리기까지는 최소한 오십 년은 걸릴 거라고 예상했던 적이 있었지. 하지만 이런 식으로 가다간 앞으로 이십 년도 채 되기 전에 빙하가 모두 녹아버릴지도 몰라. 북극 얼음이 사라지면 아시아, 아프리카 지역 해빙 작용은 가속될 거고, 그러면 결국 일 년 중 몇 달 동안은 강물이 바짝 말라버리는 지역이 점점 더 늘어날 거야. 그 결과로 수백만 명이 식수를 구하지 못해서 치명적인 위기에 놓이겠지. 하지만 인간만이 위험에 빠지는 게 아니야. 동식물은 물론 생태계 전체에 이변이 생길거야.

지구를 지키려면 우리가 뭘 할 수 있을까? 바로 그게 문제야. 우리한테는 발을 디디고 살 수 있는 곳이 지구밖에 없잖아. 그뿐 아니라 우린 지구를 다음 세대에 온전한 상태로 물려줄 의무가 있잖아.

얘기, 계속할까?


응, 계속해. 난 거실 좀 치우고 올게. 노트북에 새 메일 도착 알림 소리가 울리면 곧바로 돌아올 테니 걱정 마.


물론, 나도 마그리트 그림을 선명하게 기억하고 있어.

그 그림은 전에 우리 침실 벽에도 걸려 있었잖아. 방금 인터넷에서 다시 찾아봤어. 제목이 '피레네의 성(Le Château des Pyrénées)'이라고 나와 있네. 우린 이 작품이 자유롭게 떠다니는 세상을 의미한다고 말했지. 인터넷에도 그렇게 나와 있어. 당시에 우린 불가지론자였어. 모든 일에는 원인과 결과가 있다는 구시대적 사고, 즉 신이 세상을 창조했다는 말을 믿으려 하지 않았어. 우리가 '우주'라고 부르는 것 말고도 분명히 뭔가가 있다는 문제를 두고 토론도 자주 했지. 하지만 우린 어떤 형태의 전지전능한 힘도 존재하지 않는다는 데 의견 일치를 봤던 것으로 기억해. 그리고 우린 항상 이 세상과 우리 자신의 존재에 대해 경탄했지.

솔룬, 난 그때와 비교해서 별로 달라진 게 없어. 이 세상이 존재한다는 사실에 대해 지금도 여전히 큰 경이감을 품고 있지. 자작나무 숲 동굴에서 뭔가 움직이는 걸 봤다는 건 솔직히 이 세상에 대한 경이감과 비교할 때 하찮은 것에 불과하다고 생각해. 난 오히려 서커스와 버라이어티 쇼에서 보여주는 온갖 마술보다 대초원과 열대 숲, 밤하늘에서 빛을 발하는 수십억 개의 별을 볼 때 더 큰 감동과 경이를 경험해.

당시엔 나도 너처럼 이 세상의 온갖 수수께끼와 미스터리에 대해 큰 호기심을 품고 있었던 게 사실이야. 하지만 난 초자연적인 것들보다는 자연적인 것들에 더 관심이 있었지. 초심리적인 현상들에 대한 온갖 잡다한 얘기보다는 인간의 불가해한 뇌 작용에 더 큰 경이를 느끼고 관심을 두고 있었어.

난 고등 포유류 사이의 텔레파시 같은 영적인 현상을 양자역학으로 설명하는 건 옳지 않다고 생각해. 하지만 고등 포유류가 존재하는 건 부정할 수 없는 사실이지. 그리고 바로 내가 고등 포유류에 속한다는 사실이 난 그저 경이로울 뿐이야. 솔직히 나처럼 자신의 존재감에 대해 이토록 큰 경이감을 느끼는 사람은 그리 많지 않을 것 같아. 물론 이건 전적으로 내 짐작일 뿐이지만, 주저 없이 그렇다고 말할 수 있을 것 같아. 따라서 난 네가 말하는 실용주의자 범주엔 속하지 않아. 넌 그렇게 생각하지 않아?

그런데 넌 그때 어디로 사라졌는지 궁금해. 어디로 갔던 거야?

넌 요즘 저세상의 존재를 확신하게 됐다고 말했어. 그리고 엄밀히 말해 죽은 사람도 없다고도 했지. 난 네가 전처럼 눈앞의 현재를 감사히 받아들이고 만끽하는지 궁금해. 아니면 저세상을 향한 동경은 이 세상에 대한 부정에서 시작된 거니?

요즘도 이 삶이 너무나 짧아서 슬픔을 느껴? 요즘도 '노년'이나 '수명' 같은 말을 떠올릴 때 눈물 흘려? 지는 해를 바라보면서 울기도 해? 넌 그때 갑자기 두 눈을 크게 뜨고 "스테인, 언젠가는 우리도 죽을 거야! 언젠가는 우리도 사라질 거야!" 하고 외치기도 했어.

젊은이들은 대부분 존재감이라든가 존재의 사멸 같은 걸 제대로 인식하지 못해. 설령 그러는 젊은이들이 있다고 해도 그들의 행동은 그때 네가 보여줬던 그 강렬하고 의식적인 반응과는 비교할 수 없어. 우린 그때 이런 존재론적 문제에서 벗어나지 못했던 것 같아. 우리가 온갖 엉뚱한 짓을 계속했던 건 바로 그 때문이 아니었을까? 어쨌든 시간이 흐르면서 난 그런 널 이해하게 됐고, 네가 갑자기 눈물을 뚝뚝 흘려도 이유를 묻지 않고 널 감싸 안아줬지. 이유를 물어볼 필요가 없었으니까. 난 그 이유를 이미 알고 있었고, 너 또한 내가 알고 있다는 사실을 알고 있었으니까. 그럴 때면 난 널 데리고 산으로 숲으로 돌아다니곤 했어. 시간이 갈수록 널 위로하려고 그렇게 자연을 찾는 일은 점점 더 잦아졌어. 넌 자연 속을 거닐면서 무척 행복해했지. 하지만 '대자연'에 대한 네 사랑은 어떤 면에서 보면 불행한 사랑이기도 했어. 왜냐면 넌 언젠가는 네가 그토록 사랑하던 것에게 배반당하고, 결국 모든 걸 홀로 감당해야 한다는 걸 무의식적으로 알고 있었으니까.
그래, 그땐 그랬지. 넌 웃음과 눈물 사이를 쉴 새 없이 오갔어. 네 존재
의 표면에 깃든 삶의 의지와 활력의 저변에는 항상 깊은 슬픔이 숨겨
져 있었어. 그건 나도 마찬가지였지. 우린 여러 면에서 닮은 점이 많
아. 하지만 네 슬픔은 내 슬픔보다 훨씬 깊고 무거웠다고 생각해. 네
열정과 기쁨도 내 것보다 훨씬 컸지.

그리고 산딸기 여인… 아니, 난 그 일에 관해 얘기하기를 피하지 않
아. 하지만 그때 숨이 멎을 정도로 놀랐던 건 사실이야. 너무도 닮았
기 때문일까? 아니, 다른 건 어찌 됐든 대체 어떻게 그 여자가 우리 뒤
를 따라올 수 있었을까?

하지만 며칠 전 내가 그토록 심하게 손을 떨었던 건 내 생명 자체가
떨고 있었기 때문일 거야. 우리는 삼십 년 만에 그리로 다시 발길을
옮겼지. 그곳에 도착하자마자 문득 옛날 기억이 나를 사로잡았어. 옛
날 너와 나의 존재를 다시 선명히 느낄 수 있었기 때문일까? 물론 바
로 거기서 삼십 년 전에 겪은 일이 숙제로 남아 결국 우리가 헤어지게
됐다는 사실도 무시할 수 없겠지.

바로 그 때문에 그 자작나무 숲 속 동굴을 지나치기 직전 네 손을 덥
석 잡았는지도 몰라. 삼십 년 전, 우리가 거기서 숨이 멎을 것 같은 경
험을 함께 했던 걸 다시 기억했기 때문이었을 거야. 난 그때 우리가
얼마나 놀라고 두려워했는지 아직도 생생하게 기억하고 있어. 삼십
년 뒤에도 마찬가지였어. 하지만 그건 유령을 다시 보게 될지도 모른
다는 불안과는 거리가 멀었어. 불안은 스스로 비이성적인 상태에 빠

질지도 모른다는 두려움 때문에 생기는 거야. 곁에 있는 사람의 비이성적인 상태를 경험하게 될지도 모른다는 우려도 바로 불안의 원인이 되지. 불안에는 전염성이 있어. 비이성적인 상태도 마찬가지야.

넌 그날 이후 평소 네 모습으로 돌아오지 못했어. 완전히 다른 사람이 돼버린 것 같았지. 그 일이 있고 나서 난 몇 주 동안이나 너와 같은 방에서 지내기를 망설였어. 난 그저 숨을 죽이고 네가 다시 이전의 너로 돌아오기만을 바랐어. 하지만 끝내 그렇게 되지 않았고, 결국 넌 짐을 싸서 나를 떠나버렸어. 난 그 뒤로도 여러 해 널 그리워하며 지냈어. 언젠가는 네가 문 앞에 서서 초인종을 누르기를 바라면서 말이야. 밤이 되면 혹시 내가 잠든 사이에 네가 문을 열고 들어올지도 모른다는 생각을 수없이 했어. 넌 열쇠를 내게 돌려주지 않았잖아. 난 널찍한 더블베드에 누워 널 그리워했어. 하지만 네가 이전 모습으로 돌아오기 전에 널 보게 될까 봐 두려워했던 것도 사실이야. 내가 알던 솔룬을 다시 찾을 수 없다면… 어쨌든 대문에 새로 자물쇠를 달았던 건 그로부터 여러 해가 지난 뒤였어.

난 아직도 그 산딸기 여인의 출현이 내 삶의 경험 중에서 가장 이상한 일이었다고 생각하고 있어. 하지만 우린 그때 너무 어렸지. 삼십 년 전 일이잖아. 그래서 지금은 그때 일에 대해 아무것도 확신할 수 없어.

응, 그래… 스테인.

무슨 뜻이야?

남편이 다시 내 시야를 가리고 있어. 도대체 집중할 수가 없네. 저렇게 사다리에 올라서서 페인트 통에 붓을 담갔다 빼는 동작을 눈앞에서 계속 반복하고 있는데, 내가 어떻게 삼십 년 전 일을 차분히 회상할 수 있겠어? 페인트칠은 꼭 두 번씩 해야 하는 건가? 붓질을 한 번 하고 페인트가 완전히 마를 때까지 하루 정도 기다리면 안 되나?

그럼, 그동안 다른 일을 하는 건 어때? 난 어차피 앞으로 두 시간 정도는 더 여기 앉아 있을 테니까.

사과 주스에 얼음 조각 네 개를 넣어서 가져왔어. 다행히도 알루미늄 사다리에서 얼쩡거리던 다리는 사라졌군. 설마 붓질을 세 번하겠다고 다시 돌아오는 건 아니겠지?
불가지론자라고 했어? 우린 그때 살아 있는 인형이었어! 기억해? 우리 삶은 마법에라도 걸린 것처럼 활력으로 가득 차 있었지. 우린 아웃사이더였어. 세상 모든 일을 다른 사람들하곤 전혀 다른 관점에서 바라보려고 애쓰면서 우리 방식대로 살았어. 마치 우리만의 종교를 만들어낸 것처럼 말이야. 맞아, 우린 우리만의 종교가 있다고 떠들고 다녔지.
그렇다고 해서 우리가 다른 사람들 삶에 관심이 없었던 건 아니야. 한동안 우리가 전도사 흉내를 냈던 건 너도 기억하지? 매주 토요일 우린 작은 쪽지들이 가득 들어 있는 봉지를 들고 시내에 가서 행인들한테 나눠줬잖아. 그 쪽지는 우리가 금요일 저녁에 머리를 맞대고 만들어낸 문구, 예를 들어 "시민에게 알리는 중대 메시지! 지금 이 순간에 최선을 다하세요!" 같은 문구를 타자기로 쳐서 수천 장도 넘게 만들었을 거야. 우린 그 쪽지들을 차곡차곡 접어서 봉지에 넣어 가지고 전철을 타고 국립극장 앞까지 갔지. 거기서 지나가는 사람들한테 나눠주면서 그들도 우리처럼 영적인 동면 상태에서 깨어나기를 바랐잖아. 난 그 일을 무척 재미있다고 여겼어. 행인 중에는 미소로 응답하는 사람도 있었고, 귀찮다는 듯이 무시하고 지나가는 사람도 있었고, 기분 나쁜 말을 한마디 해야 직성이 풀리는 사람도 있었지.

70년대 초반만 하더라도 사람들한테 자기 존재의 경이로움을 일깨워준다는 게 쉬운 일은 아니었어. 정치적·사회적 정서가 그랬으니까. 좌파는 이 우주가 불가사의하다고 생각하는 것을 반혁명적인 견해로 간주했지. 그 사람들한테 중요한 문제는 세상을 이해하는 게 아니라, 세상을 바꾸는 것이었으니까.

그렇게 우리 생각을 쪽지에 적어 행인들한테 나눠줬던 건 솔직히 말해서 멍청한 짓이었는지도 몰라. 어쩌다가 그런 생각을 하게 됐을까? 원래 우리 계획은 학교 축제 때 아몬드 케이크하고 쪽지를 함께 학생들한테 나눠주는 거였지, 너도 기억해? 그리고 우린 5월 1일 노동절에도 평소에 하던 시위 대신에 그다음 날 대안적인 학생 시위를 하기로 계획했어. 물론 그 계획은 구호를 만드는 데 그쳤고, 결국 실행에 옮기진 못했지. 그때 우린, 소르본 대학 담벼락에 "권력에 창의력과 상상력을!" "죽음은 반혁명적이다!" 같은 구호를 써놓았던 파리 대학생들한테서 영감을 받았지. 우린 그런 구호를 외치는 시위를 꿈꿨어. 스테인, 그 시절 넌 정말 창의력이 넘쳤어.

우린 갤러리나 콘서트 홀 같은 곳을 자주 방문했지. 그건 우리가 예술이나 음악에 큰 관심이 있어서가 아니라 그곳에 모인 온갖 유형의 사람을 관찰하기 위해서였어. 우린 그 사람들을 '살아 있는 인형'이라고 불렀고, 그들이 모이는 장소를 '마법의 극장'이라고 이름 붙였지. 헤르만 헤세의 『황야의 이리』에서 영감을 얻었던 것으로 기억해. 우린 카페에 앉아서 그곳에 들어오는 사람들을 한 명 한 명 세세히 관찰하곤 했지. 그들한테는 각자 자신만의 소우주가 있었어. 내 기억이 맞는다면 우린 그들을 '영혼'이라고 불렀던 것 같아. 맞아, 그랬어. 우린 그들을 플라스틱 인형이 아니라 살아 있는 인형으로 여기고 카페 구석에 앉아서 그들을 주인공으로 해서 얘기를 지어냈어, 너도 기억하지? 그리고 가끔 몇몇 '영혼'을 집으로 데려와서 며칠 동안이나 그들이 주인공으로 등장하는 얘기를 여러 편 연속으로 지어냈지. 우린 그들에게 이름도 붙여줬고, 각자의 삶도 만들어줬어. 수많은 우여곡절의 이야기를 만들어내기도 했지. 우리가 만든 종교에서 무엇보다도 중요한 건 바로 끝없는 인간애였어.

그리고 우린 마그리트 포스터를 침실 벽에 걸어놓았어. 그 포스터는 헤니 온스타 예술회관에서 샀던 것으로 기억해.

침실 얘기가 나왔으니 말인데, 우린 대낮에도 샴페인 병과 유리잔을 들고 침대로 가서 서로 소리 내서 책을 읽어줬어. 당시 출판이 금지됐던 스테인 메렌과 올라프 불의 작품을 읽으며 그들의 시가 당대 최고라고 감탄했던 일도 기억해. 우린 안 에릭 볼이 쓴 작품은 하나도 빼지 않고 모두 읽었어. 도스토옙스키의 『죄와 벌』, 토마스 만의 『마의 산』도 읽었지. 우린 그렇게 '침대 샴페인 프로젝트'에 다른 소설도 여러 편 채택했어. 그때 우리가 마셨던 샴페인 라벨이 '골든 파워'였던 것으로 기억해. 조금 달달한 싸구려 샴페인이었지. 하지만 이름처럼 아주 독했어.

우린 피와 살로 이루어진 몸으로 살아갈 수 있다는 사실을 큰 행복으로 받아들였어. 물론 우리가 남자와 여자라는 사실도 지극히 아름다운 사실로 받아들이고 마음껏 즐겼지. 하지만 육체적인 행복은 우리가 언젠가는 죽을 수밖에 없다는 숙명적인 사실을 오히려 더 실감나게 깨닫게 해줬어. 그래서 자주 '가을은 봄에 시작된다'고 말하기도 했지. 그때 우리는 나이가 이십 대 중반이었지만, 이미 우리가 늙어가고 있다고 생각했지.

삶은 불가사의하고 경이로운 것이기 때문에 우린 항상 뭔가 계기를 만들어서 삶을 축하하곤 했어. 맞아, 삶을 축하한다는 구실로 한여름 밤에 충동적으로 숲을 산책하기도 했고, 자동차 여행을 하기도 했지. 언젠가는 네가 스웨덴의 스코네로 가자고 말하자마자 우린 벌써 차에 시동을 걸고 있었어. 전에 가본 적이 없었던 곳이어서 어디서 묵어야 할지도 몰랐지. 그래도 우린 말을 꺼내기가 무섭게 여행을 떠났던 거야.

스웨덴 플릭코르나 룬그렌에 갔던 일 기억해? 우린 그때 한숨도 자지 못해서 정신이 몽롱한 상태였어. 차를 타고 가는 동안 술 취한 사람들처럼 계속 웃기만 했지. 마침내 목적지에 도착하자, 우린 길가에 차를 세우고 풀밭에 쓰러져 잠에 곯아떨어졌어. 결국, 소 한 마리가 우리를 깨웠어. 하긴 그 소가 아니었어도 개미 떼 등살에 잠에서 깰 수밖에 없었을 거야. 우린 몸에 달라붙어 있던 수백 마리의 개미를 떼어내려고 옷을 벗어 털면서 미친 사람들처럼 풀밭을 폴짝폴짝 뛰어다녔어. 개미들은 옷에만 붙어 있었던 게 아니라 우리 온몸을 기어 다녔어. 넌 그때 엄청 화를 내면서 스웨덴 개미들은 싸가지가 없다고 소리를 질렀지.

뜬금없이 요스테달스브렌 계곡으로 스키 여행을 떠나자고 한 적도 있었지. 넌 그런 충동적인 여행을 '스턴트'라고 불렀어. 삼십 년 전, 오월의 어느 날 오후였던 것으로 기억해. 넌 갑자기 "스키를 타고 요스테달스브렌을 건너자!"라고 소리쳤어. 마치 명령하듯이 그렇게 말했어. 하긴, 우리 둘 중 하나가 갑자기 그런 충동적인 제안을 하면 반대하지 않고 무조건 따른다는 무언의 협정 같은 게 우리 사이엔 있었으니까. 네가 그 말을 한 지 몇 분도 채 지나지 않아서 우린 이미 차에 타고 있었어. 아무 준비 없이 떠난 여행이었으니, 목적지로 가는 길에 산길이나 차에서 자기도 했어. 우린 그때 열정으로 가득 차 있었고 꽤 야성적이었어. 우린 피오르에 도착하면 스키를 메고 산꼭대기로 올라가겠다는 계획을 세웠어.

거기엔 돌로 지은 대피소 같은 것들이 군데군데 있어서 호텔에 예약하지 못한 여행자들이 공짜로 묵을 수 있었지. 그런데 문제는 우리 둘 다 스키를 타고 빙하 계곡을 내려올 정도의 실력이 없었다는 거였어. 그러고 보면 그때 우린 참 철이 없었던 것 같아. 어쨌든 그래서 계곡 여행은 실패로 끝났어. 우리가 했던 충동적인 여행이 처음으로 결실을 보지 못했던 거야. 넌 지금 내가 무슨 생각을 하는지 짐작했을 거야. 우린 결국 일주일 동안 호텔에서 빈둥거리면서 시간만 보내다가 집으로 돌아와야 했어. 아무것도 못 하고 돈만 써버린 비싼 여행이 됐던 거지. 당시엔 학생 할인 같은 것도 없었으니까. 하지만 우린 가난을 아랑곳하지 않았고 오히려 다른 일에 더 큰 관심을 보였지. 최악의 경우엔 부도수표를 쓰면 됐으니까.

이렇게 과거의 자잘한 기억들을 주절주절 떠올리는 이유는 지금도 삶에 대한 나의 경이감은 여전히 그대로라는 걸 말하기 위해서야. 넌 바로 지금 이 순간의 삶을 만끽하고 감사하는 과거의 능력을 지금도 간직하고 있느냐고 내게 물었어. 난 그렇다고 대답하고 싶어.

물론 많은 것이 변했고, 전혀 새로운 차원이 일이 생기기도 했지. 넌 내가 너무 짧은 삶을 슬퍼하고, '노년'이나 '수명'이라는 말만 들어도 여전히 눈물을 글썽이는지 물었어. 이 질문에는 편한 마음으로 '아니다'라고 대답할 수 있을 것 같아. 난 요즘 자주 눈물을 흘리지 않아. 앞으로 내게 어떤 일이 닥치더라도… 평온한 마음으로 살고 싶어.

그리고 요즘도 나의 물리적 존재, 즉 몸으로 느낄 수 있는 기쁨을 만끽하며 살고 있는 게 사실이야. 물론 과거와는 어느 정도 차이가 있겠지만 달라진 게 있다면, 지금은 내 몸을 껍질로 여기고 있다는 점이지. 그러니까 본질적인 것과 거리가 먼 표면적인 것으로 말이야. 이제 더는 몸에 연연하지 않는다는 말도 되겠지. 난 요즘, 비록 몸은 죽어 없어지더라도 '나'는 여전히 살아 있으리라고 확신하고 있어. 시간이 흐를수록 내 몸은 '내'가 아니라는 생각이 점점 더 강하게 들어.

솔직히 내 몸은 '나'도 아니고 '내 것'도 아니야. 옷장 안에 들어 있는 낡은 옷들과 비슷한 것으로 받아들이고 있어. 내가 그것들을 영원히 소유할 수 없으니까. 그렇게 따지자면 세탁기나 자동차, 신용카드도 마찬가지지.

이런 얘기는 나중에 기회가 된다면 메일에 더 자세히 쓰고 싶어. 요즘 난 자주 성경을 읽어. 초심리학에 관한 책만 읽는 게 아니야. 내겐 이런 것들이 서로 연관이 있으니까.

이제 네게 뭐 하나 물어봐도 되겠어? 넌 요즘 뭘 믿고 있어? 어떤 믿음이 있어? 난 네가 어디서 태어났고 어디서 왔는지는 알고 있어. 하지만 요즘 네 생각, 네 믿음, 네 몸속에 어떤 새로운 것이 들어 있는지 궁금해.

그건 그렇고, 지난번에 보내준 메일은 잘 받았어. 솔직히 그 메일을 읽고 나니 네가 그리 좋아 보이진 않았어. 내 기억에 남아 있는 네 이미지에서 조금 벗어난 느낌이랄까? 어쨌든 넌 내게 손을 내밀었어. 그런데 그 손은 텅 비어 있더구나. 난 네 빈손에 뭔가 신비롭고 경탄할 만한 것을 쥐어주고 싶었어. 이 세상에서 죽은 자들을 찾아볼 수 없다는 걸 생생하게 증명해 보이고 싶은 마음도 들었어. 기다려 봐. 언젠가는 그렇게 할 테니까! 어쨌든 난 이렇게 삼십 년 만에 의사소통의 문을 여는 데 동의해 준 네가 고마워.

네가 나를 두려워했다는 글을 읽으니 마음이 아프기도 하고 슬프기도 했어. 넌 과거에 그런 말은 입 밖에 내지 않았잖아. 난 네가 그저 나를 향한 마음의 문을 꽉 걸어 잠갔다고만 생각했는데… 그리고 난 그런 널 보며 변한 내 모습 때문에 네가 지루해한다고 생각했어.

어쨌든, 네가 그 일을 겪기 전에, 그리고 내가 이성을 잃기 전에-물론 이건 어디까지나 네 말이지만- 우린 늘 모든 일을 함께 했고 서로 의지하며 지냈어. 솔직히 난 이성을 잃은 적은 없었어. 하지만 그때 우리가 겪은 일은 정말 극적이었지. 바로 그 일 때문에 내 삶의 철학은 완전히 달라져버렸으니까. 더욱 극적이었던 건 바로 그 일 때문에 내가 '우리'를 떠나게 됐고, 결국 우리의 관계도 끝났다는 사실이야.

넌 그 일 말고 다른 일도 기억해? 우리가 함께 했던 엉뚱한 일들을 기억하냐고. 난 네가 기억하고 싶은 것만 기억하고 있을 것 같다는 생각이 들어.

물론 나도 그 모든 걸 기억하고 있어. 난 지금도 자주 너와 함께했던 그 오 년을 내 삶의 여백 같은 시간으로 여기고 있어.

언젠가 한 번은 트론헤임까지 걸어가기로 했던 적이 있었지. 그리고 우린 정말 그렇게 했지. 우린 미외사 강에서 배를 타기도 했어. 예술 회관에 앉아 있다가 갑자기 자전거를 타고 스웨덴 스톡홀름까지 가기로 했던 적도 있었지. 그때 우린 집에 가서 몇 시간 자고 나서 눈을 뜨자마자 곧바로 자전거를 타고 스톡홀름을 향해 달렸지.

우리가 했던 가장 엉뚱한 짓이라면 하당어비다에서 했던 '스턴트'를 들 수 있을 거야. 우린 그때 몇 주 동안 석기시대 사람들처럼 살아보기로 했지. 그래서 기차를 타고 하당어비다 산으로 향했어. 그리고 헤우가스퇼에서 남서쪽으로 몇 킬로미터 떨어진 곳에 있는 바위 아래 동굴에서 살았지. 추위에 대비해서 두꺼운 옷과 양모 담요도 가져갔어. 캠핑을 시작하기 전 처음 몇 시간 동안 배고픔을 달래려고 커다란 도시락도 두 개 준비해 갔지. 그 밖에도 만약의 상황에 대처하려고 여러 가지 빵과 비스킷, 냄비와 낚싯줄 한 묶음, 등산용 칼, 성냥 두 갑도 가져갔어. 그러니까 그건 우리가 했던 모든 여행 중에서 유일하게 시대착오적인 모험이었던 셈이지. 아, 넌 피임약도 한 판 가져왔어. 그건 달력 역할을 했지. 그때 시간이 흐르고 날이 바뀌는 걸 확인할 도구는 그것뿐이었으니까.

우린 첫날 거의 나무 열매만으로 허기를 채웠어. 시로미와 야생딸기, 블루베리를 날로 먹거나 데워서 으깬 죽처럼 만들어 먹기도 했어. 다음날엔 산길에 흩어져 있는 야생 조류의 뼛조각들을 모아 그걸로 낚시 도구를 만들었어. 그리고 흙을 파고 지렁이를 잡아서 미끼로 썼지. 그렇게 숭어를 잡아서 편편한 돌 위에 올려놓고 불을 피워서 구워먹는다는 거창한 계획을 세웠어. 그뿐 아니라 산토끼와 새를 잡아먹을 생각도 했어. 하지만 산토끼는 너무 빨랐고, 새는 발견하자마자 날아가 버렸어. 시간이 흐를수록 우린 점점 고기가 먹고 싶어 안달이 났지. 그런데 갑자기 숲 속에 모여 있는 순록 떼를 발견한 거야. 그래서 바닥에 박혀 있는 커다란 바위를 파내서 그 자리에 함정을 만들기로 하고 그 위에 자작나무 가지와 나뭇잎, 그리고 이끼 같은 것들을 살짝 덮어놓았어. 그런데 그렇게 함정을 만들고 나니까 순록 떼가 사라져 버렸어. 하지만 다행히도 함정을 이용해서 새끼 산양 한 마리를 잡을 수 있었지. 우린 너무 배가 고파서 동정이나 연민은 손톱만큼도 없이 산양을 죽이고 껍질을 벗겼어. 우린 그 산양 고기로 며칠을 버텼어. 그리고 그 뼈로 낚싯바늘과 조리도구를 만들었어. 난 남은 뼛조각은 갈고 다듬어서 장신구를 만들어 네 목에 걸어줬어. 양가죽도 여러모로 도움이 됐어. 그땐 해가 짧아지고 새벽에 서리가 내릴 만큼 날씨가 쌀쌀했으니까. 그러던 어느 날 갑자기 우린 네 피임약이 네 개밖에 남지 않았다는 걸 발견했지. 그러니까 우린 동굴 속에서 석기시대 사람들처럼 무려 17일이나 지냈던 거야. 우린 시간이 그렇게나 흐른 줄 전혀 모르고 있었지. 왜냐면 거기서 그렇게 지내는 사이에 사람이라곤 그림자도 보지 못했으니까. 어쨌든 우린 그 경험을 통해 석기시대 사람처럼 사는 것도 충분히 가능하다는 걸 알았어.

마침내 집으로 돌아와 샤워하고 나서 더블베드에 누워 골든 파워를 마시니 마치 천국에 와 있는 것 같았지. 우린 그때 무려 36시간 동안 꼼짝 않고 잠만 잤어. 온몸이 쑤시고, 잠도 모자랐으니까. 마치 몇 년 동안 여행하고 막 집에 돌아온 것 같은 기분이었어.

지난 일을 돌아보노라니 기분이 이상해져. 내 삶의 여백은 세상에서 고립되기를 자청하고 동굴에서 살았던 바로 그 17일의 시간이었어. 눈에 보이는 사람이라곤 너밖에 없었지.

넌 요즘 무슨 생각을 하며 지내? 뭘 믿으며 사는지 궁금해. 어쩌면 내 질문이 조금 허황하게 들릴지도 모르겠구나. 하지만 한 번쯤은 실험적 사고를 해보는 것도 재미있지 않겠어? 예를 들어 네가 대학 연구실에 앉아서 삶이 지루해 어쩔 줄 모르는 교수라고 가정해보자. 그리고 난 네 학생 중 한 사람인데, 네 연구실 문을 두드린다고 상상해봐. 넌 못 견디게 지루하던 차에 학생이 찾아와 잘됐다고 생각하면서 얼른 들어오라고 하겠지. 난 이렇게 말할 거야. '교수님, 지금까지 교수님 강의는 아주 인상적이었어요. 배울 것도 많았죠. 하지만 교수님도 모르는 게 있을 거라고 생각해요. 혹시 교수님이 모르는 것들에 대해선 어떻게 생각하고 계시는지 들어볼 수 있을까요?' 넌 학생 중에서 가장 똑똑한 제자가 찾아와서 이렇게 당돌하고 개인적인 질문을 던진다는 사실이 흐뭇해서 속으로 우쭐할 거야. 넌 그 학생 한 사람을 상대로 강의를 시작하겠지. 자, 스테인! 난 지금 그 일대일 강의를 기다리고 있어. 하지만 너무 길게 끌지는 말아 줘. 햇살이 쨍쨍하니 오늘도 정원에서 바비큐를 할 것 같아. 그러면 난 적어도 샐러드 정도는 만들어야 하니까.

너도 참 여전하구나! 그런 즐거운 유혹을 내가 어떻게 거부할 수 있겠어?

그럼 그 유혹에 넘어가.

그럼, 난 지난번 메일에 이어 계속 쓰면 되겠군. 난 우리 조상이 석기시대 인간들이라고 믿고 있으니까. 아, 물론 석기시대 사람들은 피임약 같은 건 사용하지 않았겠지. 하지만 그들과 마찬가지로 우리도 호모 사피엔스에 속하지. 호모 사피엔스는 호모 에렉투스에서 발전한 종이고, 호모 에렉투스는 호모 하빌리스라는 화석인류에서 발전했어. 그리고 호모 하빌리스는 오스트랄로피테쿠스 아프리카누스에서 갈라져 나왔지.
우린 영장류야, 솔룬. 기억해? 몇 백만 년을 거슬러 올라가면 우린 침팬지나 고릴라와 기원이 같은 생명체라고. 이런 얘기는 이미 함께 나눈 적이 있으니 너도 잘 알고 있을 거야. 우리가 삶에 대해 느끼는 강렬한 감정은 바로 이 때문이 아닐까? 우리 느낌과 감정의 밑바닥에는 자연이 있다는 사실 말이야. 생명의 이런 초기 원시적 상태에서 조금 발전한 종이 바로 하당어비다에서 봤던 산토끼나 순록 같은 포유류지. 이렇게 척추가 있는 포유류는 약 2백만 년이라는 세월이 흐르면서 '수궁류(therapsid)'라고 불리는 원종(原種)에서 진화한 종이야.

하지만 이렇게 굳이 시간을 거슬러 올라갈 필요가 있을까? 이렇게 하다 보니 마치 흐르는 물을 거슬러 헤엄치는 것 같은 느낌이 들어. 차라리 처음부터 시작해보면 어떨까? 아주 간단하게 설명할게.

최근의 발표를 보면 이 엄청난 수수께끼로 뭉쳐 있는 우주의 나이가 137억 년이라고 했어. 소위 빅뱅에 의해 탄생했다고 하지. 도대체 어떻게? 그리고 왜? 그건 내게 묻지 마. 이 문제에 대해선 전문가를 자처하는 사람들한테서도 정확한 답을 얻을 수 없을 거야. 왜냐면 이걸 알고 있는 이는 아무도 없으니까. 어쨌든 일 초도 안 되는 시간, 정말 말 그대로 눈 깜짝할 사이에 엄청난 에너지가 물질화하고, 다시 양성자와 중성자, 그리고 전자와 경입자로 나뉘어 흩어졌지. 이렇게 엄청난 열을 발생했던 우주가 서서히 식으면서 가벼운 원자들이 생성됐고, 다시 시간이 흐르면서 별들과 행성, 은하와 은하단이 생겨났어. 우리가 속한 은하계와 행성의 나이는 46억 년이라고 해. 그러니까 우주 나이의 삼분의 일 정도가 되는 거지. 지구의 역사와 발전 과정은 이미 알려진 그대로야.

지구에 원시 생명체가 최초로 생겨난 건 지금으로부터 약 삼사십억 년 전이라고 해. 최초의 생명체는 아무것도 없는 무(無)의 상태에서 생겨났을 수도 있고 네가 말하는 비공간의 개념이 이것이 아닐까-또는 생명을 구성하는 어떤 덩어리 같은 것에서 생겨났을 수도 있어. 그건 생물 출현 시기 이전의 어떤 물질이라고 말할 수 있을 거야. 이것은 우주의 혜성이나 유성에서 떨어져 나와 오랜 여정 끝에 지구에 도착했지. 당시 지구엔 산소는 물론 지구 환경을 보호하는 오존층도 없었을 거라고 짐작해. 이 산소와 오존층은 생명체의 고분자가 생성하고 발전하는 데 매우 중요한 역할을 하지. 여기서 우린 바로 아주 흥미로운 패러독스를 발견할 수 있어. 즉, 생명체가 생명을 유지하는 데 필요한 산소나 오존층이 없는데도 어떻게 생명체가 생길 수 있었느냐는 거지. 따라서 우린 지구 최초의 생명체나 세포가 바다나 물속에서 유래했다고 짐작할 수 있어. 산소와 오존층은 광합성 작용, 즉 생명체 자체를 바탕으로 생성될 수 있지. 또한 이 산소와 오존층은 고등 영장류가 생명을 유지하는 데 없어서는 안 되는 요소야. 하지만 지금 이런 새로운 생명체가 생성될 수는 없어. 어쨌든 이런 사실에 비춰 보자면 지구상 모든 생명체의 나이는 정확하게 같다고 할 수 있지 않을까.

원시시대 지구에 광합성 작용을 하는 유기체가 발생하면, 이를 바탕으로 해서 고등 광합성 작용을 하는 식물, 그리고 동물이 생성되지. 캄브리아기(5억 4,300만 년 전부터 5억 1,000만 년 전까지)에는 연체동물과 절지동물이 생겨났고, 오르도비스기(5억 1,000만 년 전부터 4억 4,000만 년 전까지)에는 척추동물이 생겨났어. 이 시기에 최초로 몸에 뼈가 있는 생명체가 나타난 거야. 바로 여기서부터 가지를 치고 진화한 동물 군이 그로부터 5억 년 뒤에 우주적 근원을 탐사하고 연구하는 인간이 됐다고 볼 수 있어.

실루리아기(4억 4,000만 년 전부터 4억 900만 년 전까지)에는 최초로 육지 식물이 나타났을 뿐 아니라 절지동물을 대표하는 육지 동물도 생겨났어. 그중에서 가장 빨랐던 동물은 전갈이었어. 이 동물 군을 '거미 강'이라고 부르는데, 물이 아니라 육지에서 사는 최초의 동물이 됐지. 데본기(4억 900만 년 전부터 3억 5,400만 년 전까지) 말엽에는 양서류가 육지를 기어 다니기도 했는데 이들은 '미치류'라고 불리며 실러캔스, 즉 유악류[4]에서 진화됐다고 알려져 있지. 석탄기(3억 5,400만 년 전부터 2억 9,000만 년 전까지)는 육상 척추동물들의 움직임이 급격히 빨라진 시기야. 이때 양서류와 파충류가 갈라져 나와 진화했던 시기이기도 해. 이 발전은 다음 시기인 페름기(2억 9,000만 년 전부터 2억 4,500만 년 전까지)에도 계속됐어. 이 시기의 특징은 여러 종류의 파충류가 메마른 육지 기후에 적응하기 시작했다는 점이고, 또한 포유류의 조상이라고 할 수 있는 수궁류가 처음 나타났다는 점도 들 수 있지.

트라이아스기(2억 4,500만 년 전부터 2억 600만 년 전까지)에는 최초의 포유류와 최초의 공룡이 생겨났어. 특히 공룡은 이 시기 말엽부터 다음 시기인 쥐라기(2억 600만 년 전부터 1억 4,400만 년 전까지) 전체는 물론, 멕시코 걸프의 유카탄에 떨어진 운석이 몰고 온 지구 대재앙 시기까지 육지를 지배했던 것으로 짐작하고 있어. 이들 공룡은 백악기(1억 4,400만 년 전부터 6천 50만 년 전까지)에 멸종된 것으로 알려져 있어. 하지만 어떤 학자들은 우리가 하당어비다에서 봤던 뇌조류가 공룡의 후손이라고 주장하기도 해. 뇌조류는 다른 새들과 그 기원을 같기 때문에 일부 고생물 학자들은 날개가 있는 모든 새는 공룡이라며 농담

---

4) 턱이 있는 물고기

처럼 말하기도 하지.

인간을 포함한 모든 영장류는 육식 공룡들의 포악함에서 살아남은 땃쥐류 같은 포유동물에서 그 기원을 찾아볼 수 있어. 언젠가 너와 난 땃쥐류라고 농담처럼 주고받던 말을 기억해?

제3기(6,500만 년 전부터 180만 년 전까지)에는 포유류, 영장류가 급격한 진화를 시작했지. 우리의 조상이라고도 할 수 있는 오스트랄로피테쿠스 또는 '유인원'이라고도 부르는 원시인류가 제 4기(180만 년 전) 이 시기 초기에 모습을 드러냈어.

내가 믿는 건 바로 이런 것들이야! 난 우주론과 천체물리학 이론을 믿고, 생물학과 고생물학에서 말하는 생체 진화설을 믿어. 세상을 해석하는 자연과학 이론에도 귀를 기울이지. 물론 이런 이론들은 영구불변한 것이 아니라 시간과 함께 변화하고 발전하게 마련이지. 예를 들어 학자들의 연구 결과에 따라 이런 이론들은 다섯 걸음 앞으로 나아갔다가 한 걸음 옆으로 비켜가기도 하고, 한 걸음 앞으로 나아갔다가 두 걸음 옆으로 옮길 때도 있어. 하지만 난 자연의 법칙을 믿어. 더 정확히 말하자면 물리학과 수학의 법칙을 전적으로 신뢰한다고 말해도 되겠지.

난 있는 그대로의 사실을 믿어. 물론 이 세상 모든 현상을 설명할 수 있는 지식과 학문은 존재하지 않아. 그리고 지식과 이성이 모든 걸 설명할 수도 없어. 인간의 이해력에는 한계가 있고, 지식에는 여기저기 구멍이 있을 수밖에 없어. 하지만 우린 이전 인간들보다 훨씬 더 많은 걸 알고 있는 게 사실이야.

지난 백여 년간 인간이 찾아내고 알아낸 것들이 얼마나 많은지를 떠올린다면 너도 감탄할 수밖에 없을 거야. 일단 세기적 관점에서 아인슈타인의 상대성 이론이 등장한 1905년부터 살펴보는 게 어떨까? E=mc2라는 공식은 이 우주의 성질을 설명하는 엄청나게 깊은 통찰력을 보여주지. 이 공식은 에너지가 질량으로 변환될 수 있고, 질량은 에너지로 변환할 수 있다는 걸 한마디로 설명해주고 있지. 1920년대에는 허블이 우주에서의 적색 편이[5] 현상을 발견했고, 이를 바탕으로 은하들의 적색 편이와 은하들까지의 거리가 비례한다는 허블의 법칙[6]을 발표하기도 했지. 이 이론은 세기적 관점에서 봤을 때 거대한 학문적 약진으로 간주할 수 있어. 이건 우주가 빅뱅으로 인해 생성됐다는 이론과 우주가 정적이지 않고 팽창하며 움직인다는 걸 뒷받침하는 이론이고, 137억 년 전에 있었던 엄청난 에너지 폭발, 즉 빅뱅 이후 달구어졌던 우주가 아직도 완전히 식지 않았다는 걸 말해주고 있지. 1990년에는 허블의 이름을 딴 천체망원경이 지구 궤도에 설치됐고, 수차례의 수리와 조정을 거친 후 마침내 수십억 광년 밖의 우주는 물론, 수십 억 광년 이전의 우주 역사도 우리한테 보여줄 수 있게 됐어. 우주를 엿본다는 건 지난 시간을 돌아보는 것과 마찬가지야. 오늘

---

5) 赤色偏移(redshift): 물체가 내는 빛의 파장이 늘어나 보이는 현상. 일반적으로 전자기파의 가시광선 영역에서 파장이 길수록 붉게 보이기 때문에 물체의 스펙트럼이 붉은색 쪽으로 치우친다는 의미에서 적색(赤色) 편이(偏移)라고 불린다.

6) Hubble's law: 먼 우주에서 오는 빛의 적색 편이는 거리에 비례한다는 법칙이다. 이 법칙은 약 10년간의 관측 끝에 1929년 에드윈 허블과 밀턴 휴메이슨이 발표했다. 허블의 법칙은 우주 팽창론의 첫 관측 증거이며, 빅뱅에 대한 증거로 가장 널리 인용된다.

날에는 우주의 기원을 돌아볼 수 있는 근원을 제공하는 걸 거의 찾아볼 수 없어. 더욱이 빅뱅 이후 삼십만 년 이전의 과거를 돌아보기란 거의 불가능하지. 생화학을 통해 생명체를 이해할 수 있게 된 건 현 세기에 들어와서 일어난 일이야. 그중에서도 눈여겨볼 만한 사항은 1953년에 프랜시스 크릭과 제임스 D. 왓슨이 발표한 유전인자의 구조에 관한 연구지. 즉 오늘날 말하는 나선형 DNA 인자 말이야. 여기서 좀 더 발전해 인간의 유전 형질을 구성하는 약 30억 개의 호메오박스에 대한 개관도 마련될 수 있었지. 그 후 또 다른 중대한 사항은 2008년 유럽 원자핵 공동 연구소(CERN)에서 진행한 세계 최대 규모의 물리실험을 들 수 있어. 이 실험에서는 새로운 입자가속기가 사용됐는데, 그 목적은 빅뱅이 발생하고 0.000,000,000,001초의 시간이 흐른 뒤에 우주를 구성하고 있던 근본적 입자들을 조사하는 데 있었지. 이처럼 우주의 역사를 세세한 순간까지 들여다보고 이해할 수 있는 현대에 살고 있는 우리가 통찰력이 모자란다고 비난하는 태도는 옳지 않다고 생각해.

과거에는 세상의 기원이나 생명체의 구조적이고 자연적인 성질에 관한 토의를 달의 뒷면에 관한 토의나 마찬가지로 여겼어. 지구에 사는 우리는 언제나 달의 한쪽 면밖에 볼 수 없으니까. 하지만 인간이 달에 착륙하고, 달의 뒷면에 관한 온갖 지식을 담은 책을 서점에서 어렵지 않게 구할 수 있는 요즘, 그런 주제를 달의 뒷면에 비유하는 건 우스운 일이지.

정말 감동하지 않을 수 없군. 이 말이 아이러니라는 걸 너도 알고 있겠지. 넌 지금 선생님 질문에 대답을 찾지 못해 아무 상관없는 얘기들을 주절주절 늘어놓는 초등학교 학생처럼 보여. 난 네가 이 세상의 신비와 불가사의한 일들을 어떻게 생각하는지를 물었지, 널 비롯한 세상 사람들이 이미 모두 알고 있는 것들을 묻지 않았다고. 넌 연구실에 찾아온 학생이 던진 질문의 의도를 전혀 이해하지 못한 것 같아. 그 학생은 백과사전에서 찾아볼 수 있는 지식을 얻으려고 널 찾아온 게 아니야.

물론 난 천체물리학이나 고생물학, 또는 자연과학의 역사에 대한 얘기는 얼마든지 들어줄 테니 계속해도 좋아. 하지만 넌 물질적인 사실들만을 나열하고 있을 뿐이야. 그렇게 보면 넌 내 질문에 대답하지 않았다고 볼 수 있지. 네 대답에는 그 모든 일이 왜 일어났는지에 대한 설명은 없어. 단지 세상 사람들이 이미 다 아는 사실들을 얘기했을 뿐이지.

넌 가장 신비롭고 수수께끼 같은 문제 ─ 어쩌면 이게 가장 본질적인지도 몰라 ─ 에 대해선 단 한 마디도 언급하지 않았어. 바로 인간의 영혼에 대해서 말이야. 이 세상 모든 사람한테는 각자 자기 영혼이 있어. 과거 우리가 지나가던 행인들을 보며 살아 있는 인형이라 불렀던 것도 바로 그 때문이 아니었니?

이렇게 한번 생각해 봐. 한 아이가 어머니한테 이런 질문을 던졌다고 쳐보자. '엄마, 난 누구야? 인간은 뭐야?' 그러면 어머니는 아이의 질문에 대답하기 위해 사람 몸을 토막 내서 안을 들여다보게 해줘야 할까?

난 네 메일에서 몇 줄을 다시 읽어봤어.

"이 강렬하고 엄청난 수수께끼로 뭉쳐 있는 우주의 나이가 약 137억 년이라고 했어. 소위 빅뱅에 의해 탄생했다고 하지. 도대체 어떻게? 그리고 왜? 그건 내게 묻지 마. 여기에 대해선 소위 전문가를 자처하는 이들에게 물어도 답을 얻을 수 없을 거야."

이 글에서 넌 문제의 핵심이 아니라 주변만을 건드리고 있을 뿐이야. 우린 과거에 이 엄청난 수수께끼에 대해 불가지론자들과 같은 태도를 보였지. 우리가 17일 동안 자연 상태에서 원시인처럼 살아갈 에너지를 얻을 수 있었던 것도 어찌 보면 아무 생각 없이 심취했던 이런 불가지론 때문이 아니었을까? 우린 이 세상 모든 것을 경이로 받아들였고, 자연에서 모든 걸 직접 경험하려고 했지.

하지만 우리 둘 사이의 거리가 눈에 보이는 것만큼 멀다고 생각할 필욘 없어. 우리 둘이 서로 다른 점이 있다면, 네가 '빅뱅'이라고 부르는 걸 난 대창조의 순간이라고 부른다는 것뿐이야. 창세기 1장 3절에도 그렇게 나와 있지. "하느님께서 '빛이 생겨라!' 하시자 빛이 생겨났다."

난 네가 엄청난 '에너지 방전'이라고 말한 걸 창조의 순간에 대한 묘사로 받아들여. 솔직히 말해서 신이 천지를 창조한 순간에 0.000,000,000,001초까지 가까이 다가갈 능력이 있는 인간들이, 신의 전지전능한 능력과 존재는 전혀 느끼지 못한다는 사실이 난 매우 안타까워.

자, 다시 한 번 기회를 줄게. 넌 뭘 믿지? 우리가 모르는 것들에 대해 넌 어떤 생각을 하고 있느냐고.

삭제하고 있는 거야?

뭘?

답장을 보내기 전에 상대가 보낸 메일을 먼저 삭제하기로 했잖아.

그래….

내가 너한테 보낸 메일에서 읽은 문장을 글자 하나 틀리지 않고 기억하고 있다는 게 놀라워서 하는 말이야. 넌 빅뱅에 관해 내가 쓴 글을 따옴표까지 써가면서 인용했잖아.

넌 아직도 아이처럼 유치한 구석이 있구나. 난 기억력만큼은 누구한테도 뒤지지 않아. 나한테도 여러 가지 능력이 있다고.

그렇군….

지금 요나스와 닐스 페터가 바비큐를 준비하고 있어. 난 샐러드를 만들어야 해. 창밖으로 내다보니 아들이 아버지보다 키가 크다는 걸 새삼 확인하게 되는구나. 아마 오늘 저녁엔 네게 메일 보낼 시간이 없을 것 같아. 내일은 어때?

좋아. 내일도 바쁜 일은 없어. 저녁 시간 재밌게 지내라.

너도 장인하고 저녁 시간 즐겁게 지내길 바랄게.

# III

안녕. 좋은 아침! 거기 있어?

응, 반시간 전에 메일 보냈구나. 난 지금 컴퓨터 앞에 앉아 있어. 인터넷에도 연결돼 있지.

오늘은 날이 참 좋아. 바람 한 점 없는 데다 공기 중엔 기분 좋은 따스한 기운이 어려 있어. 난 외할머니가 꽃을 가꾸시던 작은 정원 앞에 앉아 있어. 작은 탁자를 내놓고 그 위에 노트북을 올려놓았지. 외할머니는 정원을 손질하실 때마다 네 이름을 노래하듯 부르곤 하셨지.

비가 많은 서쪽 지방에 살다 보면 이럴 수밖에 없어. 날씨 좋은 여름날을 그냥 지나치지 않지. 날씨가 좋으면 모두들 집 밖으로 나와서 햇빛과 푸른 하늘을 만끽해. 난 지금 체리 무늬가 있는 노란색 여름 원피스를 입고 있어. 탁자 위 노트북 옆에는 체리가 가득 담긴 접시가 놓여 있어. 부둣가에 있는 청과물 가게에서 산 거야. 넌 지금 뭐하고 있어?

난 지금 노르베르그에 살고 있어. 전에도 얘기한 적이 있는 것 같아. 너와 내가 전에 함께 살던 그 집에서 그리 멀지 않은 곳이야. 우리가 함께 산책할 때 콩글레베이엔 거리의 언덕에 있는 이 집 앞을 한두 번 지나간 적도 있어. 하긴 삼십 년 전 일이니 네가 이곳 거리 이름을 다 기억할 순 없겠지.

난 베란다 유리벽을 통해 남쪽으로 향한 아파트 정원을 내려다보고 있어. 커다란 유리문 두 개를 모두 활짝 열어놓아서 거의 밖에 나와 앉아 있는 것 같은 기분이야. 가끔 유리문을 통해 벌이 날아 들어올 때도 있어. 하지만 몇 초 후에 다시 나가버리지. 베릿은 베란다에 꽃밭을 만들자고 했지만, 난 아파트 정원에 꽃이 가득한데 굳이 집 안에 꽃밭을 만들 필요는 없다고 했지. 하지만 겨울엔 녹색 식물을 베란다에 들여놓아야 한다는 베릿의 말엔 동의했지. 그때는 창문을 열어놓아도 날아 들어오는 벌이나 날벌레가 없을 테니까. 나도 어쩔 수 없이 기혼자들의 전형적인 양보와 타협 관계에서 살아간다는 생각이 드는구나. 어쨌든 함께 살려면 서로 중간 지점에서 타협하는 수밖에 없지.

베릿은 여름휴가가 끝나고 나서 일터로 돌아갔어. 전에 너한테 얘기했던 것 같기도 한데… 베릿은 울레볼 종합병원에서 안과 의사로 일하고 있어. 이네와 노룬은 밖에서 놀고 있어서 난 지금 집에 혼자 있지.

콩글레베이엔 거리는 나도 기억해. 우린 그 거리를 몇 차례 함께 산책했지. 베르그 전철역까지 걸어가서 마음이 내키면 블린더른[7]까지 걷기도 했어. 스테인, 우리가 그런 산책을 한두 번 했던 게 아니야. 난 너와 헤어지고 나서도 오슬로에 갈 때마다 크링쇼를 둘러보기도 했어. 나도 거기서 오 년이나 살았잖아. 내 삶에서 그 오년은 아주 중요한 기간이었어. 당시 난 그곳을 내 보금자리로 여기고 있었으니까. 요즘도 오슬로에 갈 때마다 송스반 연못을 한두 바퀴 돌아보곤 해.

네가 요즘도 여기 가끔 온다는 말을 들으니 기분이 나쁘진 않다.
그런데 너하고 한 번도 마주치지 않았네. 송스반 연못가를 산책할 때도 말이야.
그래, 그러고 보니 참 이상하다.

뭐가?

우연이라는 거 말이야. 매번 경험할 수 있는 게 아니라는 생각이 문득들어서… 어쩌면 우리 우연은 호텔 베란다에서 만날 때까지 유보돼있었던 건 아닐까?
그런데 넌 연못가를 산책할 때 시계 방향으로 걸었니, 아니면 시계 반대 방향으로 걸었니?

---

7) 오슬로 국립대학이 있는 곳

항상 시계 반대 방향으로 돌았어. 스테인, 우리가 함께 산책할 때도 늘 그랬잖아.

그래, 나도 너처럼 거기 가면 습관대로 항상 시계 반대 방향으로 걸어. 그렇다면 어느 정도 거리를 두고 내가 네 뒤를 따라 걸었을 수도 있겠구나. 요즘 조깅을 시작했으니, 다음번엔 널 따라잡을 수 있을지도 모르겠다.

난 솔직히 베란다에서 노트북 앞에 앉아 있는 지금의 네 모습에 더 관심 있어. 벌이 베란다 안으로 날아 들어왔다가 다시 나가는 모습도 상상할 수 있게 해줘서 고마워. 하지만 지금 나한텐 우리 두 사람이 페리를 두 번이나 타면서 6백 킬로미터나 달려가야 하는 거리에 있다는 사실을 잊게 해주는 어떤 현재적인 요소가 필요해. 지금의 네 모습을 더 선명하게 상상할 수 있게 해주는 묘사가 필요하다는 거야.

알았어. 난 지금 흰색 티셔츠와 카키색 반바지를 입고 맨발로 앉아 있어. 내 앞에는 A4 크기의 노트북 하나만 올려놓아도 꽉 차는 아주 작은 책상이 놓여 있지. 그래서 더블 에스프레소 한 잔과 물 한 컵은 창틀에 올려놓았어. 내가 지금 앉아 있는 의자는 언제 샀는지도 기억나지 않아. 언제 어떤 연유로 우리 집에 왔는지 전혀 기억할 수 없어. 지금 바깥 기온은 25도야. 가장자리에 측백나무가 줄지어 서 있는 정원엔 덜

익은 열매가 달린 배나무가 한 그루 있고, 자두나무도 두 그루가 있어. 자두는 다 익어서 자주색을 띠고 있어. 난 이 자두가 혹시 헤르만 종이 아닌지 궁금해 하고 있어. 낡은 해시계 주변에는 노란 좁쌀풀 꽃이 가득 피어 있어. 해마다 여름이 되면 이 꽃이 피지. 자갈길 주변엔 흰색과 붉은색 노루오줌속이라는 꽃이 가득 피어 있어. 이 꽃은 조금 늦게 피긴 하지만 가늘고 작은 줄기에 붙어서 가을 내내 잘 견디지.

자, 이만하면 페리를 두 번 타고 6백 킬로미터를 가야 하는 거리를 좁힐 수 있을 정도의 설명이 됐어?

그래, 당분간은 그만하면 충분해. 이제 네 모습을 머릿속에서 선명하게 그려볼 수 있을 것 같아. 반바지를 입고 있다고? 전에는 한 번도 반바지를 입지 않았잖아. 넌 항상 벨벳 바지를 입었어. 어떤 때는 갈색, 또 어떤 때는 베이지색, 가끔은 빨간색 벨벳 바지를 입을 때도 있었지. 그러고 보니 네 취향도 변한 것 같구나.

스테인, 이제 내게 말해 봐. 난 여기 계속 앉아 있을 테니까.

이제 네게 말해보라고?

응, 네가 설명할 수 없는 것들을 어떻게 생각하고 어떻게 믿고 있는지 내게 말할 기회를 주겠다는 거야.

그렇군. 알았어. 넌 전에도 내게 비슷한 질문을 한 적이 있었지. 하지만 그때 내가 뭐라고 대답했는지는 정확히 기억할 수 없어. 어쨌든, 네가 남편하고 지난 수요일 서점 가를 떠난 뒤에 난 꽤 오랫동안 거기 남아서 우리가 과거에 왜 헤어지게 됐는지 곰곰이 생각해봤어. 그때도 이런 믿음에 대한 얘기가 오갔던 것 같아. 그리고 네가 메일에서 산딸기 여인을 언급했기에 전에 우리가 이런 것들에 대해 주고받았던 얘기를 떠올려봤어. 그런데 그런 대화는 무거운 침묵으로 이어졌고, 결국 우린 헤어지게 됐지. 그래서 그 해묵은 얘기를 다시 들춰내자니 왠지 두렵기까지 해. 네가 말했듯이 난 마지막 날 저녁에 밤새 혼자 앉아서 줄담배를 피워댔지. 난 몹시 절망했고, 우린 말 한마디 나눌 수 없는 상태에 있었어. 같은 방에 함께 있는 것조차 견딜 수 없었지. 그날 동틀 무렵 잠시 눈을 붙이려고 했을 때 담뱃갑에 담배가 한 개비밖에 남아 있지 않았어. 그건 지금도 기억해. 침대에 누워서 한 시간쯤 자고 일어나 난 그 마지막 담배에 불을 붙였어. 그 담배를 다 피우기도 전에 재떨이에 던져 넣고 밖으로 나갔더니 넌 그때 거실에서 담배를 피우고 있었어.

넌 날 보자 '스테인!'이라고 딱 한 마디만 했지. 난 네 눈빛을 보고 고개를 끄덕였어. 난 네가 나와 헤어지기로 결심했고, 그날 중으로 짐을 싸서 날 떠나리란 걸 알았어. 그리고 넌 내가 네 생각을 짐작했다는 걸 알아차렸지. 난 널 붙잡지 않았어.

그런데 삼십 년이 지난 오늘, 넌 내가 뭘 믿느냐고 묻고 있어. 내 대답에 네가 실망할지도 모르겠지만, 난 어떤 것에 대해서도 '믿음'이 없다고 말할 수밖에 없어. 따라서 내가 뭘 믿느냐보다는 내가 정확하게 뭘 믿지 않느냐를 말하는 편이 나을 거 같아.

넌 지금 변명만 늘어놓는다는 생각이 들어. 그래, 그렇다면 네가 믿지 않는 건 뭐지?

그건 한마디로 대답할 수 있어. 난 '묵시' 또는 '계시'라는 걸 믿지 않아. 물론 이 세상엔 우리가 모르는 것, 우리가 놀라고 경탄할 만한 것이 많아. 그리고 믿는 것, 의심하는 것도 수없이 많지.

그래서?

우린 지금 '믿음'이라는 단어를 서로 다른 배경을 바탕으로 사용하고 있는 것 같아. 예를 들어, 우린 축구 경기에서 맨체스터 유나이티드가 리버풀을 이길 것으로 믿기도 하고, 또는 내일 날씨가 좋을 것이라 믿기도 하지. 이 경우, 우린 두 가지 상황 중에서 더 있음직한 상황에 고개를 돌린다고도 할 수 있어. 오는 일요일 있을 축구 경기에서 맨체스터 유나이티드가 이길 가능성이 더 많다고 생각하는 일, 여러 가지 정황으로 미루어볼 때 내일 날씨가 좋을 것 같다고 생각하는 일 등등 말이야. 하지만 이건 네가 말하는 '믿음'과는 거리가 있기 때문에 토론에서 제외하는 게 좋을 것 같다.

믿음에 관한 카테고리에는 이것 말고도 또 다른 것들이 포함될 수 있어. 이미 언급했던 것이지만, 소위 빅뱅은 저절로 발생했는가, 아니면 신의 창조 행위에 대한 결과물인가 하는 것이지. 이 질문에는 누구도 궁극적으로 대답할 수 없어. 이건 전형적인 믿음에 관한 질문이라고 할 수 있을 거야. 난 개인적으로 빅뱅이 신의 창조 행위의 한 부분이 라는 믿음을 업신여기고 무시하진 않아. '신'이라는 단어 또는 그 개념은 솔직히 인간적 관점에 바탕을 두고 만들어진 것이야. 이와 마찬가지로 죽음도 뛰어넘는 인간의 '영혼'이나 '령'이 존재한다는 네 의견도 무시할 생각은 없어. 하지만 난 개인적으로 내 속의 어떤 존재가 죽음까지도 뛰어넘고 '나'로 남아 있을 가능성은 없다고 봐. 앞서 말했듯이 그런 사고는 자연과학의 법칙과 크게 어긋난 것이기도 해. 하지만 난 존재에 대한 믿음을 자연과학적 바탕에 의거해 완전히 배제할 의도는 없어.

좋아. 하지만?

하지만 난 그 어떤 '초자연적' 힘이 인간의 삶에 끼어들어 '계시'를 한다는 것은 전혀 믿지 않아. 난 솔직히 과거에 이 점에 대해 내 의견을 똑 부러지게 말하지 못했다는 데 대해 조금 후회하고 있어. 그 옛날 내가 반응했던 건 삶과 존재에 대한 갑작스럽고도 확고한 네 믿음이 아니라, 저승에서 온 산딸기 여인이 우리에게 어떤 계시를 줬다는 네 생각이었어. 우린 그 일을 함께 경험했어. 산속 연못가에서 산딸기 여인을 너와 함께 보긴 했지만, 난 그녀가 바로 그곳에서 세상을 떠났고, 또 이 세상이 아닌 '저승'에서 우리를 찾아왔다는 말은 솔직히 믿을 수 없었어.

충분히 이해해. 스테인, 계속 말해봐. 우선 네 관점을 완전히 이해하고 싶어. 네 말을 다 듣고 나서 내 생각을 말할게. 그러니 이 문제에 관해 네가 하고 싶은 말을 다 해봐. 얼마든지 들어줄 테니까.

그래, 그렇다면 이 얘기부터 시작해볼까? 난 인간 역사를 통틀어 신이나 천사, 혼령이나 죽은 선조, 정신이나 영혼 또는 유령이 사람들 앞에 스스로 모습을 드러내 무언가를 계시한 적은 한 번도 없다고 생각해. 한마디로 말해서 그런 것들은 존재하지 않기 때문이지.

얘기를 계속해, 스테인. 난 네가 생각하는 만큼 그렇게 여리고 나약하진 않아. 넌 초자연적인 힘은 전혀 믿지 않는다고 했지.

먼저 질문한 사람은 너야. 어쨌든 이제 내 갈릴레오 망원경을 너한테 빌려줄 때가 된 것 같구나. 모든 '초자연적' 현상은 전적으로 인간적인 것이 아닌 다른 뭔가를 동경하는 인간의 관점이 만들어낸 거야. 그런 예를 지구 곳곳에서 수없이 찾아볼 수 있지. 난 이런 현상이 발생하는 데에는 세 가지 이유가 있다고 생각해. 첫째는 인간의 풍부한 상상력이고, 둘째는 설명할 수 없는 어떤 일에 눈에 보이지 않는 원인이 존재한다고 믿고, 그걸 찾아내려고 애쓰는 인간의 의도, 셋째는 죽음 뒤에도 삶이 존재한다고 믿는 인간의 본능적인 동경이야.

이런 인간의 본성이 복잡하게 얽혀 초자연적 현상을 만들어내고, 또 그걸 믿고 의지하지. 역사적으로 모든 사회와 문화권에서 인간은 신, 자연령, 조상신, 천사, 악마 같은 초자연적 존재에 대한 사고에서 벗어나지 못했어.

넌 정말 고집이 세구나. 너 자신의 생각에 그토록 확고한 태도를 보일 수 있다니….

인간의 상상력부터 살펴보자. 사람은 누구나 뭔가를 꿈꾸지. 그리고 착각이나 환영에서 자신을 완벽하게 보호할 수 있는 사람은 없어. 가끔은 깨어 있는 상태에서 그런 현상을 경험하기도 해. 환영이나 착시는 사실적 근거 없이 발생하는 현상이야. 그런 현상을 경험한 사람은 실제로 자기가 그걸 경험했는지 스스로 묻게 되지. 그것이 실제로 일어났는지 아니면 꿈같은 상태에서 경험한 것인지 확신하지 못하는 거야.

나도 직접 유령을 봤다고 주장하는 사람들을 많이 만났어. 인간의 뇌는 모든 감각적 현상에 반응하기 때문에 역량을 초과할 때가 있어. 그럴 때 감각 기관에 반응하는 뇌의 여러 기능이 서로 복잡하게 연결되기도 하고, 환시나 착각, 혼란이 일어나기도 해.

이처럼 감각적 혼란에 빠지는 건 자연스러운 현상이기도 해. 하지만 이 감각적 혼란을 믿음이 결부된 진실로 착각하는 경우도 종종 있지. 그건 우리가 이런 착각이나 환영을 의식과 관계없이 객관적 존재나 객관적 상태로 인지하기 때문이야. 이런 현상엔 동서고금을 통해 수없이 언급되는 자연령에서부터 기독교나 불교 등 그 기원이 오래된 모든 종교 설화에 등장하는 신비로운 존재도 포함되지. 예를 들어 은하계에 속한 수많은 항성 중에서 유독 지구에 사는 인간들에게 모습을 드러내 계시를 했다는 전지전능한 신도 그중 하나야.

하지만 여기엔 중요한 뉘앙스가 있어. 다시 말해 모든 종교에는 어느 정도 윤리적 이상과 인간적 경험이 포함돼 있다는 거야. 이런 사실엔 간과할 수 없는 가치가 있어. 앞서 말했듯이 난 인간의 종교적 믿음이나 신앙을 문제 삼지는 않아. 하지만 내가 인정할 수 없는 건 바로 그 전지전능한 신이 한 개인에게 나타나서 다른 모든 인간이 복종해야 하는 어떤 특정한 지시를 내렸다고 주장하는 사람들이 있다는 사실이야. 전 세계 곳곳에 신이 자기한테 나타나서 어떤 계시를 줬다고 주장하는 사람이 수없이 많아. 그리고 이보다 훨씬 많은 사람이 세상에서 일어나는 아주 작은 일에도 신의 섭리가 숨어 있다고 믿지. 쓰나미, 핵전쟁은 물론이고 모기에 물리는 것까지도 신의 뜻이라고 믿는 사람들이 수없이 많다는 거야.

혹은 내 노트북 배터리가 거의 다 방전된 것도 신의 뜻이라고 할 수 있을까? 얼른 문제를 해결할 방법을 찾아야겠어. 하지만 그사이에 넌 할 말을 계속 써 봐. 지금 당장은 배터리가 다 돼서 너와 긴 메일을 주고받을 수 없어. 그렇다고 이 좋은 날씨에 집 안으로 들어가기도 싫으니까.

그럼, 계속해?

응, 스테인. 그다음엔 내 차례야. 마음의 준비를 해둬. 어쩌면 그때 우리가 함께 겪었던 일을 낱낱이 해부해서 그 속을 들여다볼 기회를 마련하는 건 내 임무일지도 몰라. 난 네가 그 일을 얼마나 기억하고 있는지 확신할 수 없어. 하지만 지금은 어쨌든 할 말을 계속해봐.

그 일을 낱낱이 해부해서 그 속을 들여다보다니… 내가 그걸 기대한다고 말한다면, 그건 거짓말이겠지. 하지만 약속대로 메일을 읽고 나서 곧바로 삭제하면 그만이니까, 네 제안을 받아들이겠어. 그럼 난 메일을 계속 쓸게.

난 이전 메일에서 세상 일을 종교적인 관점에서 해결하는 사람들도 있다고 얘기했어. 하지만 인간의 본성은 변하지 않아. 너도 알다시피 난 초심리학이 인정하는 비과학적 현상이나 초감각적 현상을 신뢰한 적이 없어. 빅토리아 시대 살롱에서 열렸던 교령회나 여러 형태의 주술, 심령술도 마찬가지야. 실제 상황을 재현한다고 할 수 있는 이런 행위들은 솔직히 구시대적인 것으로 치부되고 있지. 그뿐 아니라 텔레파시, 예언, 염력, 유령도 믿지 않아. 그런데 천사나 수호천사 같은 고전적인 개념은 요즘 다시 유행하는 거 같더군. 그리고 환시 상태에서 초월적 존재와 접촉하고 계시를 받는다는 믿음도 다시 부활한 거 같더라고. 최근에 읽은 어느 기사에선 노르웨이 국민의 38퍼센트가 인간과 천사 사이의 의사소통이 가능하다고 생각한다더군.

난 점쟁이가 점을 보는 행위도 앞서 말한 의사(擬似)현상에 포함된다고 생각해. 왜냐면 점쟁이도 인간에겐 정해진 운명이 있다고 보고 이걸 어떤 형태의 기술을 이용해서 현시한다고 주장하잖아. 이런 행위를 통해 엄청난 돈을 번 사람도 꽤 많아. 솔직히 말하자면 이 분야 사업규모는 매춘업 규모와 비슷할 거라고 짐작해. 매춘과 신비주의는 분명히 돈이 되는 산업 분야야. 물론 전자는 극단적으로 말해서 자연적인 것에, 그리고 후자는 초자연적인 것에 바탕을 두고 있긴 하지만 말야. 초심리학도 세상에 존재하지 않는 것들을 조망하는 일종의 도표를 만들었을 뿐이야. 상상이나 환상에 바탕을 둔 도표.

그렇다고 해서 초자연적 현상을 다룬 문학 작품들도 가치가 없다는 말은 아니야. 인간의 내면을 얘기하는 그런 작품들은 종교 역사나 전통적으로 내려오는 구전 문학, 또는 다른 형태의 문화학과 함께 꽤 중요한 자리를 차지하고 있잖아.

할 말이 많지만, 이쯤에서 네 의견을 들어보는 게 좋을 것 같다. 지금 메일을 보낼게. 네 노트북 배터리가 완전히 방전되지 않기만을 바라면서….

*** 

답장이 오지 않는군. 아마 배터리 때문에 애를 먹고 있나 보지? 그렇다면 네 대답을 기다리는 동안 내 생각을 좀 더 말해볼게.

난 지금까지 모든 초자연적 현상, 초감각적 현상들을 부정하고 믿지 않는다고 말해왔어. 몇 가지 종교적 개념에도 의구심을 품고 있지. 난 이런 것들이 동전의 양면이나 다름없다고 생각해. 신의 계시를 바탕으로 한 종교적 개념과 초자연적 현상을 인정하는 세속적인 개념을 굳이 구별할 필요가 있을까? 다른 점이 있다면 초자연적 현상에 바탕을 둔 초심리학은 세월이 흐를수록 그 영역이 점점 더 확대되고 있지만, 종교는 전지전능한 신의 의지를 믿는 조직적 신앙 행위를 바탕으로 신앙이라는 틀 안에서만 존재해왔다는 점이 다르지.

그렇다면 '신앙'과 '미신'을 어떻게 구별할 수 있을까? 어떤 사람들이 신앙이라고 말하는 걸 다른 사람들은 미신이라고 부르니까 말이야. 유스티티아[8]가 들고 있는 천칭 저울에도 두 개의 사물을 올려놓게 돼 있잖아.

난 교회에서 방언을 하는 사람하고 사자의 영혼과 소통한다는 영매를 어떻게 구별해야 하는지 모르겠어. 방언하는 사람도 일종의 영매 아닌가? 난 종교적인 예시와 점쟁이들의 예언도 구별할 수 없어. 그리고 우리가 기적이라고 말하는 것들, 예를 들어 바다를 가른다든가, 죽은 사람을 살린다든가, 죽었다가 부활한다든가 하는 것들은 자연법칙과 직접적으로 상충하잖아.

설화, 초심리학, 종교를 통해 우리한테 잘 알려진 초자연적 현상이나 기적에는 공통점이 있어. 그건 바로 우리가 '자연 현상'이라고 부르는 것이나 자연과학적 지식에 어긋난다는 점이야. 난 네가 사용했던 '유령'이나 '혼령'이라는 용어는 '계시'라는 말과 전혀 다르지 않다고 생

---

8) 로마 신화에 등장하는 정의의 여신으로 저울과 칼을 손에 들고 있다.

각해.

본질적으로 초심리학 연구의 배경에는 너도 말했듯이 현생의 삶 이후에 이어지는 저세상의 또 다른 삶을 과학적으로 증명하려는 의도가 깔려 있다고 생각해. 이건 다윈주의자나 자유사상가들이 전통적 종교 개념에 위협을 가하자 서서히 꽃피기 시작했던 것에 불과하지. 난 네가 말했던 라인(Rhine) 교수 부부에 대해서도 인터넷을 통해 좀 알아봤어. 이들과 마찬가지로 실험적 초심리학에 관계된 다른 학자들은 영혼의 불멸을 주장하고 있더군. 만약 이들이 텔레파시가 실제 현상이라는 주장에 대해 정확하고 타당한 증거를 보여줄 수 있다면, 영혼의 불멸을 주장하는 이들이 자신들의 주장을 방어하는 데에도 큰 도움이 될 수 있을 거야. 이들은 영혼이 자유롭고 독립적으로 우리 뇌에 일정 기간 깃들어 있다고 믿잖아? 하지만 오늘날 이 개념이 옳다는 증거는 어디서도 찾아볼 수 없어.

자, 이제 메일을 보낼게. 이젠 메일을 받아볼 수 있어?


응. 창고에서 전기 연장선을 하나 찾다가 집 안 전기 플러그에 연결해서 노트북을 사용하고 있어. 이렇게 해놓으니까 노트북이 마치 긴 전깃줄로 발전소에 연결된 외딴섬의 기지처럼 느껴져. 지금 이 순간 내 노트북은 집과 세상에서 물리적으로 떨어졌지만, 실제로는 연결돼 있는 셈이지. 이런 식으로 네트워크를 무선으로 구성할 수 있는 존재는 인간만이 아니라는 걸 한번 생각해봐⋯.

뭐야? 텔레파시를 말하는 거야? 죽은 사람의 영혼과 소통할 수 있다는 말을 하고 싶은 거야?

내 머릿속에는 지금 수많은 생각이 오가고 있어. 하지만 먼저 네가 하고 싶은 말을 모두 해봐, 내가 널 이해할 수 있게. 네 생각과 의견을 모두 말하면 난 그걸 읽으면서 머리에 떠오르는 의문을 정리해볼게. 그러고 나서 내 생각을 너한테 전달할 테니까.

알았어. 마지막 단계를 잊지 마. 나도 네 생각을 듣고 이해하고 싶으니까.

그리고 난 그때 우리가 함께 경험했던 것들을 세세하게 다시 돌아보고 싶어. 왜냐면 그때 경험과 지금 내 믿음을 따로 떼어 생각할 수 없기 때문이야. 넌 아주 중요한 것들을 포함해서 꽤 많은 걸 잊어버렸을 거야. 하지만 난 이미 말했듯이 기억력이 아주 좋거든.

결국 그게 우리가 해야 할 일이야? 정말 그때 일을 다시 들춰볼 생각이야? 우린 그때 일을 다시는 언급하지 말자고 약속했잖아?

두고 보면 알겠지. 이건 일종의 과정이야.
내가 전깃줄을 정원으로 끌어내니까 잉그리가 눈살을 찌푸리면서 "엄만 지금 휴가 중 아니에요?" 하고 말하더라. 딸아이는 내가 회의록을 읽거나 다음 학기 프랑스어 강의를 준비하는 줄 알았나봐. 다음 학기엔 이탈리아어 강의도 몇 시간 맡았어. 어쨌든 개학이 몇 주 앞으로 다가왔으니 지금부터 조금씩 준비를 한다고 해도 누가 뭐라고 할 순 없겠지.

닐스 페테르는 조금 전에 요나스하고 낚시하러 갔다가 돌아왔어. 전깃줄까지 끌어내고 노트북 앞에 앉아 있는 날 보더니 조금 걱정스러운 눈길을 보내더군. 내 옆으로 다가와서 테이블에 놓인 체리를 한 줌 쥐어 먹으면서 슬쩍 노트북 화면을 보더라. 하지만 화면이 햇빛을 반사해서 글을 읽을 순 없었을 거야. 하지만 내가 메일을 주고받고 있다는 건 눈치챈 것 같아. 어쩌면 내가 누구랑 메일을 주고받는지도 알아차렸을 테지. 솔직히 난 남편한테 누구하고 어떤 메일을 주고받는지 말해줄 용기가 없었어. 남편도 나한테 물어볼 용기가 없었던 것 같고.

어쨌든, 노르베르그에 새로운 일이 생겼다면 얼른 말해 봐. 유리벽 베란다 내에서 어떤 일이 일어났는지 듣지 못한다면 내 머릿속의 네 모습도 곧 지워져 버릴 것만 같아.


난 같은 자리에 앉아서 계속 메일만 쓰고 있었어. 메일을 보내고 답장을 기다리는 일을 반복하고 있어. 넌 내가 메일을 보내자마자 곧바로 답장을 보냈으니까. 이곳 상황을 말해달라고? 그래, 솔직히 말하자면 방금 벽장에서 칼바도스를 꺼내 한 잔 따라서 가져왔어. 에스프레소는 식어버린 지 오래야.

스테인, 이제 벽장에는 가지 마. 하지만 메일은 계속 쓰면 좋겠어. 넌 이전 메일에서 초심리학과 초자연적 현상에 대해 말했지….

그래, 맞아. 미국의 유명한 마술사 제임스 랜디(James Randi)는 텔레비전 쇼에서 어떤 형태라도 좋으니 초심리학적 능력이 있는 사람들이 공개적으로 자기 능력을 객관적이고 명백하게 증명하면 1백만 달러를 주겠다고 선언한 적이 있어. 이 프로그램은 '원 밀리언 달러 패러노멀 챌린지(One Million Dollar Paranormal Challenge)'라는 이름으로 1964년 초에 상금 1천 달러를 걸고 시작됐지. 그런데 시간이 흘러도 프로그램의 원래 의도를 충족할 만한 참가자를 발견할 수 없었어. 그래서 상금이 오르고 또 올라서 1백만 달러가 됐지. 지금까지도 이 프로그램이 제안한 도전에 성공한 사람은 아무도 없다더군.

물론 진정으로 영적인 능력이 있는 사람은 상금 따위에 연연하지 않는다고 말할 수도 있겠지. 하지만 텔레비전, 라디오, 신문, 인터넷에 돈벌이를 목적으로 초능력이 있다고 떠벌이는 사기꾼들이 수도 없이 많은데, 이렇게 쉽게 돈을 벌 수 있는 랜디의 프로그램에 자발적으로 나서서 성공한 지원자가 한 사람도 없다는 건 좀 이상하지 않아? 그 대답은 아주 간단해. 그건 이 세상에 초자연적이고 영적인 능력이 있는 사람은 아무도 없기 때문이야.

랜디의 프로그램에 참가하기를 원했던 대부분 사람들은 이런 능력으로 직업적으로 돈벌이를 하는 사람들과는 거리가 멀었어. 하지만 이런 '사업'에 종사하던 영매 같은 사람들은 랜디를 끔찍하게 싫어했지. 랜디 때문에 밥줄이 끊어질지도 모르니까(하지만 그런 일은 일어나지 않았어. 어떤 면에서 보자면 세상은 사기와 속임수가 없으면 제대로 돌아가지 않으니까).

미국의 유명한 스타 점쟁이인 실비아 브라운(Sylvia Browne)은 언젠가 한 번 '래리 킹 라이브(Larry King Live)' 쇼에서 랜디와 단둘이 대담한 적이 있었지. 그때 랜디는 실비아 브라운한테 자기 프로그램에 출연해서 영적인 능력을 시범적으로 보여달라고 했고, 그 여자는 얼마든지 그러겠다고 약속했어. 벌써 여러 해 전의 일이야. 하지만 그 여자는 아직까지 랜디의 프로그램에 출연하지 않았어. 그러고는 어느 방송에서 랜디한테 연락할 방법을 몰라서 출연하지 못했다고 변명을 늘어놓았어. 난 그 여자가 전화번호부도 뒤져보지 않고 자기 초능력으로만 랜디와 접촉하려고 했던 게 아닌가 생각했지.

랜디의 프로그램에 참가하고 싶어 하는 지원자들은 대부분 순진하고 속임수에 잘 넘어가거나 정신이 똑바로 박혀 있지 않은 사람들이야. 그래서 랜디는 프로그램을 운영할 때 참가자들을 보호하려고 강력하게 통제해야 했어. 예를 들어 건물 10층에서 뛰어내려도 멀쩡하다는 걸 보여주겠다는 사람은 사고 위험을 고려해서 참가를 거절했어.

어쨌든 난 이 프로그램이 근본적으로 얄팍하고 유치하다는 느낌을 지울 수 없어. 왜냐면 어떤 사람한테 진정으로 영적인 능력이 있다면, 그는 이 프로그램이 아니더라도 여러 가지 다른 방법으로 큰돈을 벌수 있을 테니까. 이전 메일에서도 말했듯이 룰렛 게임도 그중 하나야. 룰렛만이 아니라 여러 가지 다른 도박으로 큰돈을 벌 수 있을 거야.

하지만 난 지금까지 단 한 번도 도박장에서 영적인 능력을 발휘해서 큰돈을 벌었다는 말을 들어본 적이 없어. 도박장 운영자는 손님들을 속임수로부터 보호하려고 하지. 영적 능력과 속임수. 난 지금 동전의 양면 같은 하나의 사실에 대해 얘기하고 있어. 이건 인간의 역사만큼이나 오래된 얘기이기도 해.

참, 제임스 랜디가 내건 1백만 달러의 상금은 지금도 그대로 있다고 하더군.

흔히 말하는 초자연적, 초심리학적 현상에는 꽤 의미 있는 우연이 개입하기도 해. 이걸 '비인과(非因果) 관계성 우연'이라고도 하는데, 칼 구스타브 융(Carl Gustav Jung)은 이걸 '공시성(Synchronicity)'으로 정의했어. 우리는 피오르에서 다시 만났을 때 이 문제를 함께 얘기한 적도 있어. 그런 놀라운 경험을 한 사람들은 우리만이 아니라고 말이야. 수십 년 동안 한 번도 생각한 적이 없는 사람을 어느 날 문득 골목 모퉁이를 돌다가 생각했고, 다음 순간 길에서 그 사람하고 마주친 경험을 한 사람은 세상에 수도 없이 많을 거야. 사람들은 이런 우연한 경험이 바로 초자연적 차원이 존재한다는 증거라고 주장하기도 해. 물론 그런 주장을 틀렸다고 단정할 수는 없겠지. 그런 우연한 일을 경험한 바로 그 순간엔 누구라도 놀라고 아찔하게 마련이지.

어쨌든, 만약 융이 우리가 앞서 메일에서 주고받은 내용을 본다면, 그건 공시적인 상황이라고 하겠지만, 난 이게 아주 특별한 우연에 지나지 않는다는 걸 확실하게 말해두고 싶어.

넌 그렇게 매사에 확신이 있구나. 하지만 존재하는 모든 것과 발생하는 모든 일을 과학적인 방법으로만 시험할 수는 없다는 걸 기억했으면 좋겠어. 난 이 세상의 과학이 이 세상의 일들만을 설명하고 증명할 수 있다는 게 그리 이상하다고 생각지 않아.

이 세상 사람들이 각자 자신이 믿고 싶은 걸 믿도록 내버려둘 수 없을까? 그게 바로 자연스럽게 산다는 의미가 아닐까?

그래, 누구나 자기가 원하는 걸 믿을 자유가 있지. 하지만 어떤 사람이 초자연적 존재의 계시를 받고 진리를 깨달았다고 말한다면, 난 그런 사람한테 눈살을 찌푸릴 수밖에 없어. 이 세상엔 신의 계시를 받았다고 주장하는 사람들이 얼마나 많은지 너도 잘 알고 있잖아. 그 계시라는 것이 어떤 형태의 것이든 말이야. 하지만 어떤 사람들은 환청을 경험했다며 심리학자나 정신병원을 찾아가 치료받기도 하지.

역사적으로 자신의 사회적 지위나 권력을 유지하려는 목적으로 기적을 경험했다고 주장하는 사람들을 수도 없이 찾아볼 수 있어. 물론 이런 개인이나 집단은 핍박받는 타인이나 비인간적인 상황에 놓여 있는 사람들에게 희망을 주려고 기적을 말하기도 했지. 우린 종교가 사람들에게 신성하고 이타적인 행위를 하도록 영감을 준다는 사실도 잘 알고 있어. 하지만 과거는 물론 요즘 신문을 봐도 종교적 신념이 여러 면에서 악용되고 있다는 사실도 알 수 있어. 말할 수 없을 정도로 잔인무도한 행위가 바로 신과 종교, 선조의 이름을 빌려 자행됐다는 사실도 부정할 수 없어.

예수는 부정한 여자한테 돌을 던지려는 한 무리의 남자들을 저지하는 데 성공했어. 하지만 그런 일은 요즘도 세계 곳곳에서 일어나고 있어. 여자를 성폭행한 범인은 자유롭게 돌아다니지만, 성폭행당한 여자는 돌에 맞아 죽는 일이 아직도 일어나고 있잖아.

최근 어느 아랍 국가에선 어떤 남자가 주술을 이용해 한 부부의 결혼 생활을 파탄 나게 했다는 이유로 사형 당했지. 같은 나라에선 한 여자가 주술을 사용해 한 남자를 성불구로 만들었다는 이유로 참수 당했어. 이럴 때 사회는 주술이나 마법이 실제 행동과 똑같은 가치가 있다고 믿지 못하도록 제어하는 역할을 하기도 하지. 악은 어디에나 있어. 하지만 인간은 악한 본성 때문에 악한 행동을 할 뿐, 악마나 악령이 영향을 받아 악을 행하는 건 아니라고 생각해.

전반적으로 인간은 지금도 여전히 주술과 마법을 믿는 경향이 있어. 세상을 떠난 조상이나 선조와 접촉을 시도한다거나 초심리학적 현상을 쉽게 믿고 받아들이지. 아프리카와 아시아, 라틴 아메리카 대륙 일부에서는 아직도 수백만 명의 사람이 주술과 마술에 의지해 살아가잖아. 하지만 미신은 선진국에서도 만연하고 있어. 유럽과 미국에도 유령을 믿거나, 스스로 악령에 사로잡혔다고 믿는 사람이 수없이 많아. 심지어는 죽은 이들과 의사소통이 가능하다고 믿는 사람도 있지. 그뿐 아니라 전통적 주술과 비교할 때 소위 문명화됐다고 말할 수 있는 염력이나 텔레파시, 예지력을 믿는 사람도 많아.

종교적 개념은 여러모로 오용될 수 있어. 그리고 고문이나 폭행 등의 행위는 종교적 패러다임에 뿌리를 두고 있는 경우가 많지. 반면에 소위 전지전능한 신의 끝없는 자애로움과 사랑을 배울 수 없다면 적이 나 이교도 또는 타인을 향한 사랑도 찾아보기 어려울 거야. 이 세상에 는 어딜 가도 근본주의자들이 있어. 이들은 오래된 기록에 적혀 있는 것들을 문자 그대로 믿지. 난 바로 이 때문에 종교에 대한 비판은 계 속돼야 한다고 생각해. 대부분 국가에서 종교 때문에 생명의 위험을 받는 일은 없어. 하지만 지금도 여전히 종교의 이름으로 인명을 해치 는 나라들이 있는 건 사실이지.

지금 거기 있어, 솔룬?

응, 스테인. 답장을 보내기 전에 생각을 좀 해야겠어. 기다려.

알았어. 기다릴게.

그래, 독단론과 근본주의에 대한 네 생각엔 동의해. 비록 난 성경 을 자주 읽고, 특히 신약에서 큰 영감을 받고 있긴 하지만, 성경이 신의 말을 그대로 기록한 것이라곤 믿지 않아. 내게 성서적 믿음 의 핵심은 바로 예수의 부활이야.

닐스 페테르는 몇 시간 전에 다시 페인트 통을 들고 알루미늄 사다리 에 올라가서 창틀을 세 번째 덧칠했어. 지금은 정원에서 딸기를 따 고 있어. 내가 여기 앉아서 자판을 두드리니 그게 보기 싫은지 계속 정원에서 맴돌고 있어. 한 번은 내게 도대체 뭘 쓰느냐고 묻더군. 난 사실대로 대답해줬어. 스테인한테 메일을 쓰는 중이라고.

더 할 말이 있니? 아니면 네 종교 비판에 대한 강의는 앞으로도 계속될 건지 궁금해. 넌 지금까지 꽤 많은 말을 했어. 어쩌면 하고 싶은 말을 다 한 건 아니야?

아직 조금 더 남아 있어.

스테인, 그렇다면 어서 다 얘기해. 우리가 주고받는 메일엔 어차피 검열 같은 건 없을 테니까.

계시에 대한 믿음은 이 세상에서의 삶이 저세상의 궁극적인 삶으로 향하기 전 잠시 머물게 되는 임시 거처의 역할을 한다는 개념을 바탕으로 꽃피었지. 따라서 현세 삶의 가치는 자연히 폄하됐어. 죽음 이후에 맞게 될 세상에 현세보다 더 크고 더 가치 있는 뭔가가 있다고 믿는 거지. 기후 연구가로서 난 지금 우리가 사는 지구의 가치를 존중하는 일이 가장 중요하다고 생각해. 하지만 신과 구원을 믿는 사람들은 현재 우리가 사는 물리적 세계인 지구의 장기적인 가치에 별로 신경 쓰지 않아. 이처럼 지구에서의 삶을 한 번 거쳐 가는 단계 정도로 여긴다면, 지구 환경의 붕괴는 더 빨리 닥치겠지. 그런 사람들한텐 지구의 종말과 예수의 재림이 더 중요할 테니까 말이야. 이런 문제에 관한 기록은 성경에서도 찾아볼 수 있지 않아?
언젠가 CNN에서 했던 한 설문조사에서 미국인의 59퍼센트가 「요한계시록」의 예언이 실현될 것을 믿는다고 했어. 이들은 판타지 동화 같은 계시록에 쓰인 것처럼 지구의 종말이 다가온다고 믿지. 그뿐 아니라 꽤 많은 학자와 성직자가 지구 종말 이후에 일어날 예수 재림을 앞당기려고 국제적 갈등에 불을 붙이는 데 한몫하고 있잖아. 이런 종말주의자들은 백악관에도 있어. 두더지처럼 숨어 있다가 특히 선거철이 되면 모습을 드러내고 왕성하게 활동을 펼치지.

너도 알다시피 난 종말론에 별로 신경 쓰지 않아. 물론 너도 그렇겠지. 하지만 자기만족적 예언에 대해선 매우 부정적이야. 어쩌면 새로운 신의 왕국이 도래하지 않을지도 모르고, 종말론을 믿는 사람들이 기다리는 구원의 날도 오지 않을지 몰라. 어쨌든 지금 우리한텐 이 지구밖에 의지할 곳이 없잖아. 그렇다면 지구를 보호하는 것보다 더 큰 책임은 없을 거야.

맞아, 스테인. 우린 지구를 책임지고 보호할 의무를 지고 있지. 그런데 난 네가 환경 파괴의 원인을 신앙인들한테 돌린다는 인상을 지울 수가 없어. 난 신앙인들이 무신론자들보다 더 자연을 존중한다고 믿거든. 무분별하고 과도하게 소비하는 사람들은 대부분 물질주의를 신봉하는 부류라고 생각해본 적은 없어? 이들은 영적이고 성찰적인 사람들하곤 전혀 달라. 어쨌든 이제 많은 사람이 온실가스 배출을 줄이는 방법을 찾으려고 노력을 기울이지만, 과도한 소비를 줄이려는 노력은 하지 않아. 역사를 통틀어 봐도 한 번 쓰고 버리는 소비 행태가 우리 세대처럼 만연한 적은 없었어. 먼 훗날 후세 사람들은 우리를 가리켜 소비 광신자들이라고 부를지도 몰라. 난 오늘날 소비 이념이 유사종교와 같다고 보고 있어.

그래, 네 말이 맞아. 하지만 현세의 삶 이후에 또 다른 삶이 있다고 믿는 사람들이 지구 보호에 유독 소극적이라고 생각하진 않아. 그래도 난 세상의 종말이 다가왔다고 외치는 사람들이나 그렇게 믿는 사람들이 구원받는 새로운 세상이 온다는 주장에 귀를 기울이진 않아. 그러고 싶지도 않고.

어쨌든 이쪽엔 조금의 변화가 있을 것 같구나. 휴가 중인데 내가 온종일 혼자 컴퓨터 앞에 붙어 앉아 있으니 식구들이 이상하게 생각하는 거 같아. 어쩌면 전기 연장선까지 동원해서 베란다에서 노트북으로 메일을 쓰고 있으니 더 그런지도 모르지. 오늘은 여기서 보내는 휴가 마지막 날인데 가족은 모른 체하고 장장 여섯 시간 동안 너와 메일을 주고받았어. 뭐, 그사이에 화단에 몇 차례 물을 주긴 했지만, 메일이 왔다는 알림 소리만 들리면 부랴부랴 노트북 앞에 앉았지. 닐스 페터는 이제 내 옆을 지나가면서도 나를 거들떠보지도 않아. 그저 이맛살을 찌푸리며 자기 할 일을 할 뿐이지. 전기 연장선은 이제 감아서 창고에 넣어뒀어. 배터리는 충전됐지만, 체리가 담겼던 접시는 텅 비어버렸네.
이제 슬슬 저녁을 준비해야 할 것 같아. 휴가 마지막 날엔 저녁 식사로 대구 요리를 하겠다고 벌써 며칠 전에 말해뒀거든. 남자들은 오전 중에 커다란 대구를 세 마리나 낚아서 가져왔어. 그런데 난 아직도 그 대구에 손도 대지 못했어. 하지만 괜찮은 적포도주가 있는 곳을 아는 사람은 나밖에 없으니 그걸 저녁상에 보란 듯이 내놓을 작정이야. 어쩌면 그걸로 나의 나태함을 용서받을 수 있을지도 모르지. 난 여기 오자마자 포도주 병을 서랍 속 속옷 밑에 감춰뒀지. 마지막 날 저녁상에 올릴 생각으로 말이야.

우리 집 남자들은 휴가 마지막 날이면 늘 낚시를 해. 낚시해서 잡은 고기들을 집으로 가져갈 수도 있지만, 난 아이스박스에 생선들을 넣어 집에 가져가는 걸 별로 좋아하지 않아. 전형적인 베르겐 사람이라고나 할까. 그래, 베르겐 사람들은 바다에서 잡은 생선을 아이스박스에 넣어 가는 일 따위는 절대 하지 않아. 차라리 부두에서 살아 있는 대구를 사는 편이 낫다고 생각하는 사람들이지.

난 이제 부엌에 가서 큰 냄비에 물을 끓이고, 이 지역에서 나는 감자 껍질을 벗기고, 샐러드를 만들고, 상을 차릴 거야. 그런 다음에 다시 와서 네 메일을 읽을게. 하지만 오늘은 답장 쓸 시간이 없을 것 같아.

어때, 그래도 괜찮겠지?


네가 호텔을 떠나고 나서 난 피오르 앞 넓은 잔디밭을 한동안 서성였어. 그러곤 방으로 올라가 샤워하고 다시 호텔 로비로 내려왔지. 거기서 해빙, 기후, 극지방 연구에 관한 미니 세미나에 참석하는 참가자들과 인사를 나누고 미켈 카페로 자리를 옮겼어. 와인을 마시면서 호텔과 그 지역 빙하에 관한 소개를 간단하게 듣고 나서 우린 함께 저녁을 먹었어. 내 자리가 주빈 테이블에 배치된 걸 보니 자랑스러운 기분이 들었지.

저녁 식사를 마치고 난 칼바도스를 주문했어. 나는 계속 네 생각, 아니 우리 생각에서 벗어나지 못했어. 칼바도스 때문인지, 함께 차를 타고 노르망디를 여행했던 일도 떠오르더군. 그런데 종업원이 다시 와서 칼바도스가 없다고 하더군. 맞아, 전에도 이 호텔에선 사과로 만든 술이라곤 전혀 찾아볼 수 없었지. 이렇게 칼바도스에 대한 기억조차도 믿을 수 없다면, 다른 사람과 관련된 오래된 기억은 더 믿을 수 없겠지. 결국, 종업원은 코냑 한 잔을 공짜로 주겠다고 하더군. 아마 그 젊은 여종업원은 내가 다음 날 있을 세미나에서 오프닝 연설을 맡은 사람이라는 걸 알고 있었던 것 같아. 하지만 난 그녀의 제안을 거절하고 맥주 한 잔과 보드카 한 잔을 주문해 마셨지.

호텔 로비가 점점 떠들썩해질 것 같아서 난 일찌감치 내 방으로 올라가서 잠을 청했어. 자리에 눕자마자 잠이 들었던 것 같아. 하긴, 맥주에 보드카까지 마셨으니 이상한 일은 아니야. 게다가 난 그날 너와 삼십 년 만에 재회했잖아. 그리고 너와 함께 산에 올라 자작나무 동굴 앞을 산책했으니까.

다음 날 아침 난 갈매기 우는 소리에 일찍 눈을 떴고, 식당 문이 열리자마자 아침을 먹었어. 그리고 커피 잔을 들고 베란다로 향했지. 하지만 넌 이미 호텔을 떠난 뒤였고, 난 베란다에 홀로 앉아 바람에 흔들리는 나뭇잎 소리를 들으면서 아침 햇살을 즐겼지. 갈매기들은 상점 건물과 항구 위를 날면서 울부짖었어. 피오르에는 녹색 옷을 입은 한 남자가 조각배에 앉아 낚시를 하고 있었지.

아침은 이토록 평화롭고 완벽했지만, 난 그걸 마음껏 즐길 수 없었어. 몇 시간 뒤에 우린 모두 빙하 박물관으로 자리를 옮겼어. 그리고 만약 현재의 이상기후 징조를 무시하고 그대로 둔다면 앞으로 피오르의 수면이 얼마나 높아지겠느냐는 문제를 두고 토론했어. 솔직히 난 북극 지방 얼음이 녹아 저위도 쪽으로 내려올 때 함께 쓸려올 온갖 축적물이 쌓여 피오르 입구에 델타지형이 형성된다는 문제를 다른 참가자들이 생각해본 적이 있는지 궁금했어. 수천 년 전 바이킹들이 활동무대로 삼았던 바다는 이미 육지로 변했고, 우린 지금 그 땅에서 감자를 재배하고 있잖아.

첫 번째 세미나가 끝나고 나서 우린 소규모 그룹으로 나뉘어 각각 세미나실로 향했지. 거기서 우린 46억 년 전 지구 상태에 대해 토론했어. 그다음 세미나실에선 약 4천만 년 전 지구 생명체들의 생태에 대해 토론했지. 그리고 그다음엔 마지막 빙하기가 지구 표면에 어떤 영향을 미쳤는지에 대해 토론했고, 그다음 작은 세미나실에선 온실효과에 대한 여러 작용과 온실효과가 없는 경우 지구 생명체들이 경험할 상황에 대해서 토론했어. 그리고 인간이 만들어낸 온실효과가 지구의 탄소 균형을 어떻게 파괴하는지에 관해서도 토론했지. 인공적인 온실가스 배출을 줄이기 위해 지금부터 적극적으로 대응하지 않는다면 2040년, 그리고 2100년의 지구 모습이 어떻게 변할지도 살펴봤어. 그 결과, 앞날이 밝지 않다는 결론에 도달했어. 하지만 지금부터라도 적도 우림과 세계 곳곳의 숲에서 이루어지고 있는 치명적인 벌채를 막고, 공해 유출을 줄이기 위해 과감한 결단을 내린다면 지구는 2040년 또는 2100년까지 현재 상태를 유지할 수 있다는 결론도 얻었어. 마지막 세미나실에선 지구 곳곳의 서로 다른 장소의 모습을 화면을 통해 봤지. 생명을 지닌 유기체를 거의 찾아볼 수 없는 곳까지도 말이야. 이 세미나를 주도한 학자, 데이빗 에튼버로(David Attenborough)는 이런 말로 세미나를 끝냈어. "지구의 생명을 보존하기 위해 우리가 할 수 있는 일은 아직도 많습니다. 그리고 이 일을 할 수 있는 시간도 있습니다. 지구는 우리에게 하나밖에 없는 삶의 터전입니다."

격식을 차린 진지한 오프닝 세리모니를 마치고, 우린 단체로 버스를 타고 수펠레 빙하 지역으로 향했어. 거기에 도착하니 호텔 측에서 이미 와인과 딸기, 스낵 등을 멋지게 차려두었더군. 우리가 빙하 관광을 하는 동안 호텔 직원이 와서 부리나케 상을 차렸던 것 같아. 자리를 잡고 앉으니 첫날 인사를 나눴던 호텔 여주인이 내게 다가오더군. 아마 그간 많이 바빴던 것 같아. 보아하니 그 여자는 내가 몇 시간 뒤에 기상 박물관 개관식에서 오프닝 연설을 한다는 걸 알고 있는 것 같았어.

그녀는 환하고 따스한 미소를 머금고 내게 다가와 이렇게 묻더군.

"부인은 지금 어디 계세요?"

그녀는 널 내 아내로 철석같이 믿고 있었어. 난 실망시키고 싶지 않았지, 솔룬. 그래서 거짓말을 하고 말았지. 난 아내가 급한 일 때문에 서둘러 베르겐으로 돌아갔다고 대답하고 말았어.

"아이들 때문인가요?"

"아닙니다. 연로하신 이모님 때문에요."

그녀는 잠시 생각에 잠겼어. 아마 자기가 던진 질문이 필요 이상으로 사적이었다고 생각했는지도 몰라. 어쨌든 그녀가 다시 내게 묻더군.

"자녀가 있죠?"

난 순간적으로 무슨 말을 해야 할지 몰랐어. 하지만 이미 시작한 거짓말이니 계속하는 수밖에 없었지. 솔직히 너와 내가 옛날에 헤어졌다가 삼십 년 만에 여기서 우연히 다시 만났다고 시시콜콜 얘기할 기분이 아니었거든. 그래서 난 되도록 두루뭉술하게 얼버무렸어.

"아이는 둘입니다."

솔직히 그건 사실과 그리 다르지도 않잖아. 난 대답하면서 내 아이 둘과 네 아이 둘을 동시에 떠올렸어.

하지만 그녀는 끈질기게 질문을 계속하더군. 우리 아이들에 대해 더 알고 싶어 했어. 왜 그랬는지는 나도 몰라. 어쨌든 난 그때부터 네 아이들 얘기만 하고 내 두 딸에 대해선 한 마디도 하지 않았어. 그래서 우리한테 열아홉 살 잉그리와 열여섯 살 요나스가 있다고 대답했지. 물론 그 정보는 하루 전에 너한테서 들은 것이긴 했지만. 그래도 난 그렇게 하는 편이 낫다고 생각했어. 그러면 우리 둘 중 한쪽만 생각해도 되니까. 두 집을 넘나들며 얘기를 지어내기보단 그게 좋을 것 같다는 생각이 들었던 거야. 거짓말하려면 기억력도 좋아야 하잖아. 한마디로 난 네 남편 행세를 했지.

그녀는 재빨리 머리를 굴려 계산했는지 이렇게 말하더군.

"아, 그래요? 그러면 첫아이를 보기까지 시간이 꽤 오래 걸렸네요?"

난 그 말을 듣고 잠시 생각에 잠겼어. 그렇다면, 그녀는 우리가 삼십 년 전 이 호텔에서 첫아이를 만들기 바랐던 건 아니었을까 하고 말이야. 그래서 난 얼른 말머리를 돌렸지. 빙하를 가리키며 예전에 저 빙하가 훨씬 더 크게 느껴졌다고 뜬금없는 말을 해버렸어. 그랬더니 그녀는 고개를 끄덕이며 큰 소리로 웃더군. 난 그녀가 왜 웃었는지 이유를 알수 없었어. 어쨌든 그녀는 그렇게 웃고 나서 우릴 다시 봐서 정말 기뻤다고 하더군.

그 순간, 갑자기 여러 가지 생각이 머리를 스쳤어. 그 생각들은 우리가 각자 살아왔던 삶에 대한 것이었어. 그리고 레브스네스의 페리 항구, 레이캉에르의 경찰차, 그리고 문달스달렌의 자작나무 숲속에 있던 동굴도 함께 떠올랐어.

난 다시 빙하를 바라보며 혼자 고개를 끄덕였어. 그리고 혼자 속으로 중얼거렸어. '솔직히 말하자면 히말라야 빙하들이 더 걱정돼. 그곳에 있는 수천 개의 빙하가 녹아버리면, 거기에 의존해 식수를 해결하던 수천만 명은 어떻게 살아갈까.'

난 잔을 다시 채우고 나서 불편한 질문을 피해 슬그머니 그곳을 빠져나왔어. 그리고 녹청색 강을 따라 걷기 시작했지. 강변을 거닐며 난 그날 저녁 호텔방에서 가져가 오슬로까지 들고 갔던 그 책을 떠올렸어. 산딸기 여인을 만난 뒤, 그 책은 줄곧 우리 둘 사이에 예리한 칼날같은 것이 됐지. 만약 네가 그날 우연히 그 책을 보지 않았더라면, 우린 그때 헤어지지 않았을지도 몰라. 넌 어떻게 생각해?

산딸기 여인에 대한 문제는 차분히 생각하고 대화했더라면 어떻게

든 풀어갈 수 있었을 거야. 하지만 넌 그날 이후 며칠 만에 산딸기 여인과의 만남에 지나치게 큰 의미를 부여하기 시작했어.

스테인, 네 메일을 읽으면서 여러 가지 생각을 했어. 하지만 지금은 길게 답장 쓸 여유가 없어. 곧 노트북을 꺼야 해. 베르겐에 가서 며칠 뒤에 답장을 보낼게.

# IV

난 지금 우리 집 서재에서 창밖의 베르겐 시내를 내려다보고 있어. 날씨가 참 화창하고 좋아. 벌써 가을 분위기도 느껴진다. 올해 처음으로 노란 낙엽을 봤어. 그러고 보니 낮도 많이 짧아진 것 같아.

난 지금 처녀 시절에 쓰던 내 방에 앉아 있어. 이 방은 잉그리가 세 살 때부터 썼지. 하지만 두 달 전에 잉그리가 여학생 기숙사로 들어가면서 이 방을 다시 쓰게 됐어. 잉그리가 짐을 싸서 떠난 후 난 곧바로 낡은 벽지를 뜯어내고, 바닥을 닦고 윤을 냈지. 그리고 벽에는 크림색 페인트를 칠했어. 그렇게 이 방은 다시 내 것이 됐지. 난 이 방을 서재라고 부르지만, 닐스 페터는 이 방을 나만의 공간으로 여기는 것 같아. 마음이 넓은 남자야, 닐스 페터는….

잉그리는 참 귀여운 아이야. 친구의 도움을 받아 함께 짐을 싸서 집을 떠나던 날이었어. 방에는 아직 이삿짐 박스가 몇 개 남아 있었지. 잉그리는 내게 다가오더니 포옹하면서 그동안 방을 빌려줘서 고맙다고 하더군. 자기가 세 살 때부터 쓰던 방을 두고 빌려줘서 고맙다니! 하지만 잉그리는 내가 어릴 때부터 성인이 될 때까지 이 방을 썼다는 걸 알고 있었어.

내가 이 방을 쓰지 않은 기간은 내 생애에 5년뿐이었지.

너와 헤어졌던 그날 오후, 고속 열차를 타고 베르겐으로 오는 동안 난 계속 울었어. 핀세에 도착하기 직전, 검표원이 곁에 앉아 나를 위로해주기도 했어. 난 아무 말도 하지 않았어. 그는 말없이 나를 위로해줬어. 기차가 뮈르달 역에 정차했을 때, 그는 잠시 밖에 나가 녹색 깃발을 흔든 다음 다시 내 곁에 와 앉더군. 난 그때까지도 울음을 그치지 못했어. 곧 그는 차 한 잔을 내게 가져다줬어. 기차 안에서 파는 종이컵에 든 차가 아니라, 도자기 찻잔에 뜨거운 물을 넣고 우려낸 진짜 차 말이야. 난 그제야 그를 바라보며 어렵게나마 미소를 지을 수 있었어. '감사합니다.'라고 쥐어짜듯 인사를 하기도 했지. 하지만 더는 아무 말도 할 수 없었어.

난 엄마 아빠가 있는 집으로 갈 생각이었어. 내가 마음 놓고 갈 수 있는 곳은 거기밖에 없었으니까. 하지만 난 집으로 돌아갈 거라고 미리 알리지도 않았어. 그저 대문을 열고 집 안으로 들어가는 생각밖에 할 수 없었어. 부모님한테 뭐라고 말할지도 생각해두지 않았지. 아니, 아무것도 생각할 수 없었어. 부모님은 문을 열고 들어서는 나를 영문도 모르는 채 환영해줬어.

난 어렸을 때 쓰던 내 방으로 돌아갔어. 닐스 페터를 만난 건 그로부터 몇 년이 지난 뒤였지. 당시 부모님은 위트라 술라에 있던 외할머니 소유의 낡은 집을 수리하고 증축하고 있었어. 아버지는 일에서 손을 떼셨고, 결국 회사를 팔아버리셨지. 은퇴 후에 아버지는 자주 이렇게 말씀하셨어. 베르겐이 좋긴 하지만, 도시에서 말년을 보내는 건 별로 건강한 일이 아니라고.

부모님은 콜그로브로 이사하시고 나서 무려 이십 년이나 더 사셨어. 그러고 보면 아버지 말씀에도 일리가 있어. 아버지는 삼 년 전 갑자기 세상을 떠나셨어. 거실 안락의자에 앉아 한 손에 코냑 잔을 드신 채. 대대로 내려오던 그 낡은 코냑 잔은 아버지가 숨을 거두신 직후 거실 바닥으로 떨어져 깨졌지. 이미 말했듯이 어머니는 작년 여름에 돌아가셨어. 난 어머니의 손을 꼭 잡고 임종을 지켰어. 그때 어머니에게 가족이라곤 나밖에 없었으니까.

대학에 다니기 위해 오슬로에 도착했을 때 난 지금의 잉그리와 같은 나이였어. 생각해보니 기분이 참 이상해. 내가 그렇게 젊을 때도 있었다니!

난 오슬로 기차역에 도착한 지 보름 만에 널 만났지. 학생회관에서 강의가 끝났을 때 넌 내게 다가와 라이터를 빌려달라고 했지. 그날 이후 우린 한시도 떨어지지 않고 함께 붙어 다녔어. 그리고 시월이 되자, 크링쇼에 있는 작은 아파트를 얻어 동거에 들어갔지. 그때 같은 과 학생들은 우리한테 질투 어린 시선을 보내기도 했어. 솔직히 우린 다른 학생들과는 많이 달랐잖아. 우린 정말 행복했어!

맞아, 기차 안에서 계속 울었던 건 사실이야. 베르겐의 집에 도착할 때까지 울었어. 난 우리 생각이 서로 다르다는 건 건 이해할 수 있었지만, 그것 때문에 함께 살 수 없다는 건 도저히 이해할 수 없었지. 이 세상에는 종교와 믿음이 달라도 함께 사랑하며 사는 연인들이 한둘이 아니잖아. 신앙인과 무신론자가 한 지붕 아래 살아가는 건 불가능한 일일까? 넌 어떻게 생각해?

스테인, 넌 그 책들을 정말 싫어했어. 특히 그중 한 권은 경멸하다시피 했지. 넌 그 책을 경멸했을 뿐 아니라, 그 책을 읽던 나까지도 경멸했어. 아니, 그건 경멸이 아니라 질투였을까? 하지만 넌 오년 동안 나의 관심을 한몸에 받았어. 그때 내 머릿속엔 너와 우리에 대한 생각밖에 없었어. 하지만 우리가 산딸기 여인을 만나고, 호텔에서 가져왔던 그 책을 읽으면서 내겐 다음 생에 대한 믿음이 생기기 시작했어. 그때 넌 그런 나를 가만히 좀 내버려둘 수 없었을까?

도대체 넌 누구야? 지금의 너 말이야. 네가 믿는 건 무엇인지, 전에 내가 물어본 적이 있었지. 그때 넌 대답으로 네 직업과 관련된 자연과학에 대한 지식을 장황하게 늘어놓았어. 넌 신앙을 부정하는 사람은 아니야. 하지만 수궁류와 오스트랄로페티쿠스 운운하는 대답은 너무하지 않아? 그래서 난 다시 물어봤어. 도대체 네가 믿는 건 뭐냐고. 그랬더니 이번엔 네가 믿지 않는 것들만 장황하게 늘어놓았지. 하지만 난 포기하지 않아, 스테인. 내가 고집이 세다는 건 너도 알고 있잖아. 난 너와 함께 나눴던 그 시간, 그 경험의 출발점으로 다시 돌아가고 싶어. 내가 뭘 믿는지를 얘기하기 전에 난 우리가 예전에 함께 나눴던 삶의 활기를 다시 느낄 수 있기를 바라. 하지만 이제 그럴 희망은 없는 것 같아. 그러니 다시 한번 물어볼게, 스테인. 이 세상은 대체 뭐지? 인간은 뭘까? 마치 별세계 동화에 나오는 이야기처럼 인간 의식에 떠다니는 이 마법의

구슬 같은 건 대체 뭘까? 이건 바로 정신이자 영이야. 넌 우리 같은 인간의 영혼에서도 희망을 찾아볼 수 있니?

안녕, 솔룬. 베르겐으로 가는 기차에 타고 있던 네 모습을 상상하니 마음이 아프다.

어쨌든 네 메일을 읽으면서 난 네가 정곡을 찔렀다는 생각이 들었어. 그래, 네 말대로 난 네 질문에 지극히 이성적인 대답만을 했던 게 사실이야. 여러 해 학업과 연구생활로 난 어쩔 수 없이 바보 우등생이 됐는지도 몰라. 항상 사실적, 실제적 현상에만 집착하는 그런 바보 말이야. 가설과 이론을 세우긴 하지만, 그것들 또한 사실적 지식에 바탕을 둔 것이지.

어쩌면 난 '믿음'이라는 말 자체를 피하고 싶었는지도 몰라. 그 말은 내 안에 존재하지 않는 어휘야. 난 믿음보다는 직관을 얘기하가가 더 수월해. 특히, 의식에 관한 질문에 대해선 직관을 말하는 게 더 적절하다고 생각하거든.

스테인, 그렇다면 직관에 대해서 써 보렴. 난 '직관'도 아주 좋은 단어라고 생각해. 예를 들어, 호텔에서 나를 만나기 전날 밤에 꿨다는 꿈 얘기부터 시작해 봐. 그게 아주 우주적인 꿈이었다고 말하지 않았니?

맞아. 난 아직도 그 꿈에서 벗어날 수가 없어. 마치 생시처럼 생생하게 여겨지는걸. 우주적인 꿈이라고 했지만, 내가 우주선 안에 앉아 있었던 건 아니야.

그 꿈 얘기를 들었으면 좋겠어.

그 꿈만이 아니라 그 전날 경험도 생생하게 기억하고 있어. 호텔에서 널 만나기 전날의 일 말이야. 물론, 난 그날 기차와 버스, 그리고 페리 안에서 거의 모든 시간을 보내긴 했지만, 그날의 일과 그 꿈이 아주 깊은 관련이 있다는 느낌을 지울 수 없어. 그러니 꿈 얘기를 하기 전에 그 전날 있었던 일부터 얘기하는 게 좋을 것 같아.

그래, 그 얘기 하다가 꿈 얘기 하는 걸 잊지만 않는다면 그렇게 해도 좋아. 서두르지 않아도 돼. 왜냐면 난 어차피 해야 할 일이 많아서 내일 저녁까지는 노트북 앞에 앉아 있을 시간이 없을 것 같으니까. 난 남편이 집에 있을 때 여기 혼자 앉아서 자판을 두드리고 싶지 않아. 물론 닐스 페터는 내가 뭘 해도 상관하지 않지만, 내가 자판 두드리는 소리를 그이가 듣고 있다는 사실이 마음에 걸려. 나도 다른 사람이 자판 두드리는 소리는 듣기 싫거든. 그건 버스 안이나 거리에서 사람들이 전화 통화하는 소리를 어쩔 수 없이 들어야 할 때 느끼는 기분과 비슷해. 기분이 언짢기도 하고, 민망하기도 해.
내일은 새 학기 준비로 강사 회의가 있어. 솔직히 기대가 되기도 해. 긴 휴가를 마치고 일상으로 돌아가는 기분이 나쁘지 않아.

잘됐어. 그 얘기를 하려면 나도 시간이 필요하니까. 언제 네 물음에 대한 답장을 보낼지는 나도 장담할 수 없어.

시간을 충분히 가지고 천천히 생각해, 스테인. 내가 어디로 사라지는 것도 아니니까.
그이가 헛기침을 하는 소리가 들리네. 이제 정말 가야겠다. 오늘 저녁엔 함께 포도주 한잔할까 해. 오늘은 그이가 올해 처음으로 벽난로에 불을 지폈어. 꽤 고즈넉하고 좋아.

# V

2007년 7월 17일이었어. 천둥소리 때문에 꼭두새벽에 잠에서 깼지. 오슬로 하늘은 무거운 잿빛 구름으로 덮여 있었어. 난 먼저 골까지 간 다음에 거기서 버스로 갈아타고 피예룰란으로 향할 예정이었지. 장장 아홉 시간이나 걸리는 긴 여행이었어. 난 혼자 운전하는 걸 좋아하지 않아. 그럴 바에야 대중교통을 이용하는 편이 낫다고 생각하지. 대중교통을 이용하면 자리에 앉아서 책을 읽거나 잠을 잘 수도 있으니까.

그날은 베릿이 나를 뤼사케르 역까지 차로 데려다줬어. 나를 내려두고 나서 자기 아버지한테 가서 새 옷을 전해줄 예정이었거든. 난 8시 21분 기차가 도착할 때까지 역에서 기다려야 했어. 천둥 번개는 그때까지도 여전했지. 어둡고 무거운 여름 아침이었어. 비는 오지 않았지만 두꺼운 구름이 하늘을 덮고 있어서 마치 저녁 같았어. 번개가 치면 그 빛을 선명히 볼 수 있을 정도였으니까. 잠시 후에 난 역에 도착한 기차에 올라타고 예약해 둔 자리에 앉았지. 난 항상 창가 자리를 예약해. 그날 내 좌석 번호는 5호 차량 30번이었어.

날씨 때문이었는지는 모르겠지만, 난 기차에 자리를 잡고 앉자마자 생각에 잠겼어. 문득 내 평생 그 순간만큼 현명하게 깨어 있었던 적이 없었던 것 같은 느낌이 들더군. 노란 기차가 안개를 뚫고 달리는 동안 그 느낌은 너무도 강렬하게 나를 사로잡았지. 난 스스로 물어봤어. 의식이란 무엇인가? 기억한다는 것, 사고한다는 건 무엇인가? 망각한다는 건 무엇인가? 이렇게 앉아서 생각한다는 것, 생각을 한다는 건 무엇인가? 의식은 우연적으로 생겨난 것인가? 인간의 의식은 우주가 의식이 있는 존재, 발전하는 존재이기 때문에 생겨난 것인가? 아니면 우주의 성질에 원초적으로 반대되는 것인가?

이런 근본적인 질문들에 대해 성찰했던 건 처음이 아니야. 게다가 이런 질문들을 생물학자나 천체물리학자들에게 던져본 적도 있었어. 그때마다 그 사람들은 내 질문에 대해 부정적인 반응을 보이거나 난처하고 곤혹스러워하는 태도를 보였지. 그럴 때면 질문을 던진 나도 당황했지. 솔직히 과학자의 한 사람으로서 그런 질문을 던진다는 것 자체가 순진하게 보일 수도 있겠지. 만약 누군가가 내게 그런 근본적인 질문을 구체적으로, 그리고 반복적으로 던지면서 나의 직관적인 의견을 묻는다면, 난 그 사람한테 매우 일반적이고 단정적인 대답을 돌려줄 수 있어. 인간의 현상적 의식은 우주적 우연일 뿐이라고 말이야.

우주에 어떤 목적을 가진 본질적 의도가 포함돼 있다고 볼 수는 없어. 이건 일반적으로 자명한 사실로 받아들여지고 있지. 지구에 생명이 탄생했고, 지구의 생물학적 환경이 네가 말했던 '의식'으로 발전했다는 주장은 전적으로 우연에 바탕을 둔 거야. 프랑스의 생화학자이자 노벨상 수상자인 자크 모노(Jacques Monod)는 이렇게 말했어.

"우주는 생명을 탄생시키지도 않았고, 인간이 살 수 있는 생물학적 환경을 만들지도 않았습니다. 우리가 존재하는 이유는 몬테카를로의 도박장에서나 볼 수 있는 우연에 의한 것입니다."

그는 또 생명, 존재, 그리고 본질적이고 우주적인 현상에 대해서 이렇게 말했어.

"제가 강조하고 싶은 사실은 생물학적 환경이 예견 가능한 어떤 물질이나 현상을 발생시키지는 않는다는 것입니다. 단지 근원적 원리에 따라 특정한 일이 일어나게 할 뿐이지요. 하지만 그 근원적 원리는 이미 일어난 특정한 일이 발전하는 데 아무런 영향을 주지 않습니다. 따라서 어떤 일이든 예견할 수 없다고 말할 수 있지요."

이건 매우 유용한 정의라고 할 수 있어. 비록 그의 말을 증명할 만한 일들을 콕 집어낼 수는 없지만, 모노의 주장엔 틀린 점이 없어. 우리는 '예견할 수 없는 일'을 특별한 현상으로 간주하지. 그래서 이런 일을 편협한 사고의 결과로 여기기도 해. 왜냐면 예상할 수 없는 일은 물리학이나 자연 법칙에서 벗어난 것이니까.

하지만 난 이런 주장에 전적으로 동의하진 않아. 난 우리가 함께 살던 시절부터 생명이 창조되고 의식이 존재했던 이 우주의 특별한 성질에 대해 어떤 직관을 가지고 있었던 게 사실이야. 그러니 대학의 과학교수로서 내 내면엔 무신론적인 측면이 있을지 모르지만, 보편적인 인간으로서 내 내면엔 다른 사람들과 마찬가지로 약간의 반신앙적인 면이 있을 뿐이야. 하지만 내가 만났던 천문학자, 물리학자, 생화학자들은 대부분 나와 의견을 달리하고 있어. 그들은 생명이나 의식이 무생물적 자연에서 발생한 '존재적' 혹은 '필연적' 결과물이라고 주장해.

현대 과학의 패러다임은 원자나 아원자 입자, 또는 행성과 은하, 암흑 물질과 블랙홀에 대한 이해를 전제해. 즉, 현대 과학은 생명이나 의식이 우주의 본질적 현상이라기보다는 우연적이고 임의적인 현상이며, 이것은 중요하고 본질적인 것과는 거리가 멀다고 보고 있다. 그리고 항성과 행성이 존재하는 것도 빅뱅의 필연적인 결과로 보고 있지. 반면에 생명과 의식이 존재하는 것은 우주의 불규칙한 성질, 불규칙한 패턴에 따른 우연이자 임의적인 결과로 보는 거야.

기차가 회네포스 역에 도착할 때까지 난 줄곧 생각에 잠겨 있었어. 창밖에는 '회네포스. 고도 96미터'라는 작은 팻말이 보이더군. 기차가 정차하니 두 명의 승객이 부리나케 밖으로 나가 담배를 피웠어.

하늘을 덮은 두꺼운 구름은 금방이라도 비를 뿌릴 것 같았지. 바람도 거세게 불었어. 기차는 다시 회네포스 역을 출발했고, 난 왼쪽 창으로 끝없이 펼쳐진 황색 또는 녹색의 밭을 보았고, 오른쪽 창으로 길게 이어지는 울창한 숲을 보았지. 전나무 꼭대기에는 어두운 조각구름들이 걸려 있었지.

난 모든 게 어떻게 시작됐는지 기억하려고 노력했어. 우주의 역사를 기억하려고 노력했다는 거야.

양성자와 중성자들은 빅뱅 직후 몇 십만 분의 일 초 사이에 쿼크에 의해 창조됐지. 그 후에는 수소 핵과 헬륨 핵이 창조됐어. 전자껍질이 있는 원자들은 그로부터 수백만 년이 지나서야 생겨났어. 물론 당시엔 거의 수소와 헬륨뿐이었지. 이것들보다 더 무거운 원자들은 행성 창조 초기에 여러 원자가 함께 모여 그 형체를 이루게 됐고, 우주 속으로 흩어졌어. 비료 역할을 했다고나 할까. 물론 여기서 비료 역할을 했다는 말은 꽤 뚜렷한 경향이나 목적의식을 포함한다고 봐도 좋을 거야. 어쨌든, 이렇게 조금씩 무게가 나가는 원자들이 생기면서 생명 창조의 근거로 작용하게 됐어. 왜냐면 우리는 바로 이 원자들을 바탕으로 생겨났고 삶을 유지하고 있으니까. 물론 우리가 사는 이 지구도 마찬가지야.

임의적인 성질이 없는 원자의 질량이나 결합력은 언제 어디서나 동일하지. 인간을 구성하는 원자들도 우주 어디에서나 찾아볼 수 있으니 우주의 성질을 말할 때 이것들을 '본질적'이라고 말할 수 있을 거야. 최근 입자물리학자들은 우주가 창조되던 시점 그 몇 분 동안의 상황을 보여주는 이론적인 도형을 만들었어. 이것은 원자들이 필수적인 화학적 결합을 통해 우리가 분자라고 부르는 것으로 변하는 과정을 보여주기도 해.

우주 차원에서 봤을 때 좀 더 복잡한 문제를 얘기하자면, 과학자들은 우리가 흔히 '고분자'라고 부르는 것을 생명체를 이루는 요소로 간주하고 있어. 지구에서 찾아볼 수 있는 모든 생명은 자기증식적 핵산, 즉 DNA와 RNA, 그리고 단백질로 구성된 고분자를 지니고 있어. 이것들은 모든 생명체의 유전 물질에 포함돼 있고, 단백질 구조를 결정하기도 하지. 일반적으로 지구에 생존하는 생명체들은 탄소 화합물과 에너지(태양열)로 이루어져 있어. 물도 아주 중요한 역할을 하지.

약 40억 년 전 지구에서 어떻게 생명체가 생성됐는지는 이제 수수께 끼가 아니야. 물론 이와 관련해서 아직도 풀지 못한 작은 의문들은 남아 있지만, 생화학 분야의 이론과 연구를 통해 우리는 초기 지구의 무산소 환경에서 생명이 탄생한 과정을 알게 됐어. 우선, 식물의 광합성 작용으로 산소가 풍부하게 생성됐고, 그로 인해 오존층이 형성됐으며, 이 오존층이 지구를 우주선[9]으로부터 보호하는 역할을 했지.

실제로 자연과학은 지구에서 어떻게 생명이 태어났는지 잘 설명해주고 있어. 예를 들어 고분자의 쿼크 글로운 플라스마[10]에서 생명체가 형성됐다는 거야. 이처럼 자연에서 발생하는 모든 일은 필연적인 논리에 따라 진행되고 생명의 탄생도 예외라고 할 수 없어.

우리는 대부분 생명체를 이루는 구조물이 비교적 간단한 화학적 결합 상태에서 비롯한 합성물이라는 걸 알고 있어. 유기체와 화학적 비유기체를 명백하게 구분했던 과거의 이론은 점점 그 의미를 잃어가고 있지. 심지어 지구 밖 우주에도 생명체를 이루는 고분자들이 있거든. 최근 몇 년 동안 과학자들은 성간(星間)의 진연 또는 흙먼지에도 알코올이나 개미산[11] 같은 유기적 결합 물질이 있다는 사실을 증명해냈어. 최근에는 아미노산 글리신이 우주에서 발견됐다는 보고도 나왔지. 이것들은 혜성의 꼬리는 물론, 우리 은하에서 수십억 광년이나 떨어져 있는 은하계에서도 발견할 수 있다고 하더군. 하지만 이런 것들을 연구하는 우주천체과학은 아직도 초기 단계에 있어.

---

9) 宇宙線 : 우주에서 지구로 방출하는 각종 입자와 방사선 등을 총칭함.
10) 쿼크와 글루온이 점근 자유성을 갖게 돼 이루는 플라스마 상태
11) 포름산이라고도 한다.

지구의 생명체들 또는 생명체를 이루는 고분자들이 반드시 지구에서 생성됐다고 단언할 수는 없어. 이것들은 예를 들어 혜성의 꼬리에서 떨어져 우주에서 지구로 들어왔을 수도 있거든. 지구에 있는 물은 대부분 혜성에 묻어 왔다고 해도 과언이 아닐 거야. 물론 그 물이 깨끗했다고 말할 수는 없지만.

난 지금 우주의 역사를 요약하고 있어. 여기 앉아서 이 기묘한 역사의 기억을 더듬어본다는 게 참 이상하게 여겨지기도 해. 난 기차로 여행할 때마다 미리 좌석을 예약하고 정해진 목적지로 향하지. 그날 기차에 앉아 있으니 왼쪽 창으로 크뢰데렌 지역이 내려다보였어. 안개가 마치 비행선처럼 강물 위에서 흐르고 있었지. 하지만 그 위에는 잿빛 무거운 하늘이 있었고, 강물은 그 하늘을 반사하고 있었어. 그래서 마치 쓸쓸한 가을 같은 분위기가 느껴졌어. 하지만 비는 오지 않았지.

전 우주에서 생명체가 존재하는 단 하나의 행성을 들라고 한다면 우린 확실하게 지구를 언급할 수 있을 거야. 하지만 몇 년 전부터 태양계 밖에도 생명체가 존재하는 행성이 있다는 주장이 고개를 들기 시작했지. 물론, 그전에는 태양계 밖에 생명체가 존재한다는 걸 증명할 만한 고도의 과학기술이 없긴 했지만 말이야. 어쨌든, 최근 몇 년 사이에 2백여 개의 행성이 존재한다는 주장이 대두했어. 그건 우리 은하계의 태양과 비슷한 역할을 하는 행성들의 4분의 1이나 되는 숫자야.

오늘날 천문학자들한테 지구 외에 생명체가 존재하는 행성이 있느냐고 묻는다면, 대부분 그렇다고 대답할 거야. 그들은 우주가 상상 이상으로 크기 때문에 거기에 비교한다면 손바닥만 한 지구에서 일어난 일이 우주 어디에서도 일어날 수 있다고 말하지. 이와 관련해서 한 번 생각해볼 만한 점은 이런 말을 하는 천문학자들도 우주가 생명을 탄생시킨 주원인이 될 수 없다고 주장했던 모노의 말에 대부분 생각 없이 동의한다는 사실이야. 하지만 우주가 생명을 탄생시키는 데 근본적 영향을 미치지 않았다면, 우주와 그 안에서 살고 있는 특별하고 가치 있는 존재들 사이의 관계를 어떻게 정의할 수 있을까?

수십 년 전에는 외계인에 대해 상상력 풍부한 얘기들이 여기저기서 나오기도 했지. 그리고 천체생물학자들은 외부 행성에서 물을 찾아 나섰어. 물이 존재한다면 생명이 존재할 수 있다는 생화학적 패러다임 때문이었지. 어쨌든 가까운 미래에 바다와 강이 있는 미지의 행성을 발견했을 때 만약 거기에 생명체가 전혀 없다면 그게 더 놀라운 일이 될 거야.

물질을 구성하는 분자들은 전 우주적이고, 직접적이고, 근본적인 것이기도 해. 복잡하게 구성된 분자나 고분자들은 그리 많지 않아. 하지만 그렇다고 해서 이것들이 전 우주적이지 않다고 말할 순 없어.

전반적이고 직선적인 생각의 흐름이긴 하지만, 난 논리적으로, 명철하게 사고해. 어쩌면 그날 오전, 자신의 의식과 깨어 있음에 대해 이처럼 열심히 생각하고 있던 사람은 지구상에서 나 혼자뿐이었는지도 몰라. 하긴 누가 알겠어? 어쩌면 바로 그 찰나엔 정말 나 혼자뿐이었을지도 모르는 일이지. 그렇게 따지자면, 난 그날 노란색 기차 안에 앉아 엄청난 특혜를 누렸다고 할 수 있지.

네스뷔엔에 도착하기 직전 비가 내리기 시작했어. 기차역 푸른 팻말에 흰색으로 이런 문구가 적혀 있었어. '네스뷔엔: 하차는 왼쪽 문으로. 고도 168미터.' 네스뷔엔 역을 출발하니 객실 내부 전광판에 '베르겐행 기차에 탑승해주셔서 감사합니다. 카페에 스낵과 식사가 준비돼 있으니 많은 이용 바랍니다.'라는 글자가 나타났어.

네스뷔엔에서 골로 가는 길 양쪽에는 울창한 숲만 보였어. 난 오른쪽 창으로 보이는 강줄기를 뚫어지게 바라봤지. 농가들도 점점이 보였어. 잿빛 두꺼운 구름은 땅에 닿을 듯이 낮게 깔려 있었지.

'우주론적 원리'라는 게 있어. 그건 바로 이 세상 어디서나 동일한 성질을 발견할 수 있다는 뜻이야. 단지 그 척도와 크기가 다를 뿐, 우주는 등방적(等方的) 또는 동질적 성질을 지니고 있기 때문이지.

그렇다면 이 근본 원리를 우리의 질문에 적용할 수 있지 않을까? 즉, 행성과 은하계에 생명이 존재할 가능성이 있는 것처럼 은하계 외부, 전 우주 공간에도 생명이 존재할 가능성이 있지 않을까? 그렇지 않다면 생명체는 오직 이 손바닥만 한 지구에서만 찾아볼 수 있다는 걸까? 하지만 이 우주에는 수십 억 개의 은하계가 있어. 그 각각의 은하계에는 수백억 개의 행성이 있지. 그렇게 따진다면 그 안에 존재할지도 모르는 생명체가 우리와 동일한 화학적 결합체라는 것은 터무니없는 생각일지도 몰라. 다시 말해 그건 몬테카를로의 도박장에서 셀 수 없이 많은 칩을 거는 일과 비교할 수 있을 것 같아. 그렇다면 도박에서 이기는 것이 '우연'에 의한 것이라는 주장을 뒷받침할 만한 근본적 법칙도 사라지게 되는 셈이지.

물론 도박에서 큰돈을 따는 것이 전적으로 '우연'이라고는 할 수 없어. 실제로 도박으로 큰돈을 자주 따는 사람도 있으니까.

이제 의식에 관한 얘기를 할 차례인 것 같구나. 생물계는 유기체의 신경 체계와 감각 기관을 형성하는 데 큰 역할을 한다고 말할 수 있어. 예를 들어 역사적으로 사람들은 지구상의 생명체가 지니고 있는 시각 기관을 말할 때 그 유전적 성질엔 거의 관심을 보이지 않았지. 우린 지구 말고 다른 행성에 존재하는 더 큰 유기체들도 일종의 시각 기관을 가지고 있을 거라고 믿어. 그 이유는 명백해. 각각의 생물권은 진화의 관점에서 볼 때 주변의 상황과 환경, 즉 울창하고 험한 자연 및 적과 희생양을 알아보는 데 시각은 매우 중요하다고 할 수 있으니까. 적절한 짝을 고르기 위해선 생식 작용도 매우 중요하지. 여기다 다른 감각 기관도 지니고 있다면 그 어떤 행성이라 하더라도 살아남기 위한 싸움에서 큰 이점으로 작용할거야. 예를 들면, 청각, 음파 탐지 기능, 통증과 맛, 냄새 등을 감지하는 기관이 바로 그것이지. 물론, 어떤 특별하고 희귀한 감각 기관은 여기에 포함되지 않아.

각각의 고등 유기체들은 감각과 느낌을 통제하기 위한 기관으로 '뇌'를 지니고 있지. 지구의 생명체들만 보더라도, 각각의 동물들은 저마다 그 정도가 다르긴 하지만 꽤 복잡한 신경 시스템을 지니고 있어. 신경학 분야의 학자들은 인간의 신경 시스템을 더 잘 이해하기 위해 문어의 신경 세포를 연구하기도 했어. 이건 꽤 흥미로운 사실이야. 생명체들이 터전을 이루고 있는 곳의 전반적 자연 환경을 대표한다는 이론과 마찬가지로, 우리는 유기체의 신경 시스템과 뇌의 발전 단계도 같은 식으로 설명할 수 있을 거야.

골, 고도 207미터. 난 짐을 챙기기 시작했지. 재킷 한 벌과 작은 배낭 하나. 그때 객실 스피커로 곧 골에 도착한다는 통보가 들렸어.

"다음 역은 골입니다. 내리실 분은 오른쪽 문으로 하차해주시기 바랍니다."

난 정류장으로 가는 버스로 갈아타기 위해 이슬비를 맞으며 걸었어. 휴대용 GPS를 켜고 신호를 기다렸지. 시각은 11시 19분, 위도 60, 42분 6초, 경도 08, 56분 31초. 허용 오차는 +/-20피트. 일출 04시 21분, 일몰 22시 38분. 머리 위에는 무거운 구름이 비를 뿌리고 있었어. 월출 08시 11분, 월몰 23시 23분. 하지만 구름 없는 화창한 여름날이라고 해도 그 시간에 하늘에서 달을 볼 수는 없어. 골에서는 낚시와 사냥도 꽤 성행하는 것 같았어. 아주 평범한 날. 그래, 아주 평범한 날이었지.

난 정류장에 도착해서 커피 한 잔과 치즈, 피망을 넣은 크루아상을 들고 자리에 앉았어. 하지만 그때까지도 몰두했던 생각에서 벗어나지 못했지. 우주에 대한 생각에 빠져 내가 어디에 앉아 있는지도 잊어버릴 지경이었어. 지나가던 젊은 여자와 우연히 눈을 마주치는 바람에 잠깐 생각에서 벗어나긴 했지만. 난 그 여자가 나를 실제 나이보다 열 살쯤 어리게 봤던 건 아닐까 하는 터무니없는 생각을 하기도 했어.

골 시내에 도착하니 비가 더 세차게 내리더군. 그 때문인지는 몰라도 난 더욱 기묘한 분위기에 젖어들었어. 곧, 난 하던 생각을 멈추고 이틀 후에 할 예정이었던 연설문의 핵심어를 작성하기 시작했지. 난 그때 까지만 하더라도 그곳에서 너와 만나리라곤 짐작도 못했어. 물론, 골에서 과거 너와 함께 경험했던 일들을 문득 문득 떠올려보긴 했지만 말이야. 작고 붉은 소형 자동차를 타고 서부 지방의 빙하를 보기 위해 골을 지나쳤던 일도 기억이 나더구나.

점심 식사는 꽤 여유롭게 할 수 있었어. 골에서 출발하는 버스는 13시 20분에 있었으니까. 시간이 돼 버스에 올라탄 난 안개를 헤치고 헴세달로 향했지. 버스 내의 전광판에는 다음과 같은 글자들이 흘렀어. '외부 기온 14도. 안개 걷히고 있는 중.'

일반적으로 뇌와 신경 시스템이 '의식'으로 귀결되기까지는 꽤 오랜 시간과 여러 가지 다른 요소가 포함되게 마련이야. 하나의 숲이 아니라 전 우주를 생각하는 능력과 눈앞에 보이는 물리적 현실을 뛰어넘어 더 큰 환경을 고려하고 성찰하는 능력이 필요하지. 조금 생각을 바꿔보는 것도 가능해. 예를 들어 네 발을 쓰던 척추동물이 두 발로 직립보행을 시작하면서, 두 개의 앞발은 자유롭게 됐지. 시간이 흐르면서 이 두 개의 앞발은 필요한 연장이나 도구를 만드는 데 사용하게 됐고, 결과적으로 이들은 동시대의 무리는 물론, 후세와도 '생존 체험'을 공유하게 됐어.

우리가 '의식'이라고 부르는 것과 함께 살아간다는 것은 인간의 내적인 세계를 상정하는 행위라고 할 수 있어. 솔직히 인간이 존재하지 않았다고 하더라도 시간이 흐름에 따라 어떻게 이 우주와 삶, 그리고 의식이 생겨났는지를 성찰하는 다른 부류의 척추동물이 생겨났을 수도 있겠지.

만약 외계 생명체에게도 '의식'이라는 것이 있다고 가정한다면, 우리는 의식을 이해하기 위해 빅뱅 시기의 연구부터 해야 할 거야.

우주의 발전은 물리적·물질적인 발전에만 국한돼 있진 않아. 인간의 뇌는 우리가 아는 모든 것 중에서 가장 복잡한 것이라고 할 수 있지. 이 뇌에 깃든 의식은 우주와 존재에 대해 쉴 새 없이 질문을 던지고 있어. 우리는 누구인가? 우리는 어디서 왔는가?

의미 차원에서 보자면 이런 질문은 짧고 명료하고 기본적인 문장에 불과하지. 하지만 지구에서 몇 광년이나 떨어져 있는 우주의 다른 행성을 향해 이렇게 외쳐도 이 말에 공감하고 성찰하는 존재는 없을 거야. 외계 생명체의 언어는 지구의 언어와는 완전히 다른 구조로 이루어져 있을 테니까. 그들에게 지구인의 언어는 해괴한 소음처럼 들릴 수도 있겠지. 하지만 외계 문명인들이 우리와 전혀 다르게 사고한다고 단정할 수는 없어. 비록 과학 발전의 역사는 서로 다르더라도 그곳에서도 진보된 사고를 하는 소수는 시간이 흐름에 따라 환경 문제, 우주의 생성, 화학 성분 등에 대한 이해와 지식 습득의 과정을 거치겠지. SETI 프로젝트(Search for Extraterrestrial Intelligence: 외계 지적 생명 탐사 연구)는 우주의 소리와 신호를 포착하는 데 엄청난 투자를 하고 있어. 외계에 지능 있는 생명체가 존재하는지를 알아내는 게 이 계획의 목적이야. 지구에서 몇 광년 떨어진 곳에 있는 행성에서 확신할 수 없는 우연을 경험해보려고 한번 해보는 일이 아니라고.

반면에 우주적 의식이 있는 생명체는 지구에만 존재한다는 주장도 없지 않아. 하지만 가까운 외계 행성에도 원시적인 형태이긴 하지만 생명체가 존재한다는 사실이 증명된다고 해도 우리는 지구에서 인간이라는 생명체가 오늘날과 같은 형태를 갖추기까지에는 무려 40

억 년이 걸렸다는 사실을 기억해야 해. 어쩌면 지금으로부터 10억 년 뒤엔 지구의 자연 환경이 파괴되고 물이 말라 버리는 등 생태계에 변화가 와서 이곳에 살던 생명체들이 모두 사라져 버릴지도 몰라.

어쩌면 정말 이 우주에는 외롭게 우리만 존재하는지도 몰라. 적어도 우리와는 다른 영혼과 정신이 외계에도 존재한다는 사실이 확인되기 전까진 말이야.

난 어렸을 때 지구 밖 까마득히 먼 우주에 어쩌면 우리와 전혀 다른 생명체가 수없이 많이 살고 있을지도 모른다는 생각을 자주 했지. 그건 아주 매력적인 상상이었어. 하지만 그건 불가능한 일이라는 생각도 들었어. 어쩌면 전 우주를 통틀어 지구에만 생명체가 존재하는 건 아닐까. 물론 이런 생각을 해도 기분이 짜릿했지. 이 두 가지 생각 모두 '나'라는 존재에 대한 경이를 느끼기에 충분했지.

버스는 헴세달을 통과했어. 난 조금 더 있으면 바로 '그 장소'를 지나가리라는 걸 알고 있었지. 그래서 마음의 준비를 했어. 어쩌면 우주와 존재에 대한 그 모든 생각은 바로 이 마음의 준비 중 한 부분이었는지도 몰라. 너도 레브스네스의 페리항을 기억할 거야. 우린 그때 지구에서 실제로 일어나는 모든 일이 우리가 이해할 수 없는 더 큰 질서에 따라 일어나고 있는지도 모른다고 했지.

구름은 여전히 머리 위를 덮고 있었어. 낮게 깔린 구름과 자욱한 안개를 어떻게 구별할 수 있을까? 지상 3미터까지는 구름인지 안개인지 모를 것으로 자욱하게 덮여 있었어.

도로 옆 알림판에는 헴세달 산을 가로지는 52번 국립도로로 통행할 수 있다는 공지가 적혀 있었어. 한여름이었으니까 당연한 일이었지. 겨울이라면 통행 불가 팻말을 볼 수 있을지 몰라도 말이야.

버스 오른쪽으로는 강줄기가 보였어. 최근 며칠 연이어 내린 비와 기온이 상승하면서 산꼭대기를 덮고 있던 눈이 녹아 내렸기에 강물이 많이 불어 있었어. 물이 넘칠 듯한 거대한 댐을 지나다 보니 왜 하류 쪽 강물이 그토록 세차게 흘렀는지, 왜 튀릴 피오르 부두가 잠겼는지 알 것 같더군.

자욱한 안개는 계곡 아래쪽을 빽빽하게 덮고 있었어. 그날 날씨는 너무도 이상해서 마치 하늘이 인간을 놀려대고 있는 것만 같다는 생각도 들었지. 얼마 후, 안개는 조금씩 걷히기 시작했고 계곡 아래쪽은 서서히 그 모습을 드러냈어. 하지만 산등성이는 여전히 자욱한 안개로 뒤덮여 있었어.

난 버스 안에 앉아 우주의 역사와 지리적 환경에 대해 고찰하는 동시에 창밖의 광경도 소화해 냈어. 물론 나라는 존재가 왜, 또 어떻게 생겨나게 됐는지에 대해서도 생각해봤지.

"우주는 생명을 탄생시키지도 않았고, 인간이 살 수 있는 생물학적 환경을 만들어내지도 않았습니다. 우리가 존재하는 이유는 몬테카를로의 도박장에서나 볼 수 있는 우연에 근거한 것입니다."

난 자크 모노의 환원주의적 주장을 뒤집어 생각해보고 싶은 충동을 느꼈어. 그렇게 해도 일리 있게 들리는지 확인해보고 싶은 마음이 생겼기 때문이었지.

"우주는 생명체를 탄생시키는 데 근본적인 영향을 미쳤으며, 이 생명체는 우주의 의식이라고 말할 수 있다."

그리 비이성적으로 들리진 않는다는 느낌이 들더구나. 직관이란 것은 크고 충격적인 일들과 관련한 것도 아니고, 그렇다고 항상 어떤 중요한 의미를 내포해야 한다는 법칙도 없으니까. 다시 말하면, 이 우주는 의식 그 자체라고 볼 수도 있고, 또는 우주적 의식을 지닌 생명체가 존재하는 공간이라고도 볼 수 있지. 이런 명백하고도 경이로운 사실을 신비주의적 견해로만 해석해야 한다는 법칙은 없잖아.

좀 더 고차원적으로 생각해 볼까. 물론, 최고 차원의 사고는 제외하고 말이야. 그렇다면 자연과학의 이론과 법칙을 또 들먹여야 할 테니까. 모노는 전적으로 우연에 의해 의식과 생명체가 생성됐다고 주장했어. 그렇다면 이 우주도 우연에 의해 생겨났다고 해야 하지 않을까.

만약 우주 생성 첫 순간의 상황이 우리가 알고 있는 것과 조금이라도 달랐다면, 이 우주는 생성 직후 몇 백만 분의 일 초 사이에 다시 소멸됐을지도 몰라. 모노가 언급했던 우주적 기본 원리도 첫 순간의 먼지처럼 작은 차이로 인해 지금과는 엄청나게 다른 원리로 발전했을지도 모르지. 어쩌면 아예 우주가 생겨나지 못했을지도 몰라. 만약 우주 생성의 첫 순간에 부정적 물질이 긍정적 물질보다 조금만 더 많았더라면 우주는 생성 되자마자 소멸되고 말았을 거야. 우주의 강렬한 기본 핵 에너지가 조금이라도 더 약했더라면 전 우주는 수소만으로 구성됐을게 분명하고, 그 핵 에너지가 조금만 더 강했더라면 수소의 존재는 아예 처음부터 찾아볼 수 없었을거야. 이런 식으로 열거하자면 끝도 없을것 같아. 문득, 스티븐 호킹(Stephen Hawking)의 말이 떠오르는구

나. '빅뱅으로 인해 우주가 생성되지 않을 가능성도 엄청나게 크다.'

'의식'의 형성 및 지속성과 발전 가능성을 지닌 우주의 형성 또한 우연한 것이야. 물론, 모노의 '우주의 기본 원리'라는 것도 몬테카를로의 도박처럼 우연에 근거를 두고 있는 것이지. 아니, 정말 최초의 빅뱅 뒤에 그걸 움직였던 어떤 전지전능한 힘이 있다고 믿을 수도 있겠지. 하지만 이 우주의 형성과 발전에 전적인 영향을 미쳤던 그 어떤 힘을 과학적으로 증명할 수는 없어.

우주가 자의식을 형성하고 발전시켜 왔다고 믿는다면, 이를 증명하기 위한 수많은 조건이 먼저 충족돼야 할 거야. 빅뱅 몇 초 직전의 순간부터 말이지. 이 우주는 그런 우주야. 우린 있는 그대로의 우주를 받아들여야 할 필요가 있어.

곰곰이 생각하다 보니, 이 세상 수많은 학문 중에선 사이비로 취급받는 학문들도 적지 않다는 생각이 들더구나. 내 머릿속을 헤집던 그런 생각들도 자연과학적 측면에서 본다면 그 범주 밖에 있는 것들이지. 난 이런 것들을 직관이라고 불러.

도로는 강 옆 왼쪽에서 이어지고 있었어. 강 너머에는 작은 숲들도 보였어. 곧 널따란 강둑이 보였고 거기서부터는 뵈베르그 피엘스토베로 향하는 오르막길이 시작됐어. 강 위에는 현수교가 자리하고 있더군. 그곳의 고도는 아마 7백 미터쯤 됐을 거야. 강의 양 옆에는 자작나무들이 울창하게 자리하고 있었어.

안개는 더욱 짙어졌어. 왼쪽 산기슭으로는 쌓여있는 눈을 볼 수 있었고, 오른쪽으로는 별장들이 군데군데 보이더군. 그곳을 지나면 산꼭대기에 이를 예정이었지.

버스는 두 개의 행정 구역을 가로지르는 엘드레바트네 강에 도착하기 직전이었어. 그때 이후, 이 곳을 다시 찾기는 처음이었어. 그때와 다른 점이 있다면 직접 차를 운전하지 않고 버스에 가만히 앉아 있다는 것이었지. 난 버스 속에 앉아 오른쪽에 자리한 강물에 눈도 주지 않았어. 시계를 보니 오후 2시 20분이더군. 난 배낭 속에 넣어왔던 반 병짜리 보드카를 꺼내 한 모금 마셨어. 승객들은 버스 안에서 술을 마시는 내게 신경도 쓰지 않았어. 삼십 년 전이지만 마치 어제 일처럼 느껴지더구나. 그녀는 수수께끼였어. 스카프를 두르고 있던 그녀 말이야.

버스는 서부 지방으로 진입하는 내리막길을 달리기 시작했지. 절벽 옆 꺾어질 듯한 모퉁이를 돌 때의 시각은 오후 2시 29분이었어. 난 다시 보드카 한 모금을 더 마셨어. 문득 내가 그 자리에 앉아 생각을 하고 있다는 행위가 그때 있었던 일들과 깊은 관계가 있다는 느낌이 들더군. 우린 그때 레브스네스에서 몇 시간 눈을 붙일 예정이었지. 하지만 우린 눈을 감은 채 잠을 자긴커녕 쉴 새 없이 얘기를 나눴어. 기억해?

버스는 레르달로 향하는 강을 따라 움직였어. 강물은 거세게 흐르고 있었지. 터널은 보르군 교회 목조 건물이 자리한 지점에서부터 시작됐어. 계곡 위에는 흰 구름들이 마치 깃털처럼 가벼운 양 떼 마냥 군데군데 모여 있었지. 버스는 예전에 우리가 하룻밤을 묵었던 레르달 시내 중심을 벗어났어. 거길 기억해? 버스는 그곳에서 새로운 승객들을 몇 명 태운 후 포드네스로 향하는 터널로 진입했어. 거기 새로운 터널이 생겼다는 사실이 무지 반갑게만 느껴지더군. 창밖으로 레브스네스를 바라보며 그 옛날의 기억을 떠올리지 않아도 됐으니까.

만헬러로 가기 위해선 페리를 타야만 했어. 난 페리 속에서 길지 않은 시간이긴 했지만 오슬로에서부터 곰곰이 생각해 왔던 그 모든 것들을 머릿속으로 정리해봤어.

오늘날의 자연과학은 여러 가지 세세한 질문들을 차치했을 때 두 개의 커다란 수수께끼에 대해 질문을 던지고 있지. 그 하나 이 우주가 생성된 직후 몇 만 분의 일 초 사이에 도대체 무슨 일이 있었는가 하는 것이고, 다른 하난 의식의 특징이나 성질에 관한 것이지. 어쩌면 인간과 자연과학에 대한 이 두 개의 진정한 미스터리는 전혀 상관이 없을지도 몰라. 하지만 이것들 사이에 어떤 연관성이 존재한다는 것도 완전히 배제할 수는 없는 일이지. 난 이 두 개의 미스터리가 서로 깊이 관련돼 있다고 짐작해.

난 이 우주를 형성한 물리적 법칙 뒤에 더 크고 더 근본적인 뭔가가 있다고 믿어. 그러니 내게도 어떤 신조가 있다고 말할 수 있겠지. 만약 전지전능한 힘이 정말 존재한다고 친다면, 그건 빅뱅에도 직간접적으로 영향을 미쳤을 것이라고 생각해. 하지만 그 이후엔 절대적으로 자연의 법칙만이 존재해 왔다고 확신해. 이 세상에서 일어난 모든 일들은 단 하나의 예외도 없이 모두 자연의 법칙에 따라 생겨난다고 말이야.

그러니 신을 증명하기 위해 그 증거를 찾을 생각이라면 이 우주의 규칙성 속에서 찾아야 할 거야. 또는 무신론자의 대변인인 자크 모노가 언급했던 '우주의 기본 법칙' 속에서 찾아야 할지도 몰라. 앞서도 말했지만, 내가 믿지 않는 단 한 가지는 바로 초자연적인 힘을 바탕으로 한 계시야.

생각을 어느 정도 정리하고 나니, 목적지가 얼마 남지 않았더군. 현실적 삶과 의식이 이 우주의 본질이 될 수도 있다고 말하는 자연과학자들은 거의 없어. 하지만 난 자연과학자임에도 불구하고 감히 이렇게 말할 수 있어. 물론, 난 계시나 신앙에 대해선 전혀 믿지 않아. 난 주변의 자연을 관찰하고 이를 해석해도 계시나 신앙을 운운하는 사람들과 비슷한 결론을 내릴 수 있다고 생각하거든.

만헬러에서부터는 다시 새로운 터널을 지나야 했지. 터널에 들어서기 전에 창밖을 내다보니 왼쪽 아래로 케우팡게르가 보이더군. 우린 예전에 페리를 타고 그곳을 방문한 적이 있어. 송달을 지나고 다시 산길을 오르니 안개가 자욱해졌어.

피예를란 피오르 위쪽 높은 산을 가로지르는 긴 터널을 빠져나오니 발아래 자욱한 안개 때문에 아무 것도 볼 수 없었어. 그 길은 예전에 직접 차를 타고 달린 적이 있었지. 그래서 안개 아래 펼쳐졌을 눈에 익은 정경을 상상하기는 어렵지 않았어. 다시 또 하나의 긴 터널을 빠져나오니 아래쪽에 수펠레달렌, 뵈이아달렌, 그리고 문달스달렌 계곡이 보였어.

그 순간 이런 생각이 내 머릿속을 스치더군. 혹시 솔룬도 여기 있을까? 여기 와 있는 건 아닐까? 그건 반사적인 생각이었어. 물론 난 그런 생각이 얼마나 비이성적이고 충동적인지 잘 알고 있었지.

난 빙하 박물관 앞에서 내려 호텔에 전화했어. 그리고 몇 분 뒤 호텔에서 보낸 차를 타고 삼십 년 만에 그 호텔로 향했지. 235호실에 짐을 풀고 창밖을 바라보니 피오르와 상점들이 보이더군. 빙하와 산도 보였지. 피오르를 덮고 있던 안개는 조금씩 걷히고 있었어.

식당은 발 디딜 틈도 없이 사람들로 꽉 차 있었어. 낡고 오래된 호텔이었지만 찾는 사람들이 여전히 많은 걸 보니 기분이 나쁘진 않더군. 어쩌면 기후 세미나 때문에 사람들이 모여들었던 건지도 모르지. 난 와인을 한 잔 주문했어. 2.5리터에 90크로네나 하더군. 그 와인이 어디서 어떤 포도 종으로 만들어졌는지 전혀 짐작할 수 없었지만 맛은 아주 좋았어. 카베르네 쇼비뇽일지도 모른다는 생각도 들었어. 그리고 곧 네 가지 요리로 구성된 풀코스 저녁 식사를 했지. 서부 지방 채소 샐러드, 콜리플라워 수프, 안심 스테이크, 그리고 딸기에 크림을 얹은 디저트였어.

저녁 식사를 마치고 객실에 올라가 짐을 풀었어. 보드카를 한 모금 마시고 창밖 여름밤 풍경을 감상했지. 비가 억수처럼 오고 있었어. 갈매기들은 피오르와 상점 건물의 지붕 위를 맴돌며 울어댔지. 난 보드카를 한 모금 더 마시고 나서 잠자리에 들었어.

다음 날 아침, 베란다에서 널 만났어. 너와 네 남편은 전날 내가 저녁 식사를 마친 뒤에 호텔에 도착했지. 그러니까 내가 방에 올라가 보드카를 마실 때쯤이었나 봐. 난 그때 창밖을 내다보며 네 생각을 했어. 그런데 너도 그 호텔에 와 있을 줄은 꿈에도 상상하지 못했지. 너희 부부는 식당 문이 닫힌 뒤에 도착했기에 카페에서 특별히 마련한 간단한 식사로 저녁을 해결했다고 했지?

자리에 누워 잠들기 전 꽤 오랫동안 뜬눈으로 갈매기 울음소리를 들었어. 베개를 벼고 눈을 감았더니 문득 이렇게 따듯한 자리에 누워 있다는 게 무척 기분 좋게 느껴지더군.

곧 난 너무나 이상한 꿈을 꿨지. 마치 밤새, 아니 몇 날 며칠 동안 지속된 길고 긴 꿈을 꾼 것만 같았어. 난 지금까지도 그 꿈을 직접 경험한 생시의 일처럼 뚜렷하게 기억하고 있어.

그래, 난 뭔가를 경험했던 게 분명해.

이제 나의 이 짧은 오디세이에 마침표를 찍어야 할 것 같아. 오늘 온종일 거의 아무것도 먹지 않고 여기 앉아 메일을 썼어. 배에 들어간 건 커피와 차 몇 잔, 그리고 한두 번 벽장에서 술병을 꺼내와 마신 술 몇 잔이 전부야.

그런데 넌 어때? 강사 회의는 잘 다녀왔어?


응, 회의는 잘 다녀왔고 지금 집에 있어. 그런데 넌 그 벽장 쪽으로는 발걸음을 삼가는 게 어때? 이제 겨우 오후 다섯 시밖에 안 됐는데… 저녁 여덟 시, 아홉 시 전에는 그 벽장문을 열면 안 된다는 규칙을 정하는 건 어때? 이 문제에 대해선 전에도 얘기를 나눈 적이 있어. 오후에 동네 카페에 들르면 거기서 혼자 낮술을 홀짝거리는 널 볼 수 있었지.


그때도 난 생각에 꽤 깊이 몰두해 있었어. 넌 어때? 네가 우주의 한 부분이라고 생각할 때 현기증 같은 게 느껴지지 않아? 난 인간의 의식과 137억 년 전 빅뱅 사이의 관계를 말했는데, 넌 내 낮술 버릇 따위에 신경을 쓰는구나? 하지만 아직도 날 걱정하는 네 마음만은 꽤 감동적이다.

그래, 감동적이기도 하겠지.

대답해봐. 내가 뤼사케르에서 피예를란까지 여행하면서 전개했던 그런 사고를 넌 어떻게 받아들였는지.

뭐라고 해야 좋을지 모르겠다. 내가 만약 네 연구실에 찾아와 질문을 던졌던 그 여학생이었다면 아마 이렇게 말하겠지. '정말 흥미롭군요, 교수님!' 물론 이번엔 다른 어떤 의미 없이 순전히 흥미롭다고 말할 수 있을 것 같아. 특히 네 메일에서 이런 대목을 읽을 때는 소름이 돋을 정도로 기뻤어. "적어도 우리와는 다른 영혼과 정신이 외계에도 존재한다는 사실이 확인되기 전에는 말이야." 또 이런 대목도! "난 이 우주를 형성한 물리적 법칙 뒤에 더 크고 더 근본적인 뭔가가 있다고 믿어." 이런 표현들은 신념이 있다는 걸 말해주지 않아? 어쨌든, 넌 이번에 내가 던진 질문에 꽤 그럴듯한 대답을 들려줬어. 무슨 말이냐면 네가 믿는 것에 대해 마침내 말문을 열었다는 거지.
그런데 난 너한테 대답을 하나 더 원했던 거 같은데? 네 꿈 얘기

말이야. 그런데 네가 들려준 건 또 다른 물질주의 강의였어. 그래서 난 네가 꿨다는 그 꿈도 자연과학 마라톤 강의가 되지 않을까 은근히 걱정스러워. 아니, 어쩌면 긴 여행 얘기가 될지도 모르지. 어쨌든 넌 우주의 영성을 둘러싸고 있는 껍질 얘기만을 늘어놓고 있어. 조개 속에 숨은 진주보다는 여기저기 널린 조개껍데기만 찾고 있는 셈이지. 하긴 진주를 찾으려면 수많은 조개껍데기를 뒤져봐야 하겠지만….

어쨌든 넌 절대 지루한 사람은 아니야!

난 우주선을 타고 지구 궤도를 돌고 있었어. 중력이라곤 전혀 느낄 수 없었지. 마치 내가 내 몸과 별개로 존재하는 기분이었어. 의식으로만 이루어진 존재라고나 할까.

발밑에 보이는 지구는 먼지와 재로 덮여 있었어. 지구 전체가 시커멓게 변해 있었지. 바다도 육지도 분간할 수 없었어. 마치 원자탄 폭발 흔적처럼 시커먼 재로 덮여 있어서 히말라야의 만년설조차도 볼 수 없었어. 난 계속 외쳤지. 휴스턴! 휴스턴! 하지만 아무 소용없는 일이었어. 무전기는 이미 작동을 멈춘 뒤였으니까. 내가 차단하려던 유성은 지구의 인류와 동물들을 거의 모두 멸망시키고 말았어.

난 까맣게 타버린 지구 주위를 계속 돌면서 대체 무슨 일이 일어났는지 머릿속으로 정리해보려고 애썼어. 유성이 지구의 생명을 소멸시켰던 건 이번이 처음이 아니야. 백악기와 제3기 사이, 그리고 페름기와 트라이아스기 사이에도 이와 비슷한 일이 있었지. 다른 점이 있다면, 이전 시기에는 공룡들이 멸종됐지만 이번엔 거의 모든 척추동물이 멸종됐다는 거야. 이건 모두 나 때문이었어! 이 일에 책임질 사람은 나밖에 없었으니까.

지름이 수 킬로미터나 되는 거대한 유성이 지구 궤도에 진입해서 충돌하게 되자, 유엔에서는 비상대책위원회를 소집했어. 그로써 역사상 최초로 세계 모든 나라가 하나도 빠짐없이 지구 종말을 막기 위해 한마음으로 협력했지. 위원회에선 원자폭탄을 실은 유인 우주선을 쏘아 올리기로 결정했어. 우주선에 탑승한 과학자들은 자폭의 임무를 맡은 것이나 다름없었지. 난 하산, 제프와 함께 그 임무에 자원했어. 우리는 유성에 접근해서 폭발시키기로 했지. 유성이 폭파될 때 그 잔해와 충돌하지 않도록 우린 너무 가깝지도 너무 멀지도 않게 적당한 거리를 유지해야 했어. 그렇게 유성을 산산조각 내서 지구 궤도 밖으로 날려버리는 게 우리 임무였어.

유인 우주선이 발사되기 전, 이 유성이 지구와 충돌할 가능성은 99퍼센트였어. 물론 유성을 폭발시키는 데 우리가 특별히 해야 할 일은 없었어. 모든 건 컴퓨터로 진행됐으니까. 우린 유성을 향해 다가가면서 안정적으로 궤도를 유지하기만 하면 됐어. 유성과 적당한 거리에 도착하면 폭탄은 저절로 발사될 예정이었어. 그러니 우리 임무는 꽤 간단했다고 말 할 수도 있지.

우리 세 사람은 수백 명의 지원자 중에서 선발됐지. 지원자들은 여러 차례 신체적·심리적 테스트를 거쳐 소수의 우주 비행사만이 남게 됐지. 하지만 최종 선별 작업은 복권 당첨자 뽑기와 비슷했어. 물론 선별된 사람도 포기 의사를 밝히면 제외될 수 있었어. 어쨌든, 최종 단계의 선별 작업은 러시아 룰렛 게임과 다르지 않았어. 결국, 최종적으로 남은 사람이 우리 셋이었어. 우린 영웅이었지만, 보는 사람의 관점에 따라선 승자라고 할 수도 있었고, 패자라고 할 수도 있었어. 우린 지구를 지키기 위해 우주 밖으로 날아가 귀환하지 못할 임무를 맡은 사람들이었거든. 하지만 우린 최종 선발된 우주 비행사라는 사실에 모두 자랑스러움을 감추지 못했지.

우리는 화성과 목성 사이에 있는 유성을 향해 날아갔지. 지구와 인류의 생존 여부는 전적으로 우리 손에 달려 있었어. 아니, 우리의 정확성과 침착성에 달려 있었다고 해야겠지.

배반자는 바로 나였어. 삶이 몇 분밖에 남지 않았다는 생각이 들자 난 갑자기 공황 상태에 빠졌어. 지구에서 우주선으로 송출된 마지막 메시지는 바로 이것이었어. "행운을 빕니다. 축배를 드십시오. 그리고 진심으로 감사합니다!"

하지만 난 정말 죽고 싶지 않았어. 조금이라도 더 살고 싶었지. 그래서 결정적인 순간에 우주선의 궤도를 살짝 비켜나버렸어. 그래서 임무를 수행할 수 없는 위치가 돼버렸지. 그 순간, 하산과 제프는 절망적으로 비명을 질렀지만, 이미 때는 늦었어. 난 처음부터 이토록 중요한 일을 맡을 만한 사람이 되지 못했어.

우리는 햇빛 속에서 우주선 바로 옆을 지나가는 유성을 볼 수 있었어. 우린 그 유성이 지구와 충돌하리란 걸 알고 있었지. 충돌 확률은 99퍼센트나 됐으니까. 다시 말해 인류가 소멸될 가능성도 99퍼센트였어.

유성은 거대하기 그지없었고, 형태도 기이했어. 마치 마그리트의 그림을 보는 것만 같았어. 유성은 중앙아시아와 충돌할 예정이었지만, 솔직히 충돌 지점은 상관없었어. 일단 지구 어디든 충돌하면 지구 전체에 치명적인 영향을 미칠 게 분명했으니까.

우리는 잿빛으로 변해버린 지구 주위를 계속 돌았어. 보이는 건 오로지 대기권을 가득 메운 먼지와 재뿐이었지. 물론 대기권도 파괴된 게 분명했어. 난 우주선 캡슐 안에서 무슨 일이 일어났는지 생각했어.

난 수치심에 사로잡혔어. 지금도 그 기분을 생생하게 기억해. 하산과 제프는 입을 멍하니 벌린 채 나를 바라보기만 했지. 제프는 모든 걸 포기했다는 듯이 두 팔을 활짝 벌리며 좌석에 몸을 깊숙이 파묻었고, 하산은 훌쩍거리며 울기 시작했어. 나를 향한 제프의 경멸과 하산의 끝없는 슬픔을 느낄 수 있었어. 하산은 아주 신앙심이 깊은 무슬림이었어. 우리가 임무를 성공적으로 수행하면 천국으로 갈 수 있다고 굳게 믿고 있던 사람이었지. 난 그의 그런 믿음을 이해하기가 쉽지 않았어. 더구나 하산은 신이 우리가 임무를 성공적으로 완수하도록 도와준다는 데 가장 회의적인 태도를 보였던 사람이었거든. 어쨌든 그게 신의 뜻이었다면 신은 이미 나를 통해 그 뜻을 이룬 것이나 다름없었지. 난 수치심을 떨쳐버리고 싶었어. 그래서 두 사람의 산소 공급기를 차단해버렸지. 그렇게 해서 내 생명을 더 연장할 수 있었어. 몇 분 전과 달리 수명을 세 배나 연장한 셈이었어. 난 우주선의 방향을 지구 쪽으로 돌렸어. 내 삶의 터전에 대체 무슨 일이 일어났는지 내 눈으로 직접 보고 싶었기 때문이었어. 저 발밑의 지구를 내려다보니 예상했던 것보다 훨씬 더 황폐해져 있었어. 우주선에는 재로 뒤덮인 지구 주위를 몇 차례 더 돌 수 있을 만큼의 연료가 남아 있었어. 산소도 충분했지.

난 대체 무슨 일이 일어났는지를 돌이켜보려고 애썼어. 반성과 숙고의 시간이었다고나 할까. 삶이란 대체 무엇인가? 의식은 무엇인가? 우주선 안에 앉아 있던 난 어쩌면 그 순간만큼은 우주의 유일한 생명체였는지도 몰라. 우주에 남은 유일한 의식이었는지도 모르는 일이었지.

의식이 있는 생명체가 존재하던 지구가 파멸됐다는 사실을 떠올리니 순간적으로 전 우주를 대신해 말할 수 없는 슬픔이 밀려오더군. 의식이 있는 우주와 의식이 없는 우주는 완전히 다른 별개의 개념이지. 하지만 내가 슬펐던 이유는 우주와 지구 때문만이 아니라 나 자신의 처지 때문이기도 했어. 내가 의식하는 '나'로서 살 수 있는 시간이 얼마 남지 않았기 때문이었어. 제프와 하산의 산소를 빼앗지 않았다면, 나 또한 이 우주의 의식과 함께 사라졌을 거야. 그렇게 생각하니 우주의 의식이 나를 통해 얼마간 더 연장될 수 있다는 사실이 의미 있게 여겨지기까지 하더군.

난 지난 삶을 돌아보았어. 그건 과거를 현재의 생각 속에 떠올리는 일이라기보다는 칠십 년대 과거로 되돌아가는 일이었지. 크링쇼에서 너와 함께 지내던 시절, 늘 활기찼던 네 장난기 어린 미소가 떠오르기도 했어. 우린 저녁을 함께 만들어 먹고, 울레볼 언덕을 산책하곤 했지. 자전거를 타고 블린더른까지 가기도 했어. 각각 소파의 양쪽 끝을 차지한 채 책을 읽거나 공부를 하기도 했지. 노르망디까지 차를 몰고 가서 썰물 때 작은 섬까지 걸어가기도 했어. 넌 그때 바다에서 파란색 불가사리를 발견했어, 기억해? 아, 스톡홀름까지 자전거를 타고 여행했던 일도 생각났어. 우린 토텐의 한 나이 많은 농부한테 낡은 조각배를 빌리려고 했지. 그 노인은 우리를 정신이 좀 이상한 젊은이들로 여겼던 게 틀림없어. 그래서 오히려 그 조각배를 빌리기가 수월했지. 우리를 아주 측은한 눈길로 바라봤으니까.

난 재로 덮인 지구를 다시 내려다봤어. 그곳은 내 보금자리였고, 내 의식의 요람이었어. 난 그 지구에서 원하는 시간, 원하는 장소에 존재할 수 있었어. 말라렌에서 자전거 바퀴에 펑크가 나서 어쩔 수 없이 쉬어가야 했던 때가 바로 그런 예였지. 난 그때 화가 머리끝까지 나 있던 상태였어. 하지만 넌 그런 나를 다독여줬어. 너와 지구의 마지막 순간을 지구 밖에서 지켜보면서 난 그날 오전에 네가 했던 말이 모두 옳았다는 걸 깨달았어. 넌 그때 말했지. "자전거 바퀴에 펑크가 났다고 기분마저 펑크 낼 수는 없잖아. 이렇게 아름다운 여름날에 바보처럼! 우리가 지금 살아 있다는 사실에 감사하란 말이야!"

난 발밑의 지구를 바라보면서 모든 걸 다시 새롭게 경험하는 듯한 기분이 들었어. 한 번은 네 부모님한테서 차를 빌려 베르겐에서 루틀레달까지 여행한 적이 있었지. 우린 페리 갑판에 서서 송네 피오르를 바라봤어. 페리는 로스나와 술라 사이에 있는 좁은 크라켈라 만에 도착했어. 우리는 차로 섬을 가로질러 다시 페리를 타고 노라로 향했지. 그 다도해 지역은 마치 온 세상을 품고 있는 것만 같았어. 만과 곶, 해

협과 강. 우리는 계속 차를 몰아 콜그로브로 향했어. 그런데 넌 거기 도착하기 직전에 마치 명령하듯이 날 보고 차를 멈추라고 했어. 그리고 나한테 바다 정경을 보여주고 싶다고 했지. 넌 네가 어릴 때 살던 곳을 내게 보여준다는 사실이 기뻐서 어쩔 줄 몰랐어. 우린 마침내 네 외할머니 댁에 도착했지. 난 그분을 보는 순간, 전혀 낯설지 않게 느껴졌어. 그럴 만했지. 넌 네 외할머니 판박이였으니까. 우린 거기서 아이처럼 굴었어. 길거리 작은 상점에서 아이스크림과 사탕을 사 먹고, 저녁엔 벽지가 파란 작은 방에서 각자 침대에 누워 그날 했던 일에 대해 도란도란 얘기를 나누기도 했지.

모든 것이 두 가지 얘기를 포함하고 있어. 하나는 내 얘기고, 다른 하나는 이 우주의 얘기야. 하지만 이 둘은 계속 겹치게 마련이야. 왜냐면 우주 얘기가 존재하지 않았다면 내 얘기도 없었을 테니까. 어쨌든 난 평생 우주 얘기를 공부하고 연구해왔어. 그러니 내가 없었다면 우주도 그에 대한 의식이나 가치를 얻을 수 없었을지도 몰라.

난 우주선 안에서 꽤 오랫동안 우주와 지구 얘기를 엿볼 수 있었어. 내 머릿속에는 마치 기억과 의식을 찬양하는 긴 기마행렬처럼 생각의 조각들이 줄을 이었어. 하찮고 미미한 나 같은 존재보다 훨씬 가치 있고 거대한 것들에 대해 생각하다 보니 우주선 안에 앉아 있는 내가 생각 속의 생각에서 존재하는 존재처럼 느껴지기 시작했어. 꿈에서 깨고 나면 내가 꿈을 꿨다고 생각하는 게 바로 꿈속이라는 생각이 자주 들어. 하지만 그런 생각이 들어도 꿈은 계속되지. 난 꿈속에서 거대한 유성과 충돌해서 완전히 파괴된 지구를 우주선에 앉아 내려다봤지. 지금도 그 우주선의 계기판을 세세하게 기억하고 있어. 모니터와 버튼들, 그리고 제프와 하산의 얼굴도 똑똑히 기억하고 있어. 난 그 누구보다도 이들을 잘 기억하고 있어. 얼굴 주름살과 미묘한 표정까지도. 비좁은 우주선 안에서 여러 시간을 함께 보냈으니 당연한 일이지. 이제 그들은 숨을 거둔 채 각자 자기 시트에 앉아 있지.

이 모든 경험은 상당히 이중적이었어. 왜냐면 난 우주선에 갇혀 있는 몸이면서 동시에 우리가 함께했던 시간과 공간을 경험할 수 있었으니까. 마치 강렬한 유체이탈을 경험하는 느낌이었어. 물론 이 모든 것은 너무도 비논리적이었고, 일관성도 찾아볼 수 없었어. 하지만 적어도 난 언제 어느 지점의 지구를 경험할지 스스로 결정할 수 있었어. 마치 샤먼의 영적 여행을 경험하는 것 같았다고 할까? 노르망디에 있던 우리를 떠올리면, 난 정말 노르망디에 있는 듯한 느낌이 들었고, 하당어비다에서 숭어를 구워 돌에 앉아 함께 먹던 기억을 떠올리니 실제로 그렇게 하고 있는 듯한 느낌이 들었어. 심지어 구운 생선의 냄새도 맡을 수 있었다니까. 시간상 순서를 따르는 삶과 경험은 사라져버렸고, 남아 있는 건 오직 연속적인 상태, 즉 영원밖에 없었어. 마치 거대한 접시에서 작디작은 모자이크 조각들을 하나하나 골라내는 듯한 느낌이었어. 난 그 색유리 모자이크 조각들을 만화경에 넣고 우주선 안에 앉아서 그걸 들여다보고 있는 것만 같았어. 그뿐 아니라 어떤 조각이 어떤 과거의 모습을 보여줄지를 잘 알고 마음대로 선택할 수도 있었지.

그러다가 문득, 먼지와 재로 덮인 새카만 지구 어딘가에 네가 여전히 살아 있을지도 모른다는 생각이 들었어. 어쩌면 네가 지구의 유일한 생존자일지도 모른다는 생각마저 들었지. 이건 이성적 논리라곤 전혀 찾아볼 수 없는 꿈이었기에 가능한 생각이었는지도 몰라. 난 네가 나를 우주선에서 구해낼 수 있다고 믿었어. 네가 살아남을 수 있었던 것은 서부 지방 어느 지점에 있는 깊은 터널로 몸을 피했던 덕분이었어. 어쨌든 그 상황에서 나를 구해줄 수 있는 사람은 너밖에 없었어. 내가 탄 우주선이 요스테달 빙하에 추락하고, 피오르 물속에 잠긴 우주선 캡슐을 열고 나를 구해줄 사람은 너밖에 없었다고. 꿈속에서는 모든 게 참 쉽게 느껴지지. 그래, 넌 조각배를 타고 와서 나를 건져내기만 하면 됐으니까.

난 오래전 너와 함께 조각배로 피오르를 여행했던 기억을 떠올렸어. 우린 피오르를 건너고 나서 건초더미 옆 잔디밭에 누워 햇볕을 쬐었지. 넌 호텔 건물 앞에서 상의를 벗고 선탠하기가 민망하다고 했어. 우린 환타 한 병을 차가운 강물에 담갔다가 마셨어. 그리고 잠시 후에 우린 다시 조각배를 타고 피오르 건너편으로 되돌아갔어. 그때 우린 돌고래 두 마리가 우리를 향해 헤엄쳐 오는 걸 목격했어. 돌고래들은 우리 조각배 주위를 몇 번 돌더니 사라져버렸지. 우린 솔직히 돌고래들이 무서웠어.

난 잿더미로 변해버린 지구를 몇 번 더 돌았어. 몇 시간만 더 지나면 이 우주 속에 의식을 지닌 영혼이 단 하나도 남지 않을 것이라 생각하니 말할 수 없는 슬픔이 몰려들더군. 난 두 손을 맞잡고 믿지도 않는 신에게 기도했어. "제발 부탁입니다. 모든 걸 다시 되돌려주세요. 제발 부탁이니 한 번만 더 기회를 주세요. 이 세상에 한 번만 더 기회를 주면 안 되겠습니까?"

그 순간, 마치 영화에서나 볼 수 있는 이상한 일이 일어났어. 물론 장르는 달랐지만. 그건 꿈이었거든. 갑자기 제프와 하산이 꿈틀대더니 눈을 뜨더군. 그다음엔? 지구를 덮고 있던 먼지와 재가 걷히기 시작하는 거야. 난 짙푸른 대서양을 볼 수 있었어. 저 멀리 서쪽으로 아프리카 대륙도 보였지.

그때 난 잠에서 깼어. 내가 꿈을 꿨다는 사실이 믿기지 않았어. 가장 이상했던 건 제프와 하산이었어. 실제 삶에서 그들과 닮은 사람을 한 번도 본 적이 없는데도 그들은 너무도 현실적으로 느껴졌거든. 잠에서 깬 나는 이 세상과 평형으로 또 다른 차원의 세상이 존재하는 건 아닐까 하는 생각이 들었어. 어쩌면 정말 영적 차원에서 그런 세상을 경험하는 게 가능할지도 모르지.

창밖으로 보이는 산기슭에는 여전히 안개가 끼어 있었지만, 피오르 쪽으로는 안개가 말끔히 걷혀 있었어. 난 식당으로 내려가서 아침을 먹으면서도 조금 전에 꾼 꿈에 대한 생각에서 벗어나지 못했어. 그래서 식사를 마치고 커피 한 잔을 들고 베란다로 나갔지. 맑은 공기를 마시면 정신을 차릴 수 있을까 싶어서 말이야.

그런데 바로 거기 네가 서 있었어!!

# VI

그래, 바로 거기 내가 서 있었지. 그런데 혹시 네가 천리안 개념의 꿈을 꿨다는 생각은 해보지 않았어?

글쎄….

특별히 할 일은 없어?

아니. 왜?

오늘 저녁 따로 해야 할 일이 있는지 물어봤어.

아니, 전혀 없어. 베릿은 방금 여동생과 함께 영화 보러 극장에 갔어.

그럼, 대화를 계속해도 되겠구나. 닐스 페터는 친구들하고 브리지 게임 한다며 방금 나갔어. 오늘 저녁은 방해받지 않고 메일을 주고받을 수 있을 것 같구나. 여기 이렇게 앉아서 시가지를 바라보니 기분이 좋아. 그런데 뭔가를 해야 할 것처럼 온몸이 들썩거려.

넌 어때? 지금 뭘 하고 있는지 궁금해.

난 우리 집 이 층에 있는 작은 서재에 앉아 있어. 창문 바로 앞에 책상이 있어서 시내가 내려다보여. 오슬로에는 어둠이 내리기 시작했어.

그런데 넌 내가 그때 거기 서 있었다고 했지. 그래서 난 네가 어떤 예시적인 꿈을 꿨다고 생각했던 거야.

전날 저녁 호텔에 도착했을 때 벽난로에 불을 피워놓은 호텔 로비에서 금방이라도 널 만날 것만 같은 느낌이 들었어. 객실로 향하는 계단, 복도를 장식한 그림들, 벽에 걸린 타피스트리도 옛날 우리가 함께했던 날을 환기하는 듯했어. 그리고 그 구식 전화기! 너도 기억해? 바꿔 말하면, 내가 호텔에 도착했을 때 가장 뚜렷하게 느끼고 확신한 것은 그곳에 네가 없었다는 사실이야. 호텔 안 어디를 둘러봐도 넌 없었어. 내가 너와 함께 지냈던 과거에 대한 꿈을 꿨다는 건 그리 이상한 일이 아니야. 오히려 이상한 것은 베란다에서 갑자기 널 만났다는 거지. 그건 우연 치고는 굉장한 우연이었어. 어쨌든, 결론적으로 말해서 내가 그곳에서 널 만났다는 건 내가 꾼 꿈 때문은 아니었다는 거야.

아니라고? 넌 밤새 잿더미로 변한 지구를 내려다보며 지구 궤도를 돌고 있었어. 난 그 시간에 너와 같은 건물에서 자고 있었다고. 네가 그런 꿈을 꿨던 이유가 우리 정신이 영적으로 연결됐기 때문이라는 생각은 해보지 않았어? 너도 알다시피 사람들은 꿈꾸는 상태에서 더 강한 텔레파시나 영적 상태를 체험을 한다고 알려져 있어. REM 수면[12]의 경우가 그렇지. 이런 현상은 초자연적 꿈이라고도 해. 이에 대한 임상 실험도 많이 진행됐지. 문화인류학적 측면에서도 관련 자료가 엄청나게 많아. 군레우 오름스퉁에 대한 아이슬란드의 전설에 대해 읽어본 적이 있니? 적어도 「모세」 1장에 기록된 요셉의 꿈은 기억하고 있겠지? 이런 꿈들은 모두 전형적인 영적 상태 또는 예시적 현상을 얘기하고 있어.

헬가, 군레우, 흐라픈의 사가는 어릴 적에 어머니가 읽어주셔서 잘 알고 있어. 혹시 내가 아이슬란드에서 태어났다는 걸 잊은 건 아니겠지? 문제는 이 기록물들이 문학적으로 어느 정도 가치가 있느냐는 거야. 어쨌든, 난 꿈 해몽은 전 세계적으로 매우 흔한 일이라는 걸 잘 알고 있어. 물론, 꿈을 통해 앞날을 예견하는 경우도 흔히 볼 수 있지.

네 꿈은 전형적인 예지몽이야. 분명해. 너도 그 꿈이 아주 의미심장하다는 걸 인정하지?

---

12) 급속 안구 운동 수면(Rapid eye movement sleep)은 깨어 있는 상태에 가까운 얕은 수면이며 안구의 빠른 운동에 의해 구분된 수면의 한 단계다. 성인의 렘 수면은 총 수면의 20~25%로 발생하여 밤 시간 수면의 90~120분 정도를 차지한다. 갓난아이의 수면은 80%가 렘 수면이다. 렘 수면에서 뇌의 신경활동은 깨어 있을 때와 유사하고 뇌파도 억제되지 않지만 몸은 이완 상태여서 움직이지 않는다.

그래, 그 점에는 나도 동의해. 내가 너하고 호텔 뒷산을 올랐을 때 전날 밤 강렬하고 특이한 꿈을 꿨다고 말했던 기억이 나. 그리고 그런 꿈을 꾸고 몇 시간도 채 지나지 않아서 너하고 함께 산책했다는 사실이 뭔가 이상하게 느껴졌던 것도 사실이야. 아니, 네가 날 우주선에서 끌어낸 지 몇 시간이 채 지나지 않았다고 말해야 할까? 그 꿈은 내가 너하고 함께했던 과거를 돌아보게 하는 일종의 매개였고, 지금도 그 흔적은 여전히 내 내면에 남아 있어. 어쩌면 내가 꿈속에서 지구 궤도를 돌고 있었던 건 너와 함께했던 시절과는 달리 삶의 내부로 들어가지 못하고 나 혼자 삶의 외부를 공전하고 있을 뿐이란 걸 암시하는 건지도 몰라. 꿈은 대부분 사람들이 과거에 경험했던 일들을 바탕으로 꾸게 되잖아. 호텔에 도착하기 전날, 난 온종일 안개 자욱한 자연 속을 차로 달렸으니 그런 꿈을 꾸는 것도 이상하진 않다고 봐.

하지만 네가 꿨던 꿈은 거의 악몽에 가까운, 두려운 것이 아니었어? 네가 우주에서 유일한 의식으로 존재했던 꿈은 사실 네가 그 반대의 상황을 갈구하고 있었기 때문이 아니었을까? 넌 꿈속에서 네가 놓여 있는 상황에서 벗어나 원상태로 복원해달라고 신에게 기도했잖아. 스테인, 이 지구에는 너 혼자만 존재하지 않잖아. 우주에는 수많은 영혼이 존재하지. 정확히 얼마나 많은 영혼이 있는지는 나도 모르지만 그 수가 엄청나다는 것만은 분명해. 한여름 바다를 비추는 끝없는 햇살처럼 말이야.

솔룬, 미안하지만 난 네 말을 전혀 이해할 수 없어. 이런 나를 용서해줄 수 있겠어?

물론 용서하지. 난 알고 보면 꽤 관대한 사람이야. 넌 물질이 영혼보다 더 근본적이라고 생각하는 거 같구나. 그건 네 꿈 얘기를 들어봐도 알 수 있어. 넌 우리가 소멸한 뒤에도 이 기형적이고 이상한 우주가 죽은 나무의 말라버린 껍질처럼 계속 남아 있다고 생각하는 거 같아. 하지만 내가 믿는 건 그 반대야. 난 우리 영혼이 이 물질적 껍질과는 상관없이 영속한다고 믿어. 어쨌든, 이 지구가 결국 파괴되고 사라져버릴 거라는 예측에 대해선 우리 둘 다 동의하는 것 같구나.

그래, 불행하게도 그 점에는 나도 동의해. 열역학 제2법칙에 따르면 그건 피할 수 없는 일이지.

하지만 시간이 영혼에 영향을 미친다는 법칙은 어디서도 찾아볼 수 없어.

그건 우리한테 신체 기능이 중단돼도 살아남는 자유로운 영혼이 있다는 뜻인가? 그래, 이제 네가 무슨 말을 하는지 이해할 수 있을 것 같아.

숲을 산책한다고 가정해보자. 며칠 전에 걸었던 오솔길을 다시 걷고 있는데, 길가에 낯선 통나무집 한 채가 서 있는 거야. 전에 보지 못했던 그 통나무집을 보고 넌 어리둥절하겠지. 그런데 그 통나무 집 문이 열리면서 한 남자가 미소를 띠며 나오는 거야. 푸른 눈동자에 이가 희고 완벽한 그 남자가 널 보고 안녕하세요! 하고 인사를 건네지. 넌 이 모든 일이 초현실적이고 신비스럽다고 느낄 거야.

여기서 질문을 하나 던져볼게. 그 숲에선 대체 무슨 일이 일어났던 걸까? 통나무집이 먼저 생겼고, 그 남자가 거기에 생명을 불어넣은 걸까? 아니면 그 반대로 남자가 통나무집을 짓고 거기서 살게 된 걸까?

넌 어느 쪽이 더 그럴듯하다고 생각해? 영혼이 먼저라고 생각해 아니면 물질이 먼저라고 생각해? 넌 여행길에서 우주의 창조와 의식은 관련이 있을지도 모른다는 생각을 했다고 말했어. 다시 물어볼게. 우주 생성 직후 몇만 분의 일 초가 지난 뒤에 그 자리에 있었던 건 의식일까 아니면 엄청나게 방출된 에너지일까?

넌 빅뱅을 촉발할 건 시간과 공간 밖에 있는, 어떤 알 수 없는 힘일지도 모른다고 했어. 그렇다면 빅뱅이 모든 것의 시초라고 할 수는 없지 않을까? 우리가 이 세상에서 가장 이해할 수 없다고 생각하는 현상들은 어쩌면 한 상태에서 다른 상태로 전환하면서 영원히 지속하는 건지도 몰라.

글쎄, 난 모르겠어. 정말 모르겠어. 솔직히 우리가 뭘 완벽하고 정확하게 알 수 있겠어….

넌 꿈속에서 당황하고 자포자기적인 상태에 있었어. 넌 물질적인 세상에서 벗어나길 강렬히 원했어. 심지어 믿지도 않는 신에게 기도까지 했잖아. 그런 상황에 이르렀다는 건 진정으로 네가 절망적이었다는 걸 말해주고 있어.

아직까지도 화해와 조정의 가능성이 보이지 않아? 그런 해괴한 꿈을 꾸고서도? 그 꿈은 네가 진정으로 영적인 삶을 살고 있다는 걸 증명해주고 있어. 꿈속에서 넌 기도에 대한 답까지도 들을 수 있었어. 그건 바로 네 무신론적 태도를 너 스스로 의심한다는 걸 그대로 보여준 거야.

스테인, 넌 지금까지 한 번도 그 비슷한 경험을 해본 적이 없어? 정말 영적인 경험, 초자연적인 경험을 한 번도 해본 적이 없는 거야? 벌써 저녁 아홉 시가 넘었다. 하지만 자러 가려면 아직 멀었어.

그래, 나도 그런 경험을 해본 적이 있어. 칠십 년대에 한 번 있었던 것 같구나. 사실은 지난 칠월에 너하고 산책하다가 바위에 앉아서 쉴 때 이 얘기를 너한테 들려주려고 했어. 하지만 그 전에 내가 꿨던 이상한 꿈 얘기부터 먼저 하기로 마음먹었지. 바로 그 순간, 우리 앞으로 소 떼가 지나갔어. 산을 내려가면서 우리가 왜 아무 말도 하지 않았는지는 너도 잘 알고 있을 거야. 우리 나이쯤 되면 자기 고집을 꺾고 뭔가를 인정하기가 절대 쉽지 않아. 하지만 너도 알다시피 우린 갑자기 침묵에 빠졌고, 그건 바로 우리가 해결하지 못한 뭔가가 있기 때문이었지. 그래서 난 각자 집으로 돌아가면 메일로 서로 연락하자고 했어.

붉은색 외양간 건물에 있던 사격 연습장에 앉아 있을 때 내가 그렇게 제안했던 거 기억해? 그때 서점에 갔던 네 남편이 돌아왔고, 우리의 대화도 중단됐지. 난 셋이 함께 커피라도 마시자고 말할 참이었지만, 그렇게 되지 않았어.

네가 떠나고 나서 일 년이나 지난 뒤에야 난 네 소식을 들을 수 있었어. 넌 네 물건들을 모두 싸서 베르겐으로 보내달라고 했지. 너도 메일을 통해 말했지만, 그건 내게 쉬운 일이 아니었어. 왜냐면 우리가 가지고 있던 물건들은 대부분 함께 샀던 거니까. 우린 열아홉 살 때부터 함께 살았어. 그렇게 오 년을 함께 산 뒤에 내 것 네 것을 구별해서 나누기는 어려운 일이었어. 하지만 난 네가 손해 보지 않도록 관대하게 처리하려고 했어. 소유물의 가치를 결정하는 건 가격보다는 주인이 느끼는 애착이니까. 난 네가 어떤 물건에 애착을 느끼는지 잘 알고 있었지. 어떤 사람이 강한 애착을 느끼는 물건을 다른 사람은 별로 중요하게 여기지 않는 경우도 많지. 스웨덴의 스코네에서 돌아오던 길에 스몰란에 들러 샀던 유리시계를 기억해? 난 그 시계를 참 좋아했어. 하지만 난 그 시계를 고급스러운 포장지로 조심스럽게 싸서 배송 중에 시계가 무사하기를 바라면서 너한테 보냈어.

언젠가 이런 얘기를 들은 적이 있어. 연인 한 쌍이 헤어지기로 마음먹고 소유물 중에서 책부터 나누기로 했다지. 그런데 여자가 가져가고 싶어 했던 책을 남자도 원했대. 그런 책들은 한두 권이 아니었지. 결국 이들은 서로 너무나 비슷하다는 걸 깨달았어. 헤어지기가 쉽지 않았지. 그래서 지금까지 부부로 잘 살고 있다고 하더군. 그리고 갈등이 생겨도 그때 일을 기억하면서 웃어넘긴다고 해.

우리도 책이 가장 큰 문제였지. 하지만 우리는 그 부부와 정반대였어. 난 네가 어떤 책에 애착이 있는지 잘 알고 있었어. 그중에서도 그 책은 특히 그랬지. 솔직히 그 책은 우리 사이에서 폭탄이 될 때도 종종 있었어.

네 물건을 박스에 넣고 우편으로 부치고 나니까 정말로 우리가 헤어졌다는 게 실감났어. 우린 부부도 아니었으니 헤어질 때 처리해야 할 서류도 없었지.

우체국에 가서 박스 세 개를 네게 부친 그날 아침, 난 집으로 돌아가지 않았어. 폭스바겐을 타고 링베이엔을 거쳐 드람멘스베이엔으로 갔어. 우리가 무작정 여행을 떠날 때처럼 그날도 목적지 없이 차를 타고 달렸지. 그렇게 달리다 보니 어느새 산드비카와 솔리회그다를 지나 회네포스에 도착했어.

그로부터 다섯 시간 뒤에 난 헤우가스퇼을 지나갔어. 난 거기서 멈추지 않고 계속 남쪽으로 차를 몰아 하당어비다까지 갔어. 거기서 차를 세우고 우리가 석기시대 원시인들처럼 며칠을 살았던 곳을 돌아봤어. 그 근처를 한참 거닐다가 다시 차를 몰았지.

우리가 묵었던 자리는 여전히 그대로 남아 있었어. 난 우리가 '동굴'이라고 불렀던 그 구덩이 속으로 기어들어가 봤지. 거기엔 아직도 우리 자취가 남아 있어서 무척 놀랐어. 우린 거기 양가죽 하나를 남겨두었지. 기억해? 넌 만약 우리가 잡아먹었던 어린 양 주인이 나타나 그 양가죽을 발견한다면 그걸로 보상이 될 거라고 했어. 그래, 넌 항상 매사에 생각이 깊었지. 하지만 그 양가죽은 누가 손댄 흔적도 없이 그 대로 남아 있더군.

우리가 모닥불을 피웠던 자리에서 아직도 연기가 피어오르고 있었다고 한다면 거짓말일 테지. 하지만 시커멓게 타고 남은 장작들은 그대로 있었어. 그 밖에도 우리의 흔적을 여기저기서 찾아볼 수 있었어. 난 에로틱한 발굴 장소를 탐사하는 고고학자처럼 그곳을 구석구석 찾아다녔어. 거기서 네가 잃어버렸던 녹색 벙어리장갑 한 짝과 5크로네 동전 하나, 플라스틱 머리핀도 찾았지. 석기시대 원시인처럼 살아보기로 했으니 그 플라스틱 머리핀은 규칙에 어긋난 거였는데, 어떻게 거기 있었을까. 넌 그 머리핀을 사용한 기억이 없는데, 어쩌면 주머니에 들어 있던 게 우연히 땅에 떨어졌는지도 모르지. 그러고 보니 우린 둘 다 머리카락에 대해선 좀 특이했던 것 같아. 비누나 샴푸는 절대 사용하지 않았지. 비누 대신 베툴라 자작나무 잎과 이끼를 사용했잖아. 직접 만들었던 낚싯바늘도 두 개 정도 눈에 띄더군. 주변에 버려진 생선뼈가 보였어. 그걸 보는 순간 부끄럽고 민망하더군. 우린 왜 그때 뒷정리를 깨끗하게 하지 않았을까. 하지만 솔직히 그 유명한 크로마뇽 동굴 앞에도 여기저기 흩어진 생선뼈를 볼 수 있었으리라는 생각도 들었어. 거칠게 살자고 말했던가… 그래, 우린 자연 속에서 자연스럽게 살아보자고 했던 것 같아. 우린 그때 며칠 동안 동물에서 인간으로 진화하는 초기 인류처럼 살았지. 고상하고 청결한 이미지의 인간은 상상할 수 없었어. 그래, 우린 그때 자연스럽고 조금 거칠게 살았던 것 같아.

그러던 중에 문득 내가 사라져버리는 것 같은 느낌이 들면서 정신이 혼미해졌어. 마치 날 둘러싼 자연 속으로 녹아 들어가는 것 같은 느낌이었지. 그 순간의 내 경험은 '우연'이었어. 내가 의도했던 일이 아니었으니까. 그동안 '나'와 '내 것'이라고 생각해왔던 것들이 한순간에 모두 사라져버렸어. 모든 건 환상에 지나지 않는다는 생각마저 들었지.

난 나를 잃어버렸어. 하지만 그건 상실과는 전혀 다른 느낌이었어. 오히려 뭔가에서 해방돼 자유롭고 풍요로워진 느낌이었지. 난 내 속으로 녹아 들어갔고, 근심 걱정으로 가득 차 있던 이전의 내 보잘것없는 자아보다 더 큰 뭔가로 변해가는 듯한 기분이 들었어. 한마디로 난 내가 아니었어. 난 날 에워싸고 있는 자연이었고, 모든 것이었어. 작은 나뭇잎이었고, 저 하늘의 거대한 은하계였지. 모든 것이 나였어. 왜냐면 내가 바로 모든 것이었으니까.

난 그 순간 말로 표현할 수 없는 어떤 의식의 상태에 빠져들었어. 내가 앉아 있는 바위도 나였고, 여기저기 보이는 무성한 덤불과 시로미 열매와 자작나무도 나였지. 문득, 태양 신 헬리오스의 우울하고 감성적인 노래가 들리는 것만 같았어. 하지만 그 또한 나였어. 노래를 부르는 존재도 나였고, 노래를 불러 주의를 불러일으키려는 그 대상 또한 나였어.

절로 미소가 흘러나왔지. 갖가지 감각과 열정, 의지로 이루어진 내 표면 밑에는 항상 나만의 자의식이 있었다는 걸 그 순간 깨달았어. 평온함과 고요함이 내 속 깊은 곳에서 솟아올라 표면까지 나를 가득 채웠지. 그때까지만 해도 난 마음의 평정을 찾으려면 나 자신을 세상으로부터 격리해야 한다고 믿었지. 하지만 그 순간 내가 깨달았던 건 내가 믿어왔던 것과는 정반대였어. 그건 선험적이고 초월적인 경험이었지만, 동시에 지극히 현실적인 경험이었지.

난 시간을 벗어난 느낌, 영원이라는 것이 있다면 바로 그것을 감지한 듯한 강렬한 느낌에 사로잡혀 버렸어. 아니, 그건 시간에서 벗어난 느낌이 아니라 오히려 시간 속에 녹아버린 듯한 느낌에 더 가까웠어. 현재의 시간뿐 아니라 모든 시간, 영원한 시간 속에 녹아버린 느낌 말이야. 난 지금 이 순간 내게 할당된 삶뿐 아니라, 과거와 현재와 미래의 삶을 동시에 살고 있고, 앞으로도 모든 방향으로 무한히 뻗어나가고 영원히 자라나는 생명체라는 자각이 들었어. 왜냐면 모든 것은 하나고, 하나는 모든 것이자 나 자신이니까.

하지만 이런 강렬한 생각은 곧바로 물 흐르듯 사라지더군. 난 영원을 체험한 것 같은 행복한 감정으로 충만해졌어. 나 이전의 시간, 그리고 나 이후의 시간이 모두 내 안에 있는 듯한 상태를 체험하고 나니 주변 모든 것이 전혀 다르게 보였어. 그건 앞으로 평생 간직하며 살아가고 싶은 새로운 차원의 느낌이고 생각이었어.

그건 의식 상태에서 경험했던 아주 진귀하고 독특한 상태였지. 이후에도 정신을 맑게 하고 마음을 평온하게 하고 생각을 집중하면 그때 상태를 어느 정도 비슷하게 경험할 수 있었어.

사람들은 흔히 '난 이 세상에서, 지구에서, 우주에서 살고 있다.'고 말하지. 맞아, 그건 틀린 말이 아니야. 하지만 해방과 자유를 목적으로 하지 않는다 해도 장소를 가리키는 어미를 한 번쯤 제외하고 그 자체가 돼보면 어떨까? 즉, '난 이 세상, 난 이 지구, 난 이 우주다.'라는 식으로 말이야.

난 하당어비다 산꼭대기에서 말로 표현할 수 없는 특이한 경험을 했어. 그건 모두 진실이야. 그래, 내가 곧 이 세상이라는 말도 틀림없는 진실이야.

넌 어떻게 생각해? 지금까지 내가 했던 말에서 화해와 조정의 조짐이 보이는 것 같아? 넌 백 년, 천 년, 수백만 년 뒤에 하당어비다에 여전히 산토끼와 새와 순록이 여전히 뛰어다닐 거라고 생각하면 기쁘지 않아? 그리고 이 동물들이 어떤 면에서 너라는 존재의 뒤를 잇는 또 다른 너라는 생각을 해본 적 없어? 이런 생각이 네 의식과 영혼에 평정을 가져다주지 않아? 어쩌면 이런 생각은 너라는 존재가 세속의 삶을 넘어 영혼이라는 형태로 영원히 존재한다는 생각과 다르지 않을 거야.

네가 이런 상황에 놓였다고 한번 상상해봐. 지금 네 앞에 버튼 두 개가 있어. 그중 하나를 누르면 넌 곧바로 죽지만, 지구상의 모든 인류와 생명체는 앞으로 번영을 누리며 살아남을 수 있어. 어린 시절 네가 그랬듯이 천진난만한 소녀들이 숲과 바닷가를 즐겁게 뛰어다니겠지. 하지만 다른 버튼을 누르면 넌 백 살 넘게 건강과 부를 누리며 행복하게 살 수 있지만, 인간을 포함해서 이 세상의 모든 생명체는 그 순간 죽어 사라져. 이런 상황에서 넌 어떤 버튼을 누를 거야?

난 조금도 주저하지 않고 첫 번째 버튼을 누를 거야. 그건 나한테 어떤 형태의 희생 심리나 영웅심이 있기 때문이 아니야. 그건 나라는 존재는 곧 내가 아니라는 생각 때문이야. 난 내 삶만이 아니라 인류의 삶을 살고 있어. 그리고 이 삶은 내가 죽어 없어진 뒤에도 계속될 거야. 난 그렇게 되길 바라. 그건 솔직히 나의 이기적인 바람이기도 하지. 난 내가 살과 뼈로 이루어진 내 몸 밖에 있는 뭔가에 뿌리를 두고 있다고 믿거든. 이렇게 보면 우린 거의 비슷한 생각을 하고 있는 셈이지. 나를 이루는 건 단지 내 몸만이 아니야. 그러니 난 내 몸과 함께 사라지진 않을 거야.

오늘날 사람들은 자기가 이 우주의 중심이라는 생각에 점점 몰입하고 있어. 하지만 그런 상태에선 살아가기가 정말 힘들 것 같아. 더욱이 우주의 중심이 몇십 년 뒤면 죽어 없어진다고 생각하면 뭔가 좀 이상하다는 기분이 들지 않아?

난 하당어비다에서 영적 해방을 경험했어. 난 그것이 자기 본위의 노예 상태에서 벗어난 상태라고 느꼈어. 마치 커다란 나무 술통이 깨져서 그 안을 채웠던 술이 마구 쏟아져 나오는 것 같은 느낌이었지.

내 얘기는 아직 끝나지 않았어.

다시 차로 돌아왔을 때 시각은 오후 네 시밖에 되지 않았어. 그래서 난 오슬로로 돌아가지 않고 서쪽으로 조금 더 가보기로 했지. 하당어비다를 넘고 보니 내친김에 모뵈달렌까지 가는 것도 좋겠다는 생각이 들어 페리를 타고 피오르를 건너 신사르빅으로 향했지. 난 거기서 멈추지 않고 계속 차를 몰아 노르헤임순, 크밤스쿠겐, 아르나까지 갔어. 아르나에 도착하니 날이 저물어 어둑해졌지. 그래서 이제 차를 돌려야겠다고 생각했어. 오슬로 크링쇼에 있는 집까지 가려면 4백 킬로미터를 달려야 하니까.

하지만 차마 거기서 차를 돌릴 순 없었어. 왜냐면 거기서 아주 가까운 곳에 네가 있었으니까. 그래서 난 조금 더 달려서 시내로 들어가 노르네스 부근에 주차하곤 차에서 내려 시내를 어슬렁거리며 돌아다녔지. 이상한 느낌이 들었어. 그 이상한 느낌은 하당어비다를 넘었을 때부터 나를 짓누르고 있었지. 이왕 거기까지 차를 몰고 갈 생각이었다면 네게 보낼 짐을 우편으로 부칠 필요 없이 내가 직접 가져갔어도 됐을 테니 말이야. 솔직히 내가 네 짐을 차에 싣고 갔더라면 널 만날 좋은 구실로 사용할 수도 있었을 거야.

난 그때 시내 어딘가에서 꼭 널 만날 거라고 확신했어. 그토록 먼 길을 갔는데 널 보지도 못하고 그냥 돌아갈 리는 없다고 생각했지. 골목 모퉁이를 돌 때마다 네가 나타날까 봐 가슴이 두근거렸지. 첫 모퉁이를 돌았을 때 널 보지 못하자, 다음 모퉁이에선 꼭 널 보게 되리라고 믿었어. 그렇게 골목 모퉁이를 수없이 돌다 보니 어느새 난 스칸센에 있더구나. 전에 거기서 네 부모님을 만나 뵌 적도 있었어. 하지만 그날은 무작정 너희 집 대문 초인종을 누를 용기를 낼 수 없었어. 멜로드라마 같다는 느낌도 없지 않았지. 그리고 네 부모님이 문을 열어주면 무슨 말을 해야 할지도 몰랐으니까.

난 네가 곧 저녁 산책을 할 것이라 믿었어. 넌 항상 내가 어디 있는지, 또 내가 언제 올지에 대해 상당히 민감했으니까. 그래서 난 네가 모든 감각 기관을 동원해서 나를 찾아내기만을 바랐어. 하지만 네겐 그런 능력이 없었어, 솔룬. 적어도 그날 저녁엔 말이야. 어쩌면 그날 넌 집에 없었을지도 모르지. 로마나 파리에 있을지 누가 알겠어. 비가 추적 추적 오기 시작했어. 수중에 호텔에 묵을 만큼의 돈이 없었기에 난 다시 차로 돌아갔어. 그러면서도 난 어디선가 곧 널 만날 수 있을 것 같은 강렬한 느낌을 지울 수 없었어. 하지만 난 끝까지 널 만나지 못한 채 비에 흠뻑 젖은 상태로 차에 올라탔지. 시동을 걸고 차를 몰았지만 난 여전히 널 만날 수 있다는 희망을 버리지 않았어. 시내를 빠져나가는 동안에도 난 쉴 새 없이 두리번거리며 양쪽 인도를 둘러봤어. 어쩌면 친구 집에 들렀다가 집으로 돌아가는 널 볼 수 있을지도 모른다는 생각도 들었지. 노르헤임순에 이르렀을 때 길을 지나는 어느 여자를 보고 순간적으로 넌 줄 알았지만, 그 여자는 낯선 사람이었어. 결국 난 포기하고 오슬로로 돌아왔어. 크링쇼의 집에 돌아온 건 다음 날 오전이었어. 난 문을 열고 집 안으로 들어서자마자 소파에 쓰러져서 한동안 눈물을 흘렸어. 그리고 술을 마시고 곯아떨어졌지.

너와의 이별은 마취 없이 수술 받는 것처럼 고통스러웠어.


그래, 스테인….

그때 너한테 내 짐을 보내달라고 편지를 쓰고 나서 난 혹시 네가 차를 몰고 와서 짐을 직접 전해주지 않을까 하는 한 가닥 희망을 품기도 했지. 비록 그런 희망이 이뤄지진 않았지만… 하지만 그건 우리가 다시 만날 마지막 기회이기도 했어. 난 그때 네 생각에서 벗어나지 못했어. 어느 날 저녁, 네가 혹시 너무도 불행한 모습으로 베르겐 시내를 헤매는 건 아닌가 하는 생각이 들기도 했어. 네 빨간 폭스바겐에 내 짐을 싣고 왔지만, 직접 전해줄 용기를 내지 못할지도 모른다고 생각했어. 그래서 난 거리로 뛰쳐나갔지. 비가 오고 있더군. 우산을 가지러 집으로 뛰어가려다가, 널 찾는 게 더 급하다는 생각이 들어 그냥 비를 맞으며 거리로 나갔어. 난 수산 시장까지 갔다가 다시 토르갈멘닝엔 쪽으로 올라갔고, 거기서 엥겐으로 발걸음을 돌렸지. 뇌스텟과 노르네스에도 가봤어. 하지만 어디서도 널 볼 수 없었어. 물론 네가 그날 저녁에 베르겐에 있으리라는 확신은 전혀 없었지. 하지만 그날 저녁엔 네 생각을 특히 많이 했던 게 사실이야. 난 우리가 아직 서로 사랑하고 있다는 걸 잘 알고 있었으니까.

그렇게 일 년이 지나고, 또 다시 몇 년의 세월이 더 흘렀지. 난 닐스 페터와 함께 살기 시작했고, 네게 이 사실을 알렸지. 그리고 또 몇 년의 세월이 흘렀을 때 네가 베릿과 결혼했다는 소문을 들었어. 지금에서야 하는 말이지만, 그 소식을 들었을 때 기분이 좋지 않았어. 아마 질투심 때문이었겠지.

네가 하당어비다의 우리 동굴에 다시 찾아갔다는 말을 들으니 옛 기억이 새롭구나. 난 그때 머리핀을 사용하진 않았어. 외투 주머니에서 흘러내렸던 게 분명해. 그리고 5크로네 동전은 네 주머니에서 흘렀던 것 같고….

그런데 담배꽁초는 못 봤어? 기억해? 우린 그때 석기시대 원시인처럼 사는 동안 담배를 피우지 않기로 약속했지. 그런데 어느 날 낚시하고 돌아온 너한테 키스해주려는데 담배 냄새가 났어. 넌 그 키스만큼은 피하지 못했지. 어쨌든, 넌 결국 담배 피운 걸 인정했지. 스테인, 그때 넌 참 미안해했어. 그렇게 인정하고 나서 넌 담뱃갑을 나한테 줬지. 난 그 담뱃갑을 모닥불에 던졌어.

그건 그렇고, 내가 하당어비다에서 체험했던 것들을 넌 어떻게 생각해?

네가 무슨 말을 하는지 이제 이해할 수 있을 것 같아. 네가 체험했던 건 내가 믿는 것과 상반되지 않는다고 생각해. 물리적인 세상에서는 모든 것의 기원을 빅뱅에서 찾을 수 있다고 말할 수 있겠지. 하지만 그렇게 말하기 전에 우린 유일하고 고유한 개체라고 말할 수 있지. 그때도 우린 이런 얘기를 나눈 적 있어. 지금 같으면 난 우리가 유일하고 고유한 영적인 개체라고 말할 거야.
내가 세상을 떠난 뒤에 내 몸을 이루고 있던 원자와 분자가 산토끼와 여우의 몸에 포함된다는 생각은 좀 웃기기도 해. 내게 이런 생각은 단지 우스개일 뿐이야. 왜냐면 이 세상에서 언젠가는 사라져 버릴 개체는 다른 누구나 어떤 것이 아니라 바로 나니까. 스테인, 내 말을 이해할 수 있겠니? 과거에 난 바로 이런 생각을 견디기 어려웠어. 내가 언젠가는 죽어 이 세상에서 사라질 거라는 생각 말이야. 난 오래 살고 싶었어. 하지만 이제는 그런 욕구가 신비스럽고 아름다운 희망으로 바뀌었어.
물론 네가 하당어비다에서 체험한 느낌을 과소평가할 마음은 없어. 하지만 난 현실적으로 네가 거기서 경험하고 느낀 것들을 네 무신론적인 믿음과 어떻게 조화시킬지 궁금해. 그리고 두 개의 버튼과 관련된 딜레마에 대해서도 네 말을 어디까지 믿어야 할지 확신할 수 없어. 넌 꿈속에서 네 목숨을 몇 시간 더 유지하려고 전 인류를 희생시켰잖아. 그뿐 아니라 동료의 산소를 차단하고 그걸 사용하기까지 했어. 우주선 안에서 몇 시간 더 살아남아서 잿더미가 된 지구를 내려다보고 싶었던 거야?

하지만 그건 꿈이잖아. 넌 꿈에서 현실과는 전혀 상관없는 일을 한 적 없어?

그래, 네 말이 맞아. 그건 꿈일 뿐이지. 그리고 난 네가 남을 배려하는 착한 사람이라는 걸 잘 알고 있어.

그건 그렇고, 네가 내 물건을 그토록 정성스럽게 싸서 보내줬다는 말에 난 감동했어. 넌 참 관대했어. 물건을 나누는 데 조금도 이기적인 면을 보이지 않았으니까. 그리고 난 네가 폭스바겐을 가진 데에도 전혀 이의가 없었어. 왜냐면 난 그때 면허증도 없었거든. 앞 유리와 헤드라이트 수리비도 네가 냈잖아.

유리 시계는 지금도 내 눈앞에 보이는 창가에 있어. 지금 왼손으로 시계를 들어서 흔들어 보고 있어. 이 소리 들려?

그래, 난 지금도 스몰란에서 여행하던 때를 기억해. 골풀이 무성한 작은 강 위에 백조 두 마리가 나란히 떠 있었지. 넌 그 백조들을 가리키면서 그게 너와 나라고 했어. 고요한 수면에 떠 있는 우리의 영혼이라고 했던 것 같아. 기억해? 그때 난 네 어깨를 안으면서 이렇게 말했지. 저건 이 세상의 영혼이야. 비록 저 백조들은 모르고 있겠지만.

난 항상 자연을 사랑하는 낭만주의자처럼 지내왔어. 그건 너도 마찬가지지. 하지만 다른 점이 있다면, 넌 자연에서 위협을 느꼈다는 거야. 베릿은 지금 자고 있어. 메일을 더 보낼 거야?

나도 그 백조들을 기억해. 그리고 그 백조의 상징에 대해 우리 의견이 엇갈렸던 것도 기억해. 난 오늘 밤 여기 앉아서 계속 메일을 쓸 거야. 넌 피곤하면 들어가서 자. 내 메일 때문에 억지로 깨어 있을 필요는 없어. 얼른 가서 자, 스테인. 메일은 내일 읽으면 되잖아.

그럴 순 없지. 오늘 밤엔 함께 끝까지 가보자.

지금 뭐라고 했어? 혹시 너 밤새도록 술이라도 마실 생각이야?!?

아니야, 걱정 마. 왜? 내가 뭐 이상한 말이라도 했어? 넌 그냥 마음 내키는 대로 계속 메일을 써. 나도 계속 깨어 있을 것 같아.

그럼 지금부터 간단하게 쓸게. 왜냐면 대부분 네가 이미 알고 있는 얘기일 테니까.

열 살, 열한 살쯤 됐을 때 난 위트라 술라에 있는 여름 별장에서 외할머니와 함께 지낸 적이 있어. 그때 작은 참새 한 마리가 닫힌 창문을 향해 날아들었어. 외할머니는 땅에 떨어진 새에게 손을 대기 전에 조금 기다려보라고 하셨어. 가끔 창문에 부딪친 새들이 죽은 것 같지만 사실은 잠시 정신을 잃은 것일 수도 있다면서. 난 할머니께 새가 틀림없이 죽었다고 말했어. 하지만 할머니는 잠시 후에 새가 정신을 차리고 다시 날갯짓을 할 거라고 하셨어. 하지만 낮이 가고 밤이 가도 참새는 깨어나지 않았어. 다음 날 아침에도 그 자리에 그대로 누워 있었지. 그래서 난 그 참새를 묻어줬어. 그때 부모님은 베르겐에 계셨으니 혼자 그 일을 해야 했지. 할머니가 도와주길 바랐지만, 할머니는 죽은 새를 땅에 묻는 건 아이들이 해야 하는 일이라고 하셨어.

그때부터 성인이 될 때까지 난 나 자신이 연약한 한 마리 참새 같은 존재에 지나지 않는다고 생각하며 살아왔어. 내 의식은 그 나이에 이미 어린아이의 수준을 벗어났던 거지. 순진무구하고 걱정 근심 없는 여느 아이들하곤 달리 정신적으로 일찍 성숙했다는 거야. 그래, 스테인… 이 세상에 계속 새로운 생명이 태어나고, 이들이 죽음이 뭔지도 모르고 슬픔도 두려움도 모른 채 순수한 아이로 몇 년을 살아간다고 생각하니 참 이상한 기분이 들어. 내겐 열 살, 열한 살 때 삶의 초기 단계가 이미 끝났던 셈이야. 적어도 새로운 국면으로 들어갔다고 할 수 있어. 사춘기가 시작되기도 전에 난 세상에서 일어나는 모든 일을 두려워했어. 다시 말해 세상과 동떨어진 삶을 살기 시작했다고 할까?

그리고 오슬로에 와서 널 만났지. 널 만나기 전의 시간은 내게 그리 중요하지 않아. 지금 돌아보면 그 시절은 끝없는 피아노 레슨과 테니스 훈련, 숙제와 시험공부로 채워졌을 뿐이니까. 물론 대학에 들어가기 전에 연애도 해보고 술도 꽤 마셔봤지. 하지만 넌 달랐어. 넌 내 상처까지도 품어줬어. 그건 너한테도 상처가 있었기 때문이었어. 아니, 남들과 달리 네겐 어떤 심각함과 진지함이 있었다고 할까… 어쨌든 넌 지금 이 순간을 살고 있는 현재 우리한테는 어떤 희망도 없다는 생각을 나와 공유했어.

우린 벌거벗은 채 세상에 버려져 있는 자들 같았어. 무방비 상태로 서로를 만났고, 자연은 물론 서로에게서 느낄 수 있는 황홀감을 더욱 가중시켜 줄 수 있는 존재들이었지.

하지만 난 항상 존재에 대해 이중적인 견해를 가지고 있었어. 그건 외할머니 댁에서 지냈던 그 해 여름 방학 때부터 줄곧 내 머릿속에 자리 잡고 있던 생각이기도 했어. 난 기본적으로 우리가 영적 개체라는 생각을 지니고 있었지. 육체적 요구와 필요성은 그것들이 고개를 들 때마다 비교적 쉽게 충족시킬 수 있었어. 남녀로서 우리가 느꼈던 육체적 열정은 우리를 자주 황홀경에 빠뜨렸지만, 그건 불안정하고 표면적인 부수적 요소로 간주했지. 너도 그렇게 생각하지 않았니?

가끔 네가 내 등 뒤에 서서 한 손으로 내 이마를 감싸며 나의 뒷목에 숨결을 불어넣곤 했지. 내 머리카락을 살짝 들어 올리고 내 귓가에 '안녕, 나의 영혼!'이라고 속삭일 때마다 난 더없이 행복했어. 네가 그렇게 할 때는 단지 내 몸만을 원하는 게 아니라는 걸 난 잘 알고 있었지. 꽤 자주 있는 일이기도 했어. 너도 알다시피, 네가 그렇게 했을 땐 바로 내 영혼의 창을 열고 내게 다가오겠다는 뜻이었어. 그리고 그런 네게 대답을 했던 것도 바로 내 영혼이었지. 난 대부분 이렇게 대답했어. '너…' 하지만 그것으로 족했어. 영혼과 영혼이 서로 대화를 나누는데 그보다 더 필요한 말이 어디 있겠니? 그럴 때면 우린 그보다 더 가까워질 수 없을 만큼 서로에게 잦아들었어.

스테인, 네게는 수호신이 있었어. 난 지금 이 점을 상기시키는 게 아주 중요하다고 믿어. 그 수호신은 네가 집에 돌아오기 반시간 전쯤에 이미 대문을 열고 들어왔어. 처음엔 난 그게 너라고 확신했어. 그래서 하던 일을 제쳐두고 현관까지 달려 나간 적이 한두 번이 아니야. 어떤 때는 네가 대문을 열고 들어온다는 느낌에 얼른 침실로 들어가 유혹하는 듯한 자세로 널 기다릴 때도 있었어. 하지만 시간이 지나면서 그건 일종의 사전 예고라는걸 알게 됐지. 강렬한 느낌을 통해 곧 일어날 어떤 일에 대해 알 수 있는 그런 상태 말이야. 사실, 이 느낌들이 실용적일 때도 없지 않았어. 네가 곧 대문을 열고 들어설 것이라는 생각이 들면 상을 차리거나 그럴듯한 음식을 만들기도 했고, 어떤 때는 널 유혹하기 위해 단장을 하기도 했어. 넌 단 한 번의 예외도 없이 이렇게 미리 계획한 저녁 이벤트에 무릎을 꿇었지. 기억해? 어느 겨울날 저녁, 넌 침실을 가득 메운 양초들에 불을 켜놓고 기다리는 나를 보며 사랑의 욕조 같다고 말하며 너털웃음을 터뜨렸지. 스테인, 내가 지금 이런 얘기들을 쓰는 이유는, 네가 사이비 또는 신비주의적 일로만 믿고 있는 내 능력을 상기시켜 주기 위해서란다. 이런 것들은 내게 있어서 현실이나 다름없어. 적어도 너와 알고 지냈던 동안은 말이야.

그것만이 아니야. 1976년 어느 5월 아침, 우리는 거의 동시에 잠을 깼어. 요스테달 빙하로 여행하기 며칠 전이었던 것 같아. 난 꿈을 꿨고, 잠에서 깬 널 난 공황에 빠진 듯한 표정으로 바라봤지. 넌 순간적으로 걱정스러운 표정을 지으며 나를 뚫어지게 바라봤어.

"무슨 일이니?"

"비외르네뵈(Bjørneboe)가 죽는 꿈을 꿨어."

"그게 무슨 뚱딴지같은 소리야?"

넌 항상 이런 것들을 뚱딴지같은 소리라고 말했지. 하지만 난 그때만큼은 포기하지 않았어.

"아니야, 난 정말 옌스 비외르네뵈(Jens Bjørneboe)가 죽었다는 걸 알고 있어. 스테인, 그는 더 이상 견딜 수 없다며 스스로 목숨을 끊었다고."

그리고 난 울기 시작했지. 랑힐 욀센(Ragnhild Jølsen)의 얘기인 『꿈과 바퀴』라는 그의 책을 읽은 지 얼마 되지 않은 때였어. 난 비외르네뵈의 책은 한 권도 빠짐없이 모두 읽었어. 넌 짜증난다는 눈초리로 나를 바라보며 부엌에 가서 라디오를 틀었어. 마침 라디오에선 아침 뉴스가 방송되고 있었어. 그날의 주요 뉴스는 옌스 비외르네뵈가 죽었다는 소식이었어. 넌 그 방송을 들은 후 다시 침실로 돌아와 내 곁에 누웠지. 그리고 이렇게 말했어.

"솔룬, 도대체 뭐니? 그만 해! 네가 두려워진단 말이야."

그래, 난 예전에 자주 이런 초자연적인 경험을 했어. 지금보다 훨씬 자주… 네 수호신이나 영이 반시간 전에 집에 도착한다는 느낌, 그리고 다음 날 오전이면 증명이 되곤 했던 이런 예시적 꿈들을 자주 경험하고 난 후엔, 우리 인간이 정말 자유로운 영을 지니고 있다는 생각이 더욱 강해졌어. 육체와는 관계없는 자유로운 영혼 말이야.

하지만 이런 경험들조차도 이 세상에서 방문객처럼 살고 있는 내 운명에 위로가 돼주진 못했어. 난 말할 수 없는 슬픔에 빠져 눈물을 자주 흘렸고, 넌 그런 나를 위로해 줬지. 9월 어느 날, 난 다시 이런 일을 경험했어. 그날 우리는 학교 강당 앞에서 만나기로 했었지. 그때 강당 앞에서 울고 있는 나를 보더니 넌 이렇게 말했지. "오늘 저녁엔 국립극장 카페에서 널 여왕님으로 모실게."

사실, 우리는 국립극장 카페에서 식사를 할 만큼 경제적으로 여유롭지 못했어. 둘 다 학생 신분이었으니까. 하지만 마침 우린 학자금 융자를 받은 지 얼마 되지 않았기 때문에 하루쯤은 사치를 부릴 수 있었어. 덕분에 우린 국립극장 카페에서 저녁 내내 시간을 보냈지. 그리고 난 디저트를 두 종류나 맛볼 수 있었고. 넌 참 관대하고 선했어. 하지만 시간이 흐를수록 넌 회의적으로 변해갔지. 난 네가 점점 차갑게 변해간다고 느꼈어. 물론, 내게 직접적으로 차갑게 대한 적은 한 번도 없었지만 말이야. 넌 냉소적으로 변해갔어. 그래, 네 고통은 냉소로 변했고, 내 고통은 그 반대 방향인 희망으로 발전했지.

텔레파시, ESP, 또는 영적 감응 상태는 내게 있어서 현실적인 것들이란다. 네가 대문 안에 발을 들이기 반시간 전에 이미 네가 온다는 걸 느꼈을 때부터. 그래, 난 정말 네가 들어오는 소리를 들을 수 있었어. 하지만 넌 보이지 않았지. 그리고 반시간 정도가 지나면 정말 네가 대문을 열고 들어섰어.

우리가 그 책을 발견했던 것도 다 이유가 있었을 거라고 믿어. 그렇게 따지자면 그로부터 몇 시간 뒤에 산딸기 여인과 마주치게 된 것도 전혀 이상한 일은 아니지. 무의식적으로나마 그런 일을 겪으리라는 걸 이미 알고 있었던 것 같기도 해. 난 막다른 길에 도달한 느낌이었어. 해결책을 찾아야 했고, 출구를 찾기 위해 헤매야만 했지.

스테인, 인간은 도대체 무엇일까? 네 팔과 다리가 얇은 피부 아래의 살과 피로 이루어졌을 뿐이라고 생각해본 적이 있니? 네 창자와 내장이 어떤 모습을 하고 있는지 생각해본 적이 있니? 그러니까 네 몸 속에서 밖을 내다본 적이 있냐고. 그게 정말 너라고 생각해? 살과 피로 이루어진 물리적인 너와, 생각을 하고 꿈을 꾸는 널 구별해본 적이 있니? 그렇다면 사고를 하고 꿈을 꾸는 네 중심은 어디에 있다고 생각해? 쓸개와 비장 속이라고 생각해? 아니면 심장이나 간? 어쩌면 소장? 아니, 이런 것들보다는 우리의 영혼과 정신에 중심을 두어야 하지 않을까? 왜냐면 심장과 간, 쓸개와 장은 모래시계 속에서 흘러내리는 모래알처럼 결국은 썩어 없어질 것들이니까 말이야.

이제 우리가 함께 묵었던 그 낡은 나무 호텔에서의 일을 얘기할 차례야. 우린 다음 날 집으로 되돌아가기로 결심했지. 그런데 그 날 저녁에 호텔 주인의 딸이 다가와 다음 날 오전에 잠시 은행에 다녀오는 동안 세 딸을 좀 봐 달라고 부탁했던 거 기억나니?

우린 이미 사과술을 꽤 마신 후였고 곧 잠자리에 들 생각을 했어. 하지만 마음을 바꿔 먹고 호텔의 서재로 발을 옮겼지. 거기에는 당구대도 있었어. 상아로 만들어진 당구공 세 개가 지금도 그 녹색 당구대 위에 있다고 생각하면 이상한 기분이 들어. 도대체 그 당구공들은 지금까지 몇 번이나 서로 부딪쳤을까.

우린 잠시 당구를 쳤어. 난 10점을 얻었고, 넌 8점을 얻었지. 게임을 마친 후, 우리는 다른 저녁과 마찬가지로 책장을 훑어봤어. 그 책장에 꽂혀 있던 책들은 모두 꽤 오래됐고, 상당히 진귀한 책들이었어. 대부분 지리학, 지질학, 또는 빙하학에 대한 책들이었어. 정신 세계에 관한 책도 더러 있었는데, 그날 1983년 크리스티아나에서 발간된 『영혼의 책』이 갑자기 내 눈에 띄더구나. 호텔 건축 2년 후에 발간된 책이었지. 그건 프랑스 책을 번역한 것이었는데, 원제는 '르 리브르 데제스프리(Le Livre des Esprits)'였고 1857년 파리에서 처음으로 출간됐어.

그날은 우리가 산딸기 여인을 만나기 하루 전날이었어. 우리는 호텔의 서재에 서서 그 책을 훑어봤지. 난 몇 문장을 소리 내어 네게 읽어주고 나서 우리 방으로 그 책을 가지고 올라갔어. 난 소리 내어 책을 읽는 게 그때처럼 재미있던 적이 없었던 것 같아. 비록 그 책을 쓴 사람은 살아 있는 인간이었지만, 그 책의 내용은 저세상에 있는 영혼한테 들은 얘기를 기록한 것이었으니까. 맞아, 그건 교령회 같은 걸 통해서 이미 세상을 떠난 사람들의 영혼과 접촉하고, 그들이 들려준 말을 기록한 책이었어. 그날 저녁, 넌 이 책을 침대 옆 작은 탁자에 올려놓고 이렇게 말했지. '난 허공을 떠다니는 열 명의 영혼보다는 살아 있는 한 사람의 여자를 내 품에 안고 싶어.' 난 그때 네 말에 얼굴을 붉혔고, 솔직히 많이 감동했지. 그리고 우린 밤을 맞았어.

하지만 바로 그때부터 뭔가가 내 안으로 헤집고 들어와 떨어지지 않았어. 그로부터 불과 몇 주밖에 지나지 않은 시점에 난 이미 심령주의자가 돼버렸다고 해도 과언이 아니야. 기독교적 심령주의자라고나 할까. 그게 바로 내 믿음이 됐고, 난 그 속에서 정신적 평화를 얻을 수 있었지.

다음 날 오후, 우린 산딸기 여인과 마주쳤어. 생각해보니 참 이상해. 우리가 뭔가를 향해 마음을 열면, 그 뭔가도 우리에게 문을 열어준다고 생각해본 적 없어?

창문을 닫아 놓으면 새가 들어오지 못하지. 그러면 창문에 부딪혀 새가 죽어버릴 수도 있어.

예시적 꿈을 꾸고, 텔레파시나 정신 감응 같을 걸 경험하면 우리가 잠시 빌려 살고 있는 이 몸은 영혼하고 완전히 서로 다른 차원에 속한다는 걸 깨달을 수 있어. 난 영혼의 불멸을 믿기까지 그리

오랜 시간이 걸리지 않았어.
그건 그렇고, 지금 오슬로 상황은 어때? 자러 들어갔어?

아니, 지금 네 메일을 읽는 중이야. 벌써 새벽 두 시가 다 됐다. 넌 아직도 컴퓨터 앞에 앉아 있니?

응.

믿을 수 없어. 네 메일을 읽다 보니 정말 넌 영혼의 구원을 경험한 것 같구나. 거의 질투를 느낄 정도야. 왜냐면 난 네 믿음 밖에 존재하는 세상에 발을 딛고 서서 이렇게 불평만 하고 있으니까.

하지만 난 아직도 널 포기하지 않았어. 스테인, 네게 보란 듯이 뭔가를 꼭 건네줄 생각이야. 약속할게. 언젠가는 꼭 그 뭔가를 네 눈앞에서 증명해 보일 거야.

나도 널 끝까지 말릴 생각은 없어. 어쩌면 난 나의 무신론에 그리 큰 확신이 없는지도 몰라. 어쨌든, 이제 그만 자야할 것 같아.

알았어. 나도 자야겠다. 네가 이 말을 나보다 먼저 할 때도 있다니…. 잘 자!

너도 잘 자! 내일은 하루 종일 비워놨어. 충분히 시간을 내서, 삼십년 전 바로 그날 우리에게 무슨 일이 있었는지 다시 짚어보려고 말이야. 몇 시간 눈을 붙이고, 되도록 일찍 일어나서 다시 메일을 쓸게. 내일 중으로 메일 몇 개가 네게 속속 도착할 거야. 이 우주의 역사에 대해 기억하고 있는 사람이 있는 반면, 삼십 년 전 우리가 함께 경험했던 바로 그 일을 기억하고 있는 사람도 있다는 걸 알아주길 바라. 어때? 이젠 그때 일을 입 밖에 내어 얘기할 수 있을 정도로 우리가 성숙해졌다고 느끼니?

글쎄, 일단 한번 시도해보는 것도 나쁘진 않을 것 같구나. 사실, 우린 평생 이 일을 입 밖에 내지 않기로 약속한 적도 있었어. 하지만 이젠 그 침묵의 약속에서 벗어날 때도 된 것 같아.
그런데 오늘 저녁 내내 내가 뭘 마셨는지 알아맞혀 보겠니?

칼바도스! 여기까지 냄새가 난걸. 불에 구운 듯한 사과….

놀랍군. 정말 네겐 어떤 능력이 있나봐. 잘 자. 내일 다시 얘기하자.

잘 자!

# VII

1976년 5월 말로 접어든 어느 날 오후, 난 크링쇼의 침실 창문 앞에 서 있었어. 창은 열려 있었고 공기는 온화했지. 난 달짝지근한 봄의 향기를 흡입했어. 내가 코로 들이마셨던 건 올해의 새로운 향이었는지 아니면 아직도 남아 있는 작년의 향이었는지 확신할수 없었어. 어쨌든 그건 나뭇가지에서 솟아난 생기에 가득 찬 녹색 향은 아니었던 게 확실해. 내가 맡았던 냄새는 습기 찬 흙냄새에 더 가까웠던 것 같아. 작년의 기름진 흙 위에는 이제 새로운 생명들이 생기 차게 머리를 내밀겠지. 난 덤불 속에 있는 까치 한 마리도 봤어. 그 까치를 겨누고 있는 고양이 한 마리도 봤지. 그 까치를 보노라니 언젠가 내가 땅에 묻어줘야만 했던 작은 참새가 떠오르더군. 동시에 내가 자연이라는 강렬한 느낌이 내 몸을 덮쳤고, 난 눈물을 흘리기 시작했어. 신음 같은 소리를 내며 눈물을 흘렸지. 넌 내가 어떤 상태에 있는지 대번에 알아보고 침실로 달려왔어. 네가 '피레네의 성' 포스터를 지나 내게 채 다가오기도 전에, 난 널 향해 홱 몸을 돌렸지. 그리고 한숨을 쉬며 이렇게 말했어. 언젠가는 우리 모두 사라져 버릴 거야! 그건 오히려 비명에 가까웠어. 다시 눈물을 흘리는 내게 넌 따스하게 위로를 해 줬지. 그때 넌

179

침착하고 차분하게 보였지만 머릿속은 여러 가지 복잡한 생각으로 가득 차 있었던 것 같았어. 어쩌면 이번만큼은 송은 호숫가를 한두 번 돌며 산책하는 것만으로 해결할 수 없을 거라고 생각했을지도 몰라. 난 그때 네가 했던 말을 쉼표 하나 빠트리지 않고 기억하고 있어. 넌 두 팔로 나를 감싸 안고 일 분쯤 가만히 있었어. 다른 때 같았으면 넌 그 자리에 선 채 왼손으로는 내 머리카락을 쓰다듬고, 오른손으로 내 등을 토닥여줬겠지. 하지만 그때 넌 두 팔로 나를 힘껏 안아줬어. 여자를 안는 방법엔 여러 가지가 있겠지. 그리고 네겐 너만의 방식이 있었어.

'눈물을 닦아. 요스테달 빙하로 스키 타러 가자!' 그래, 넌 그렇게 말했어.

그로부터 반시간도 채 지나지 않아 우리는 차에 올라탔지. 차 위에는 스키 박스를 얹고, 트렁크에는 각자의 배낭을 실었어. 그 전해 여름 하당어비다로 간 뒤에 처음으로 무작정 떠났던 여행길이었던 것 같아. 해는 중천에 떠 있었고, 우리는 도피적 여행의 새로운 출구를 찾아낸 심정으로 길을 떠났지. 난 그런 충동적인 도피 여행을 무척 좋아했어.

그때 내 기분이 극에서 극으로 오락가락했다는 건 나도 인정해. 내 기분은 우리가 솔리회그다에 도착하기도 전에 벌써 하늘을 날아갈 것만 같았어. 너도 마찬가지였어. 스테인, 우린 그때 너무 행복해서 어쩔 줄 몰랐지. 난 그때 세상에서 너와 나만큼 서로를 잘 아는 사람도 없을 거라고 말했어. 우린 열아홉 살 때부터 함께 살

왔잖아. 5년 동안 거의 붙어 있다시피 하며 말이야. 우린 그때 이미 우리가 늙어가기 시작한다고 느꼈어. 지금 생각하니 감회가 새롭군. 우린 그 당시에 너무도 젊었고 생기로 가득 차 있었으며, 긴 긴 삶을 앞에 두고 있었는데… 벌써 13년 전의 일이야.

우린 빨간 폭스바겐을 타고 순볼렌으로 가면서, 우리가 인간 남자와 여자일 뿐 아니라, 길 위의 빨간 차를 내려다보는 전나무 위의 참새들이라고 농담을 주고받았지. 기억해? 우린 그렇게 외부 시각으로 우리 자신을 바라보면서 5월 말에 스키 여행을 떠났어. 난 그때 지구에서 가장 밝고 화기애애한 장소가 바로 그 빨간 폭스바겐 안이라고 믿었어. 우린 2년 동안 여름 방학에 아르바이트해서 번 돈으로 그 차를 샀지.

크뢰데렌을 지나 할링달에 이르렀을 땐 어느새 대화하는 것도 시큰둥해졌어. 모든 것에 대해 할 말을 이미 모두 했다고 해도 틀린 말이 아니었으니까. 브룸마에서부턴 일 분, 때로는 이 분 동안 침묵할 때도 있었어. 하지만 침묵 속에서도 차창 밖 모든 걸 함께 봤지. 함께 봤던 것들을 일일이 말할 필요는 없었지. 한 번은 사오 분 동안이나 한 마디도 하지 않다가 갑자기 동시에 웃음을 터뜨리기도 했어. 그러곤 다시 재잘재잘 수다를 떨었어.

우린 쉬지 않고 달렸고 마침내 헴세달과 서부 지방이 눈앞에 보일 정도로 가까워졌어. 헴세달 꼭대기에서 우린 외국 차량 번호판을 단 거대한 트럭 한 대가 길 오른쪽 주차장에 서 있는 걸 봤지. 그리고 그 트럭에 관해 일주일 내내 얘기를 나눴어. 거기서 몇 킬로미터 떨어진 곳에선 산 위로 향하는 도로 갓길에서 걷고 있는 어떤 여자도 봤어. 그 여자는 우리와 같은 방향으로 걷고 있었지. 넌 '저기 좀 봐!'라고 소리쳤어. '너도 봤어?' 넌 성마른 소리로 다시 외쳤어.

어둑어둑한 저녁 무렵, 그 시간에 여자 혼자 산길을 걷고 있다는 게 참으로 이상하게 여겨졌지. 우리가 차를 세우고 그 여자한테 도움을 제안하지 않았던 이유는 그녀가 도로에서 몇 미터 떨어진 갓길을 걷고 있었기 때문이었어. 그 여자는 목적지가 분명한 듯 앞만 보며 산꼭대기를 향해 걷고 있었어. 회색 옷을 입고 있었고, 어깨에는 진분홍색 스카프를 두르고 있었지. 언뜻 마치 그림 속 한 장면을 보는 듯한 느낌도 들었어. 짙푸른 여름 저녁에 진분홍색 스카프를 두르고 산길을 홀로 걷는 여자의 모습. 그녀는 무슨 이유에선지 아주 빠른 걸음으로 산꼭대기를 향해 걷고 있었지. 아니, 산을 넘어가려고 했는지도 몰라. 어쩌면 우리처럼 서쪽 지역으로 갈 생각이 아니었을까? 넌 우리가 그 여자를 지나칠 무렵 속력을 줄였고, 우리는 동시에 곁눈질하면서 차창 너머로 그녀를 살펴봤지. 그 후 며칠 동안 우리는 그 여자 얘기를 참 많이도 했던 것 같아. 중년 부인. 어깨에 진분홍색 스카프를 두른 중년 부인. 나이는 오십 대쯤 됐을까…….

그런데 스테인, 너 지금 일어났어? 오늘 일찍 일어났는지 궁금해. 난 노란 벽지 바른 방에 홀로 앉아서 오늘 온종일 메일을 쓸 생각이야. 내가 메일을 쓸 동안은 널 가까이 느끼고 싶어. 우린 지난 삼십 년 동안 그때 그 산에서 일어났던 일을 입 밖에 내지 않기로 굳게 약속했잖아. 하지만 지금 우린 그 약속에서 벗어나는 중이야.

그래, 일어났어. 일찍 잠에서 깨서 부엌에 가서 더블 에스프레소 한 잔 만들어왔지. 네가 메일을 보내는 즉시 읽고 있어. 오늘 하루 그렇게 할 계획이야. 컴퓨터도 인터넷에 계속 연결해놓으려 해. 곧 연구실로 갈까 생각중이야. 이렇게 아침 일찍 연구실에 가는 건 오늘이 처음이야. 이제야 동이 트려고 하고 있어. 베릿은 아직 자고 있어서 머리맡에 쪽지를 남겨뒀어. 일찍 잠에서 깨고 나니 다시 잠을 이룰 수 없어서 곧바로 연구실로 가겠다고 했지. 할 일이 많다고 했어.
자, 계속 얘기해봐. 아주 흥미진진한 걸. 넌 나보다 기억력이 더 좋은 게 분명해.

헴세달 꼭대기에 이르렀을 때 그날 밤 숙소를 잡지 못할 것 같다고 하자 넌 실망하는 빛이 역력했어. 그러더니 갑자기 날 원한다고 말했지. 우리가 스카프 두른 그 여자를 지나친 직후였어. 처음에 난 네가 농담하는 줄로만 알았어. 그런데 시간이 지나면서 넌 점점 더 진지해졌지. 그래서 난 웃지 않을 수 없었어. 그때 넌 갑자기 샛길로 방향을 틀더니 강을 따라 숲을 향해 몇 미터 더 차를 몰았지. 난 조금 놀랐고. 대기가 건조해서 숲길에 앉아도 몸이 젖진 않았을 거야. 그래서 난 네가 나무와 덤불 사이로 나를 유혹해 데려갈 거라고 짐작했지. 하지만 날씨가 꽤 추웠기 때문에 우린 결국 차 안에서 온갖 해괴한 자세로 몸을 움직여가며 욕구를 충족했어. 넌 너만의 에로틱한 상상력을 그 빨간 폭스바겐 안에서 마음껏 발휘했던 것 같아. 언젠가 넌 그 강렬한 불꽃같은 영상들을 머릿속에서 지울 수가 없었다고 말한 적도 있었지. 넌 '나도 인간일 뿐이야.'라고 말했어. 그런 널 곁눈으로 살짝 흘겨봤더니 넌 다시 이렇게 말했지. '나도 남자일 뿐이라고.'

반시간이 지난 후, 우리는 다시 국립도로로 나왔고 넌 속력을 냈어. 욕구를 충족하고 난 만족감 때문이었는지 우리는 거칠 것 없이 달렸어. 산으로, 산으로! 길옆에는 '국립도로 52'라는 팻말이 서 있었어. 우린 둘 다 52년에 태어났기 때문에 그걸 보고 웃지 않을 수 없었지. '탄생년로(路)'라고 했던가… 맞아, 네가 그런 말도 했어. 아니, 내가 그렇게 말했는지도 모르겠다.

어쨌든 차를 네가 운전했던 건 분명해. 왜냐면 그때 난 운전면허증이 없었으니까. 자정이 가까웠어도 백야 때문에 그리 어둡진 않았어. 여름이라 낮에는 무더웠지만, 밤이 되니 쌀쌀해졌어. 특히 산속이라 더 그랬나봐. 만약 그때가 캄캄한 가을밤이었다면 헤드라이트 빛으로 주변 사물들 윤곽을 더 선명하게 볼 수 있었겠지. 하지만 사방이 잿빛으로 가득한 백야에는 헤드라이트를 켜도 사물의 윤곽을 잘 구별할 수 없었어. 우리가 단 하나 선명하게 볼 수 있었던 건 멀리 있던 지평선뿐이었지.

엘드레 강을 따라 행정구역이 나뉘는 지점에서 우린 공중에서 뭔가 불그스름한 것이 휘날리는 걸 봤어. 그리고 차는 곧바로 뭔가에 쿵! 하고 부딪혔고, 그 순간 안전벨트가 팽팽하게 몸을 조였지. 넌 속력을 줄였어. 아니 차 속도가 저절로 느려졌지. 하지만 몇 초 후에 넌 다시 속력을 내려고 액셀러레이터를 세게 밟았어. 차가 몇 미터 앞으로 나가는 동안 우리는 아무 말도 하지 않았어. 그때 넌 무슨 생각을 했니, 스테인? 그리고 그때 난 무슨 생각을 했을까? 우린 아마 그 순간의 상황을 제대로 파악하지 못했던 것 같아. 아니, 어쩌면 우린 충격에 휩싸여 있었는지도 몰라.

그 긴 강을 건너고 나서 우린 맞은편에서 달려오는 흰색 트럭과 마주쳤어. 넌 그제야 정신을 차렸는지 갑자기 이렇게 외쳤지. "우리가 사람을 친 것 같아!"

그때 우리 뇌는 하나로 연결돼 있었던 게 틀림없어. 왜냐면 나도 그 순간, 바로 그런 생각을 했으니까. 넌 내게 몸을 홱 돌려서 스스로 확인하려는 듯이 몇 번이나 고개를 끄덕였어.

난 "나도 알아."라고 말했어. 우리가 진분홍색 스카프 두른 여자를 차로 친 게 틀림없어.

브레이스퇼렌 피엘스투에를 지나 서부 지방으로 향하는 진입로에서 급커브를 돌고 나자 넌 갑자기 차를 세우고 다시 나를 향해 몸을 홱 돌렸어. 넌 아무 말도 하지 않았지만 난 눈빛을 통해 네가 무슨 생각을 하는지 알았어. '어쩌면 그 여자는 도움이 필요한지도 몰라. 많이 다쳤을지도 모르잖아. 어쩌면 우리가 그 여자를 완전히…'

몇 분 뒤에 우린 다시 충돌 지점으로 돌아왔어. 사방은 칠흑처럼 캄캄했지. 우린 차를 멈추고 밖으로 나갔어. 날씨는 꽤 쌀쌀했고 바람도 많이 불고 있었던 것으로 기억해. 넌 오른쪽 헤드라이트가 부서진 걸 발견하고 길에서 부서진 유리 조각 몇 개를 주웠어. 우린 주변을 두리번거렸지. 그 순간, 넌 도로에서 몇 미터 떨어진 곳에 있는 강으로 향하는 내리막길 넘불 속에 떨어져 있는 진분홍색 스카프를 손으로 가리켰어. 스카프는 새 것처럼 말짱하게 보였지. 방금 바람에 날려 그 여자 어깨에서 떨어진 것처럼 말이야. 불어오는 바람에 살랑살랑 흔들리는 스카프를 보니 마치 살아 있는 생물 같은 느낌이 들었어. 우린 차마 그걸 주울 용기를 내지 못하고 말없이 주위를 돌아보기만 했지. 주변엔 사람 그림자조차 없었어. 우린 결국 그 스카프를 주워 들고 차로 돌아왔지. 길에는 미처 발견하지 못했던 헤드라이트의 유리 조각들이 떨어져 있었어. 우리는 차에 시동을 걸고 달렸어, 아주 빨리.

우린 여전히 충격에서 헤어나지 못했어. 액셀러레이터를 밟는 네 다리는 사시나무처럼 떨리고 있었지. 우린 서로 아무 말도 하지 않았지만 우리 영혼은 하나로 엮여 있었기에 상대의 생각과 느낌을 그대로 알 수 있었어.

시간이 좀 지난 뒤에 그 사건에 대해 차분하게 이성적으로 얘기하고 분석하기를 바랐지만, 당장 차 안에 앉아 있는 동안에는 아무 말도 할 수 없었어. 도로 옆을 걷고 있던 수수께끼 같은 여자, 우린 바로 그 여자를 차로 친 게 틀림없었어. 우리가 샛길에서 잠시 젊은 욕정을 불태우는 사이에 그 여자는 우리보다 훨씬 앞서 걸어가고 있었던 거지.

길에 그 여자가 남긴 흔적이라곤 진분홍색 스카프밖에 없었어. 그래서 우린 조금 전에 봤던 흰색 트럭 운전수가 차에 치여 신음하는 그 여자를 트럭에 태우고 가까운 병원으로 데려갔으리라는 결론을 내렸어. 사실, 그 여자가 사라진 이유를 설명하는 합당한 추론은 그것밖에 없었어. 그 시절엔 휴대전화도 없었잖아. 우리 머릿속엔 여러 가지 생각이 맴돌았지. 흰색 트럭을 몰던 운전수가 차에 치여 신음하는 여자를 발견하고 황급히 트럭에 태워 가장 가까운 마을인 헴세달의 어느 농가에 데려가 도움을 청했다면, 농가 주인과 트럭 운전수는 가장 먼저 경찰과 구조대에 연락했겠지. 아니면 트럭 운전수가 여자를 태우고 골의 병원까지 갈 수도 있었을 거야. 아니, 어쩌면⋯ 그래, 우린 이 생각도 해봤지. 물론 입 밖에 내지는 않았지만 말이야. 어쩌면 운전수는 속력을 내어 트럭을 몰 필요를 느끼지 않았을 수도 있어. 곧바로 헴세달의 경찰서에 가서 52번 국립도로에서 발견한 여자의 시체를 전해줬을 수도 있겠지. 그렇다면 그는 경찰 진술에서 사고 직전 맞은편에서 달려오던 폭스바겐을 목격했다고 말했을 게 분명해.

우리는 서부 지방으로 향하는 내리막길을 달렸어. 브레이스퇼렌을 지나 거의 90도로 꺾인 모퉁이를 돌기 직전, 넌 갑자기 절벽 위에서 차를 멈추고 내게 차 밖으로 나가라고 소리쳤어. 나가! 넌 아무 설명도 하지 않고 소리 쳤어. 나가! 얼른 나가란 말이야!

넌 화가 머리끝까지 치민 사람 같았어. 갑자기 내가 미워져서 나한테 해를 끼치려는 사람처럼 보였다고. 난 아무런 반박도 할 수 없었어. 용기가 없었지. 그래서 난 얼른 안전벨트를 풀고 차 밖으로 나갔어. 스테인, 스테인… 난 네 이름을 부르며 울었지. 대체 지금 뭘 하려는 거야? 날 여기 혼자 두고 가버릴 거야? 난 제대로 생각을 정리할 수조차 없었어. 대체 스테인은 뭘 하려는 걸까? 날 죽일 작정일까? 증인을 없애기 위해서? 벌써 한 사람을 치어 죽인 상황이니 나 한 사람쯤 더 죽인다고 해도… 그런 생각을 하고 있을 때 넌 차에 시동을 걸고 액셀러레이터를 밟았지. 차를 타고 절벽 아래로 떨어져 자살할 생각이었을까? 난 있는 힘을 다해 네 이름을 불렀어. 스테인! 스테인! 하지만 넌 들은 척도 하지 않고 달려가 절벽 끝에 있는 커다란 바위를 박아버렸지. 그리고 넌 차에서 내려 이제 왼쪽 헤드라이트도 깨졌다고 말했어. 범퍼도 망가져서 구겨진 종잇조각처럼 돼버렸어.

난 네게 왜 그랬느냐고 물었지.

넌 내게 눈도 돌리지 않고 대답했어. "이 차의 충돌 사고가 있었던 지점은 바로 여기야."

넌 산에서 주워온 유리 조각들을 절벽 위 바윗돌 근처에 흩어져 있던 다른 유리 조각들 사이에 던져놓았어. 마치 마지막 퍼즐 조각들을 제자리에 끼워놓는 것처럼.

그땐 한밤중이었고 날씨는 쌀쌀했어. 난 차에 시동이 걸리지 않을까 봐 걱정했지. 하지만 다행히도 시동이 걸렸고, 삐걱거리긴 했지만 운전하는 데는 그리 큰 문제가 없었어. 어쨌든, 만약 누가 문는다면 우린 장거리 운전을 하다가 피곤한 나머지 절벽 위 모퉁이에 사고 방지를 위해 설치해둔 커다란 바위를 박아버렸다고 말할 셈이었지.

우린 보르군을 향해 차를 몰았고, 동틀 무렵 햇빛을 받아 반짝이는 통널 교회 십자가를 보자 순간적으로 새가슴이 돼버렸지. 교회 주변에는 공동묘지가 있었고, 묘지 비석들은 아침 햇살을 받아 진분홍빛으로 물들어 있었어.

레르달 강을 따라 달리는 사이에 날이 점점 밝았어. 우린 날이 밝을수록 더 겁에 질렸지. 레르달 시내에 도착하니 어슴푸레하던 새벽빛은 완전히 사라지고 환한 아침 햇살이 사방을 비추었지. 우린 숙소를 찾아 눈을 붙이기엔 시간이 너무 이를 뿐 아니라 의심받을 소지가 있다고 판단했어. 그렇다고 충돌 사고로 엉망이 된 차를 벌건 대낮에 몰고 다니기도 민망했지. 그래서 우린 레브스네스 부두에 차를 세워두고 페리를 기다리기로 했어. 하지만 첫 페리가 들어오기까지는 아직 몇 시간 여유가 있어서 우린 차의 좌석을 뒤로 젖히고 눈을 붙여보려고 했지만, 좀처럼 잠이 오지 않아. 그때 우리 둘 중 하나가 이렇게 말했지. "우린 페리를 타고 피오르를 건너기도 전에 경찰한테 체포될 거야." 하지만 페리가 도착하기 전에 경찰이 거기 올 리는 없었어. 그러나 그 여자가 죽었다고 해도, 또 그 여자가 이미 죽어서 아무것도 증언할 수 없다고 해도, 흰색 트럭 운전수가 사고 현장 주변에서 빨간색 폭스바겐을 봤다고 경찰한테 증언하면 우리가 체포되는 건 시간문제였어.

그런데 그 여자는 왜 밤중에 산길을 홀로 걷고 있었을까? 인적도 없고 주변에 오두막집 하나 없는 곳이었는데… 더구나 옷차림으로 봐서 그 여자는 등산객도 아니었어.

그렇다면, 그 여자는 대체 누구였을까? 그 여자는 정말 한밤중에 거길 홀로 걷고 있었을까? 아니면 누군가 일행이 있었을까? 어쩌면 그 여자는 어떤 범죄에 연루된 사람이 아니었을까? 헴세달 산 꼭대기에서 커다란 트럭을 본 것도 사실이니까. 어쩌면 그때 뭔가 우리가 모르는 일이 벌어지고 있었던 건 아닐까?

우린 너무 긴장하고 겁에 질려서 잠을 이룰 수 없었어. 환한 빛이 두려워서 밖에 나갈 엄두도 내지 못했지. 우린 차 안에 누워서 눈을 감은 채 캠핑 여행을 떠난 아이들처럼 소곤소곤 얘기를 나눴어. 난 그때 너한테 우리가 이동한 거리를 지구의 위도로 따진다면 단지 몇 도에 불과하다고 말했지. 그런 말을 너한테 해줘야 할 것만 같았어. 그러자 넌 태양도 은하계에 있는 수십만 개 행성 중 하나일 뿐이라고 했어. 그때부터 우리의 대화는 열기를 띠기 시작했지. 우리가 산에서 겪은 일은 거대한 대양의 작은 물결 하나와도 비교할 수 없을 만큼 미미하다고도 했고, 시야를 넓혀 더 큰 걸 봐야 한다고도 했지. 우린 자신이 중심이 된 사고에서 벗어나 외부의 시각으로 자신을 바라봐야 한다고도 했어. 그런데 그날만큼은 우리가 언젠가는 이 세상에서 죽어 사라질 것이라는 생각을 해도 눈물이 흐르지 않더구나. 지구의 환경이 악화돼 가고 있다는 사실에 슬픔을 느끼기보다는, 오히려 그 환경 파괴의 주범으로서 느끼는 죄의식이 더 컸기 때문이라고나 할까. 맞아, 우린 다른 한 인간의 죽음에 직접적인 책임을 지고 있었으니까. 그런데 난 그 말을 차마 입 밖에 낼 수가 없었어. 입 밖에 내어 풀지 못했던 말이기에 머릿속에서 지워 버릴 수도 없었어. 사람을 죽였다는 생각 말이야. 그때까지만 해도, 언젠가는 나도 의식을 잃고 이 지구와 이 거대한 우주, 이 모든 것, 그리고 너로부터 떨어져 자취를 감추게 될 것이라는 생각에 익숙하지 않았어.

그날 아침, 페리 항구에서 몇 시간을 보냈을 때부터 우린 산중에서 있었던 일을 직접적으로 입에 올리지 않았어. 굳이 그 일을 언급해야 할 때면 '그 여인' 또는 '그 일'이라고 칭하며 얼버무리고 말았지. 지금에서야 하는 말이지만, 넌 그때 산 위의 긴 내리막길을 차로 달리며 최대로 속력을 냈지. 그리고 헴세달 산 위에서 한 여자를 치어 죽였을 거야. 우린 바로 이 사실을 입 밖에 내길 꺼려했어. 오슬로에 돌아와서도 마찬가지였지. 그러니 우리가 어떻게 함께 살 수 있었겠니? 함께 산다는 것은 함께 대화를 나누고, 서로의 생각을 말로 표현하고, 함께 웃고 울며, 함께 잠을 자고, 서로와 항상 가까이 지내는 것이라 해도 과언이 아닌데 말이야.

하지만 산딸기 여인에 대해선 자주 언급을 했던 게 사실이야. 난 지금도 그때와 마찬가지로 우리가 차로 치었던 여자가 바로 그 산딸기 여인이라고 믿고 있어. 그 축복받은 산딸기 여인에 대해선 나중에 다시 언급할 생각이야. 하지만 지금은 시간적 순서에 따라 얘기를 이어나가야만 할 것 같구나.

그건 그렇고, 넌 지금 뭐해? 연구실에 도착한 거니?

응, 몇 분 전에 연구실에 도착해서 네 메일을 확인했어. 방금 읽고 삭제했어.

네 메일을 읽다 보니 네가 나보다 그때 일을 훨씬 더 자세하게 기억하고 있다는 걸 깨달았어. 단지 네가 좀 과장되게 표현했다고 생각하는 건 당시에 우리가 차로 친 여자가 상처만 입은 게 아니라 아예 사고로 숨을 거둔 게 확실하다고 네가 믿고 있는 것 같다는 점이야. 그 여자는 충돌 사고로 심각하게 부상했거나 적어도 팔 하나쯤은 부러졌을 거야. 만약 그랬다면 그 여자는 길가에 앉아 있다가 흰색 트럭을 얻어타고 헴세달까지 갔을 수도 있어. 어쨌든, 그때 그 일은 정말 끔찍했어. 연구실에 앉아 네 메일을 읽다 보니 그때 일을 다시 생생하게 경험하는 것 같은 느낌이 들었어.

그래, 아직은 산딸기 여인을 언급할 때가 아니라는 네 의견에 동의해. 그 여자 문제에 관해서 난 너와 생각이 다르다는 건 너도 알고 있지?

다른 생각? 그 말을 들으니 네 자연과학적 해석과 관련된 긴 강의가 곧 이어질 것 같은 기분이 드는데? 그런데 어떻게 생겼어? 네 연구실 말이야….

전형적인 대학 연구실이지. 수학과 건물 안에 있는 직사각형 사무실이야. 책장과 책상, 그리고 바닥에까지 과학 리포트와 연구서, 학술서 같은 것들이 가득 널려 있어. 그런데 오늘은 이상하게도 이런 흔하고 평범한 연구실 풍경이 눈에 들어오지 않는구나. 네가 보낸 메일을 읽으려고 컴퓨터 화면을 들여다보고 있노라니, 마치 너와 함께 같은 공간에 앉아서 네 목소리를 듣는 것 같은 느낌이 들어. 그러니 계속 메일을 쓰렴. 송네 피오르 남쪽에 있는 페리 항구에 차를 세우고 기다렸던 얘기에 이어서 말이야.

새벽 네 시밖에 안 됐는데도 동쪽 하늘이 환해지기 시작했지. 우린 해가 머리 위에 뜰 때까지도 잠을 이루지 못하고 소곤소곤 얘기를 나눴어. 하당어비다에서 석기시대 원시인처럼 살던 그 여름의 얘기는 물론이고 수천 년 전 진짜 석기시대에 대해서도 얘기하면서 지금보다는 그때가 훨씬 살기 좋았을 게 틀림없다는 데 서로 동의했지. 하지만 마지막 석기시대는 너무도 먼 옛날 일이라 감도 잡을 수 없었던 게 사실이었어. 우린 하당어비다에서 한밤중에 별을 보고 누워 대화하던 때를 떠올렸지. 우린 그때 저 멀리 우주 속도 볼 수 있을 것 같다고 생각했어. 수십 광년이나 떨어진 곳에서 반짝이는 그 이국적인 빛이 수천 년 동안이나 우주를 돌고 돌아 바로 우리 눈앞에 이르렀다고 생각하니 숨이 막힐 것만 같았지. 그 빛은 우리 눈앞에서 멈추지 않고 다시 멀고 먼 여행을 할 테고, 또 다른 차원의 세계, 또 다른 영혼에게 이른다고 생각해봐. 그날 밤, 은빛의 차가운 빛을 머금은 달이 떠올랐지. 그 달은 밤이 깊어질수록 점점 더 커졌고 결국 하당어비다는 물론, 하늘의 반을 가득 메울 정도가 됐어. 우리는 그 달을 바라보며 시각적으로는 물론 영적으로도 안도감을 느꼈지.

우리는 빨간 폭스바겐 안에 앉아서 눈을 감은 채 석기시대는 물론, 수천 년 전의 우주 얘기를 했어. 우린 곧 경찰이 와서 우리를 깨우거나 첫 페리가 항구에 들어와서 우리를 깨울 테니 그 때까지만이라도 함께 있는 시간을 가치 있게 보내려 애를 썼어. 곧 멀리서 들리는 페리의 고동 소리 때문에 우린 아침이 왔다는 걸 알았지. 하지만 우린 마지막 남은 밤의 끝자락을 놓치고 싶지 않아서 다시 하당어비다에서 새끼 양을 죽였던 그날 밤 하늘을 가득 메웠던 별똥별 얘기를 꺼냈어. 우린 별똥별을 보며 그 장관에 압도돼서 아무 말도 하지 못했지. 불과 일, 이 분 사이에 우린 서른세 개의 별똥별을 봤어. 기억해? 하지만 우린 그때 아흔아홉 가지 소원을 모두 말하진 못했어. 구운 양고기를 먹고 배도 부른 데다 기분도 좋았던 것으로 기억해. 소원? 글쎄, 우리한테는 따로 소원이란 게 없었어. 너한텐 내가 있고, 나한텐 내가 있었으니까.

우린 페리를 타고 피오르를 건넜어. 페리의 인부들은 헤드라이터가 깨진 우리 차를 보곤 의심스러운 눈초리를 보냈지. 충돌 사고가 있은 지 얼마 되지 않은 것처럼 보였던 게 분명해. 당시에도 NRK 라디오에선 매 시간 뉴스를 내보냈지. 우린 인부들이 선원실에서 뉴스를 들을까 봐 안절부절못했어.

어쨌든 우린 페리에서 무사히 나와 헬라가 있는 서쪽으로 차를 계속 몰았어. 그곳에서 피예를란으로 가려면 다시 페리를 타야 했지. 요스테달 빙하로 가려면 거쳐야 하는 곳이었어. 당시엔 인터넷이나 GPS 같은 건 존재하지 않았지만, 우리한텐 전국 지도가 있었고, 피예를란으로 향하는 첫 페리가 언제 출항하는지도 알고 있었어. 그 페리를 타지 못하면 다음 페리를 타기 위해 하루 반나절을 더 기다려야 했지. 우린 헤르만스베르크와 레이캉에르 사이 어디쯤에서 경찰과 마주쳐서 결국 체포될 거라고 믿었어.

그런데 눈앞에 정말 경찰차 두 대가 서 있었잖아. 그중 하나에는 푸른빛 사이렌까지 돌아가고 있었어. 난 경찰의 눈을 피할 수 있으리라고 믿었던 우리가 너무도 순진했다고 생각했지. 그도 그럴 것이 차 앞쪽은 완전히 만신창이가 돼 있었고, 그건 우리가 충돌 사고에 연루됐다는 사실을 증명하는 증거였으니까. 휴대전화가 없던 시절이긴 했지만, 경찰들은 이미 몇 시간 전에 어떤 식으로든 사고 소식을 전해 들었던 게 틀림없었어. 넌 절벽 끝에서 큰 바위를 들이받아 충돌 사고로 위장까지 했지만, 경찰들 지시에 따라 갓길에 차를 세우면서 결국 이렇게 중얼거렸어.

"이제 어쩔 수 없군. 무작정 부인할 수만은 없을 것 같아."

난 아무 말도 하지 않고 그냥 고개만 끄덕였어. 하지만 넌 계속 말했지.

"내 말 듣고 있어? 우린 공황 상태에 있었기 때문에 어쩔 수 없었어. 그뿐이야."

난 다시 말없이 고개를 끄덕였지. 난 너무 지쳤고, 슬펐어, 스테인. 절망적인 상태였어. 내가 사랑했던 모든 것, 내가 믿어왔던 모든 게 짓밟힌 듯한 느낌이었으니까. 산에서 그 일이 있고 나서 난 오로지 너만의 여자가 되고 싶다는 생각밖에 하지 않았어. 정말 다른 어떤 것도 원하지 않았어.

그런데 경찰들이 우리를 세웠던 건 관례적인 검문 때문이었어. 우린 차 밖으로 나가지 않아도 됐어. 물론 내겐 그보다 다행한 일은 없었지. 왜냐면 다리가 후들거려서 차 밖으로 나가면 그대로 땅바닥에 주저앉을 것만 같았으니까. 그때는 월요일 이른 오전이었으니 음주 측정을 해도 우린 문제없었지. 하지만 우린 경고를 받았어. 부서진 헤드라이터를 열흘 안에 고쳐야 한다고 했어. 열흘 안이라면 우린 이미 오슬로에 도착해 있을 터였어. 물론 경찰들도 그걸 알고 있었지만 우리를 아주 흔쾌하고 예의 바르게 대해줬어. 경고장을 보니 백야의 환한 여름밤이었지만 헤드라이트를 수선하기 전엔 야간 운전을 금한다고 적혀 있었어.

스테인, 우리한테는 야간 운전이 금지됐을 뿐이었어. 그게 전부였어. 난 정말 믿을 수가 없었어.

우린 페리 출항 전에 여유를 두고 헬라 항구에 도착할 수 있었어. 헬라는 레브스네스와 마찬가지로 인적이 드문 마을이었어. 보이는 건 페리 항구뿐이었지. 항구라면 자연히 볼 수 있는 작은 상점도 보이지 않았어. 난 그때 초콜릿이 먹고 싶어 견딜 수가 없었어. 그런데 페리가 방스네스 항구에 도착하기 전 약 30분 동안 우린 스키 얘기만 했어. 그렇게라도 하지 않으면 초콜릿이 먹고 싶어서 아마 난 기절했을 거야. 우린 딱정벌레차를 어딘가에 세워두기로 했어. 험한 피오르 산길에 그 차를 몰고 간다는 건 어림없는 일이었으니까. 더욱이 헤드라이터가 완전히 망가진 차를 계속 몰고 가는 것도 민망했지. 그럼, 스키는 어떻게 할까?

너도 그때 일은 나만큼이나 잘 기억하고 있을 거야. 그래도 굳이 이 얘기를 꺼내는 건 '그 일'을 언급하려면 처음부터 순서대로 차근차근 따져봐야 한다고 믿기 때문이야. 어쨌든, 우린 다시 이성을 되찾았고 앞으로 우리가 해야 할 일을 의논했지.

거기서 차를 돌리는 것도 대안 중의 하나였어. 하지만 이 모든 일을 겪고 나서 목적지인 요스테달 빙하를 눈앞에 둔 채 다시 집으로 돌아간다는 건 있을 수 없는 일이라고 결론지었지. 우린 요스테달 빙하에 갈 목적으로 집을 나섰고, 또 요스테달 빙하를 보겠다고 서로 약속했어. 숙소를 구하는 것도 쉽지 않았지. 하지만 우리한테 필요한 건 담요 한 장 뿐이었어. 문제는 사고의 주범으로 우리를 쫓고 있을 경찰들을 얼마나 오랫동안 따돌리냐 하는 것이었어. 하루, 이틀, 아니 사흘… 우린 경찰한테 체포되기는 시간문제라고 믿었어. 아무리 늦어도 며칠 뒤엔 감방 신세를 면치 못하리라고 생각했지. 사실, 페리 안에서 만신창이가 된 차를 세우던 우리한테 선원들이 의심 가득 찬 눈초리를 보냈던 것도 잊을 수 없었어. 게다가 관례적인 검문이긴 했지만, 경찰이 우리 차를 세워 보고서를 작성했던 것도 사실이었으니까. 그렇다면 경찰이 사건 보고를 받고 수사를 시작했을 때 우리를 찾아내서 체포하는 건 정말 시간문제였을 거야. 이런 생각을 하다 보니 오전 시간을 빙하 계곡에서 스키를 타며 보낼 기분이 아니었지. 우린 경찰에 쫓기면서도 느긋하게 스키를 탈 정도로 여유만만한 사람들과는 거리가 멀었으니까. 우린 신문과 라디오 뉴스에 온 신경을 곤두세웠어. 한시도 경계를 늦출 수 없었지. 우린 산골짜기에 있는 호텔에서 며칠을 보내기로 했어. 그렇다면 스키는 헬라에 둬도 되지 않을까… 하지만 경찰이 스키를 차 지붕에 실은 빨간 폭스바겐을 찾고 있다면… 그땐 5월 말이었으니까 스키를 싣고 돌아다니는 차들이 그리 많지 않았어. 그러니 스키를 그대로 두고 차를 주차한다는 건 위험천만한 일이었지. 그렇다면 호텔에는 우리를 어떻게 소개하면 될까? 우린 생각 끝에 빙하 관광을 왔다고 말하기로 했어.

우린 비록 그 말을 입 밖에 내진 않았지만, 우리 여정이 어떻게 끝날지 잘 알고 있었어. 경찰 수사와 관련해서 말이야. 우린 한마디로 심각한 상처를 입은 영혼들이었지. 우린 진분홍색 스카프를 두른 여자를 차로 치기 전까지만 해도 갈등 따윈 전혀 없이 너무도 행복하게 잘 지냈어. 날 가끔 찾아오는 공황 증세, 그리고 네가 가끔 술을 너무 많이 마시는 버릇 같은 걸 제외한다면 말이야. 그런데 우린 난생처음 함께 위기를 맞았어. 그래도 우린 여전히 헤어진다는 생각은 눈곱만큼도 하지 않았지. 어쩌면 내일, 어쩌면 모레… 하지만 늘 그랬던 것처럼 오늘, 지금 당장은 아닐 거라고 생각했던 거야.

우린 모든 게 진정으로 끝나기 전에 남아 있는 그 몇 시간을 함께 나눠야 했어. 그렇게 생각했기 때문에 비좁은 피오르 상류에서 보트 여행도 기분 좋게 할 수 있었던 것 같아. 하류 쪽에는 거대한 빙하가 있었지. 숨이 막힐 듯한 자연 경관을 보니 갑자기 가슴을 짓누르던 무거운 짐이 한순간에 사라지는 것 같은 기분이 들더라. 어쩌면 그 때문에 우린 보트 여행을 하며 웃고 장난칠 수 있었는지도 몰라. 기억해? 우린 근심 걱정이라곤 조금도 없는 자유로운 영혼처럼 살았어. 우린 가면 쓴 배우 역할을 꽤 잘해냈던 것 같아. 우리가 그럴 수 있었던 건 어쩌면 한숨도 못 자서 정신이 없었기 때문일 수도 있어. 어쨌든 우린 그때 참 솔직하고 자유롭게 행동했지. 적어도 우리한텐 열두 시간, 또는 스물네 시간의 여유가 있었다고 생각했기 때문인지도 몰라. 우린 그때 마치 보니와 클라이드처럼 굴었지. 솔직히 우린 비슷한 나이 또래와는 조금 다르게 행동했던 게 사실이잖아. 그런데 갑자기 우리한테 어떤 일이 생겼고, 그 일 때문에 자유를 잃게 되자 우린 마치 연극에서 각자 역할을 맡은 배우처럼 행동하게 됐어. 물론 삼십 년이나 지난 지금에야 인정하는 일이긴 하지만. 어쨌든 우린 그때 각자 맡은 역할을 매우 진지하게 했던 것 같아.

호텔에 도착한 우리는 안내원에게 며칠 묵을 예정이라고 했지. 솔직히 그때 정확히 며칠이나 묵을지 우리 자신도 몰랐어. 우린 스키를 내보이며 빙하 관광을 왔다고 덧붙여 말했어. 하지만 우리한텐 단지 며칠밖에 함께할 시간이 없었어. 어쩌면 그게 마지막 여행이 될지도 모른다는 생각이 머릿속을 떠나지 않았던 것도 사실이고… 그런데 호텔 안내원에게 우리가 갓 결혼한 신혼부부라고 말하지 않았던가?

우린 축하할 일이 있으니 그 호텔에서 가장 좋은 방을 달라고 했어. 시험이 끝났다는 이유를 댔던 것 같아. 하긴 그건 거짓말은 아니었지. 난 그때 종교역사학 시험을 마친 뒤였고, 넌 물리학 기본 과정을 마친 상태였으니까. 다행히 성수기가 아니어서 가장 좋은 방을 얻긴 어렵지 않았어. 우린 타워 꼭대기 방에서 묵었지. 스테인, 내가 이런 얘기를 하면 어떻게 들릴지 모르겠지만, 몇 달 전 그 호텔에서 널 다시 만났을 때 난 닐스 페터와 함께 바로 그 방에 묵고 있었어. 그 방에 문을 열고 들어서니 느낌이 참 이상했어. 그것도 네가 아니라 닐스 페터와 함께. 내가 다시 그 방에 묵을 수 있었다는 게 정말 우연의 일치였을까. 난 지금 신비주의 차원에서 말하는 게 아니야. 어쨌든 그 방을 예약한 사람은 닐스 페터였어. 맞아. 난 아주 관대하고 생각이 깊은 남자하고 결혼했어. 우린 해마다 열리는 문학 축제도 둘러보고 그곳 거리에 늘어선 서점들을 둘러볼 생각으로 들떠 있었지. 그런데 네가 그곳에 와 있다는 걸 알고 나자 닐스 페터의 기분이 푹 가라앉았어. 하지만 이전 메일에도 쓴 것처럼 남편 기분은 집으로 돌아가는 길에 많이 나아졌어. 그날 오전에 우리가 호텔 리셉션에 좀 무모한 부탁을 했던 거 기억해? 하지만 우리한텐 선택의 여지가 없었지. 방에 라디오가 있느냐고 물었더니 설치돼 있지 않다고 했지. 그래서 우린 휴대용 라디오라도 좀 빌려달라고 했어. 무례한 부탁이었을지도 모르겠지만, 세상 밖에서 일어나는 일을 전혀 모르는 상황이 절망적으로 느껴졌기 때문에 어쩔 수 없었지. 우린 네가 법학과 학생인데, 국제정세와 관련된 뉴스를 실시간으로 들어야 한다고 둘러댔지. 게다가 난 한술 더 떠서 독일 좌파 테러 집단 바더 마인호프와 관련된 일이라고 덧붙였어.

그날은 울리케 마인호프[13]가 슈탐헤임 감옥에서 숨을 거둔 지 며칠 지나지 않은 때였어. 그때 내가 왜 바더 마인호프를 언급했는지 지금도 이해할 수 없어. 어쩌면 난 우리가 안드레아스 바더[14]와 울리케 마인호프하고 비슷하다고 생각했던 모양이야. 어쨌든 내가 바더 마인호프를 언급하자 넌 내게 나무라는 눈빛을 보냈지.

우린 결국 호텔에서 가장 좋은 방에다 휴대용 라디오까지 빌릴 수 있었지. 문을 열면 반원형의 발코니가 있고, 거기서 빙하와 피오르, 구식 증기선이 정박한 항구 옆 상점들까지도 내려다볼 수 있었지. 하지만 우린 창밖 풍경을 만끽하기보다는 오전 내내 침대에 누워 라디오만 들었어. 심지어 시계도 보지 않고 라디오에서 들리는 소리에만 귀를 기울였어. 잠시 눈을 붙이고 일어난 뒤에도 매시간 방송되는 국내외 뉴스에 집중했어. 국회에서는 청소년 법정 보호 나이를 20세에서 19세로 낮추기로 의결했고, 그날 독일 철학

---

13) Ulrike Meinhof(1934-1976): 저널리스트로 일하다가 1970년에 독일 극좌파 무장단체인 '적군파'를 결성했다. 1972년에 범죄단체 결성 및 복수의 살인 혐의로 체포되었으며 재판이 끝나기 전 감옥에서 스스로 목숨을 끊었다.

14) Berndt Andreas Baader (1943-1977): 독일 극좌파 무장단체 '적군파'의 초기 지도자. '바더 마인호프 강'이라는 이름으로도 알려져 있다.

가인 마틴 하이데거가 세상을 떠났다는 소식도 있었어. 하지만 산에서 일어난 사고에 대해선 아무런 얘기도 들을 수 없었지.

라디오는 종종 신호를 포착하지 못할 때도 있었어. 그럴 때면 우린 안절부절못하며, 오슬로의 더블 침대에 누워서 읽던 도스토옙스키의 『죄와 벌』을 떠올렸지. 언젠가는 우리의 죄가 발각되리라는 예상도 조심스럽게 입 밖에 내기 시작했던 것 같아. 하지만 우린 대화를 하기도 전에 라디오를 켜 둔 채 잠에 곯아떨어져 버렸어. 그리고 잠에서 깼을 때는 이미 늦은 오후였지.

난 네가 우는 소리에 잠에서 깼어. 그리 자주 있는 일은 아니었어. 난 울고 있는 널 위로해 줬지. 한 팔을 네 가슴에 얹고 네 목에 입맞추며 널 다독여줬어. 그리고 우린 다시 침대에 누워 함께 라디오를 들었어. 거의 30분이나 계속됐던 뉴스에 온 신경을 곤두세웠지. 하지만 역시 산에서 일어난 사고에 대한 소식은 없었어. 오후 일곱 시. 그러니까 헴세달 산에서 사고가 일어난 지 반나절이나 지났지만 라디오에선 관련 소식을 전혀 들을 수 없었어. 사람을 차로 치고 경찰이나 구급차를 부르지도 않고 뺑소니쳤던, 피도 눈물도 없는 냉혹한 운전자를 찾는다는 공지도 들을 수 없었지. 사실을 말하자면, 우린 충동적으로 자동차 여행을 떠났다가 산에서 만난 진분홍 스카프를 두른 여자를 치고, 뒤도 돌아보지 않은 채 계속 차를 몰아 송네 피오르까지 가서 호텔 방에 앉아 라디오 뉴스를 듣고 있었던 거야. 우린 사고 현장에서 진분홍색 스카프를 발견했어. 그 여자의 스카프를 발견했다고. 그러니까 사고 현장에서 신음하던 여자, 혹은 죽은 여자의 시체를 거둔 사람은 바로 우리가 봤던 그 흰색 트럭 운전수였던 게 틀림없어. 그렇다면 왜 그 운전수는 경찰에 신고하지 않았을까?

대체 어떻게 된 일일까? 왜 라디오 뉴스에선 산에서 일어난 사고에 대해 아무 언급도 하지 않는 걸까? 어떤 숨은 이유라도 있는 걸까? 그렇다면 그 이유는 뭘까? 왜 당국에선 이 사건을 쉬쉬하고 공개하지 않는 걸까? 회색 옷을 입고 진분홍색 스카프를 두른 그 수수께끼의 여인은 한밤중에 산꼭대기에서 도대체 뭘 하고 있었던 걸까? 왜 그녀는 그 시간에 거기 있었던 걸까? 군사 작전이나 국가안보가 걸린 첩보 행위와 관련된 건 아니었을까? 어쩌면 우리가 우연히 국가안보와 관련된 비밀 작전에 연루됐던 건 아닐까?

난 온갖 생각으로 머리가 복잡해졌어. 우리가 차로 치었던 그 여자가 정말 평범한 사람이었을까? 라디오에선 사건과 관련해 한 마디도 언급하지 않았고, 경찰도 목격자를 찾지 않았던 게 사실이잖아. 어쩌면 그 여자는 외계인일지도 몰라. 실제로 그날 밤 산을 비추던 빛은 너무도 특별했으니까.

하지만 우리가 아는 건 아무것도 없었어. 만약 그 여자가 외계인이 아니라면, 대체 어떤 사람이었을까? 혹시 경찰이나 국가정보원에선 산에서 일어난 사건을 공개하기 전에 그 사람을 찾아내야 할 사정이 있었던 건 아닐까? 그래서 라디오에서 아무 소식도 들을 수 없었던 건 아닐까?

그때 우리 차는 헬라에 주차돼 있었지. 어쩌면 경찰에 자진 출두

해 모든 걸 사실대로 털어놓는 게 좋지 않을까? 페리 항구에 주차돼 있는 차 한 대가 심하게 손상된 걸 봤다고, 우리 신분을 숨기고 경찰에 정보를 제공하는 것도 생각해봤지. 어차피 우리 차는 경찰에 수상한 차량으로 등록돼 있을 게 빤하니까.

우린 이런저런 생각 끝에 냉철하게 상황을 판단하려고 노력했어. 난 그때 이렇게 말했던 것 같아.

"스테인, 우린 지금까지 5년이란 시간을 함께 보냈어. 이제 우리가 바보 같은 짓을 한 결과로 생각지도 못했던 불행을 맞게 됐지. 그 여자하고 충돌하고 나서 뒤도 돌아보지 않고 차를 몰았던 건 정말 잘못한 일이야. 어쨌든 우린 그 불쌍한 여자를 도와줄 기회를 잃어버렸고, 이제 더는 뭘 어떻게 해볼 수가 없어. 그러니 이제 남은 시간을 되도록 즐겁고 아름답게 보내는 것도 좋지 않을까?"

시리우스, 안드로메다, 스테인! 내가 이렇게 외치니, 넌 대번에 그 의미를 알아챘어. 우린 이미 레브스네스에서부터 그 얘기를 해왔잖아. 난 우리 두 사람을 위해 기도했어. 그리고 그때부터 며칠간이나마 평생 잊을 수 없을 정도로 아름다운 나날을 보낼 수 있었어. 샤워를 마친 우리는 호텔 로비로 내려가 샴페인을 마셨지. 골든 파워는 없었지만 라임 맛이 나는 스미르노프는 있었어.

저녁을 먹고 나서 우린 커피 잔을 들고 다시 로비로 내려갔어. 하지만 밤 열 시 뉴스를 들으려고 곧바로 방으로 올라갔지. 그런데 우리와 관계된 뉴스는 전혀 들을 수 없었어.

그때 우리가 함께했던 시간을 지금 자세히 얘기할 필요는 없다고 생각해. 너도 기억하고 있을 테니까. 더욱이 지난번에 우리가 호텔에서 만났을 때도 그때 얘기를 조금이나마 다시 했으니… 어쨌든 우린 그때 거의 매일 긴 산책을 했어. 첫날은 수펠레달렌에서 시작해 빙하 하류 계곡까지 걷기도 했지. 스테인, 그때 일을 기억해? 우리가 초콜릿을 사 먹고, 외르디스의 아늑한 별장에서 팔던 수제 벙어리장갑을 산 다음 강 옆에 있는 이끼에서 무엇을 발견했는지 기억하냐고. 그다음 날은 호텔 주인한테서 자전거를 빌려 타고 호르페달렌과 뵈이아달렌까지 갔지. 뵈이아달렌에선 1700년대 빙퇴석을 바라보면서 몇 시간 동안 앉아 있기도 했어.

우린 그렇게 산책할 때도 라디오를 잊지 않고 가져갔지. 한번은 라디오를 들고 리셉션 앞을 지나갈 때 '라일라'라는 이름의 아가씨가 라디오를 가리키며 '바더 마인호프?'라고 놀리듯이 묻기도 했어.

우린 못 들은 척하고 얼른 지나갔지. 그때부터 우린 침묵을 깨고 자연스럽게 말하기 시작했던 것 같아. 보니와 클라이드의 여정에 관심을 보이는 사람은 아무도 없었어. 하지만 우린 그 상황을 꽤 즐기고 있었던 것 같아. 게다가 호텔에서의 일정도 뜻하지 않게 하루가 더 늘어나서 좋아했던 게 기억나. 우린 앞날은 생각지도 않고 순간을 즐기며 살았지. 매 시간을 즐기고 만끽했어.

우린 끊임없이 토론하고 생각을 나눴어. 우리가 그 수수께끼 같은 여자를 차로 쳤던 건 어쩌면 우주의 섭리가 아니었을까? 그렇게 생각하니 죄책감이 좀 가벼워지는 듯한 느낌도 들더군. 그뿐 아니라 우리가 어떤 일에 이용당했다는 생각마저도 들었어. 혹시 그 여자는 우리가 차를 몰고 지나치는 바로 그 순간에 누군가에 의해 등을 떠밀렸던 건 아니었을까? 왜냐면 우린 차 앞에서 진분홍색 스카프가 휘날리기 전엔 아무것도 보지 못했으니까. 어쩌면 길 옆 덤불 속에는 우리가 보지 못했던 제삼의 인물이 숨어 있었는지도 몰라. 그렇다면 그 여자는 우리 차에 부딪히기 전에 이미 숨을 거둔 상태였는지도 모르는 일이야. 있을 수 없는 일은 아니잖아? 솔직히 충돌 사고가 있기 직전에 우리가 봤던 건 차 앞에 휘날리던 진분홍색 스카프뿐이었어. 어쩌면 누군가가 그 여자를 이미 죽인 상태에서 자기 범죄 사실을 감추기 위해 시체를 차 앞으로 밀어뒀는지도 몰라. 범인은 스카프에 대해선 그리 신경을 쓰지 않았겠지. 우리 차 헤드라이트가 부서진 이유는 도로에 누워 있던 그 여자의 시체 때문이었을 테고… 어쩌면 그 여자는 외국인이었는지도 몰라. 맞아, 그때도 우린 그런 가능성에 대해 얘기를 나눈 적이 있었지. 바로 그 때문에 그 여자의 실종 사실이 알려지지 않았던 건 아닐까? 그러고 보니 우리가 봤던 트레일러도 외국 번호판을 달고 있었잖아? 헴세달에서 솟구치는 성적 욕구를 충족하려고 잠시 차를 세웠을 때 봤던 바로 그 트레일러가 독일 번호판을 달고 있지 않았느냐고!

어쩌면 그 트레일러 운전수가 여자의 시신을 거둬갔는지도 몰라. 어쩌면 그 흰색 트럭과 트레일러 사이엔 어떤 연관성이 있을지도 몰라. 때는 한밤중이었지. 대부분 범죄는 한밤중에 일어나잖아.

우린 동부 지방에서 온 독일 트레일러와 오십 대 중반의 여자에 대해 온갖 상상을 하기 시작했지. 어쩌면 그들은 서부 지방에서 출발했던 흰색 트럭과 산에서 만날 계획을 세웠는지도 몰라. 하지만 우린 끝내 이렇다 할 결론을 내리지 못했지.

그런데, 넌 아직도 연구실에 있니?

응, 오늘은 네 메일 기다리는 것 말곤 특별히 다른 일을 하지 않았어. 난 마치 우리 안에 갇힌 짐승처럼 왔다 갔다 하면서 메일이 도착했다는 알림 소리에만 귀를 기울이고 있어. 이 연구실은 9평방미터밖에 되지 않은 좁은 공간이야. 네 메일을 기다리는 동안 할 일 없이 시간을 보내기보다는 뭔가 실용적인 일을 하는 것도 좋겠다는 생각이 들더군. 그래서 연구실 여기저기 흩어져 있는 서류와 학술지 들을 정리하기 시작했어. 오 년에 한 번씩 하는 대청소라고나 할까? 어쨌든 그렇게 정리하다 보니 몸에 발동이 걸렸는지 가만히 앉아 있기가 어려워졌어. 계속 얘기해봐. 내가 기다리고 있다는 생각에 얼른 메일을 보내야 한다는 부담은 느끼지 말고….

언제 경찰에 체포될지도 모른다는 두려움과 이 마지막 시간을 즐겨야 한다는 강박감으로 우린 일분일초를 열정적으로 보냈어. 그리고 이 행운이 언제까지 계속될까 하는 스릴도 즐겼지. 하지만 앞날이 어떻게 될지 모른다는 불안은 결코 즐거운 것이 아니었어. 우린 그 주를 '자비의 주간'으로 부르며 감사했지. 노르웨이 버전의 보니와 클라이드는 어떤 결말을 맺게 될지도 궁금했던 게 사실이야. 신문에 어떤 제목으로 우리 기사가 나올지 함께 예상해보기도 했어. 그 즈음엔 어쩌면 끝까지 경찰에 체포되지 않고 자유롭게 살 수 있을지도 모른다는 생각도 조금씩 들기 시작했지. 난 만약 우리가 처벌받지 않고 끝까지 자유의 몸으로 살 수 있다면 그걸 일종의 구원으로 받아들이고 감사할 마음도 있었어. 어쨌든 우린 불확실한 미래 때문에 견딜 수 없었어. 거의 일주일이 지났지만, 산에서 여자가 차 사고를 당했다는 소식은 들을 수 없었어.

스테인, 도대체 그 여자는 누구였을까!!!

호텔 주인은 우리한테 미심쩍은 눈초리를 보내기 시작했어. 그도 그럴 것이 빙하 관광을 왔다면서 빙하 쪽엔 가보지도 않았으니까. 넌 내가 몸이 좋지 않다고 둘러댔고, 난 네 거짓말에 고개를 끄덕이며 편두통으로 시달리고 있다고 맞장구쳤지. 산에서 차 사고를 낸 뒤, 우리는 이런 거짓말을 밥 먹듯 했어. 한 번은 내가 생리중이라는 거짓말도 했어. 솔직히 난 생리를 해도 몸이 불편한 적이 별로 없었고, 편두통과는 거리가 먼 사람이잖아. 그래도 난 우리가 모든 걸 함께한다는 게 기쁘기까지 했어. 심지어 거짓말까지도. 그래서 난 네가 내 핑계를 대고 거짓말해도 전혀 언짢지 않았어.

어느 날, 마음씨 좋은 호텔 주인여자가 농담처럼 우리한테 물었지. 왜 우리가 이런 산속에 숨어 있냐고 말이야. 그때 우리가 뭐라고 대답했는지 기억해? 우린 그 질문을 받는 순간 당황해서 안절부절못했어. 넌 그때 우리가 이 세상 모든 의무와 책임으로부터 도피 중이라고 대답했지. 주인여자의 미심쩍은 눈길에 더욱 당황한 나머지, 넌 날카로운 목소리로 이렇게 덧붙였어.

"여긴 휴양지가 아니었던가요?"

호텔 여주인과 얘기를 나눴던 건 아침 식사를 하러 식당으로 내려가던 길에서였어. 우린 아침 식사를 하면서 이제 호텔을 떠날 때가 됐다는 데 의견을 모았어. 물론 그건 호텔 여주인의 미심쩍은 질문 때문만은 아니었어. 사고 현장을 다시 둘러보고 싶은 마음도 없지 않았어. 범죄자는 반드시 범행 장소를 다시 둘러본다는 말도 있잖아. 우리한테는 그럴 이유가 있었어. 거기 가면 지난번에 보지 못했던 것들이 눈에 띄지 않을까 궁금하기도 했고, 그 진분홍색 스카프가 그 자리에 여전히 남아 있는지도 알고 싶었지.

다음 날 아침 난 너보다 일찍 잠에서 깼고, 호텔의 낡은 서재에서 가져온 책을 펴놓고 바닥에 앉아 읽기 시작했지. 잠에서 깬 넌 그 책을 읽고 있는 날 짜증스러운 눈으로 바라봤어. 넌 마치 그 책에서 나를 떼어놓으려는 것 같았어. 그러기 위해선 나하고 헤어져도 좋다는 것처럼 보였지. 그 책은 호텔 서재에 돌려줘야 했지만, 난 그 책을 가방에 넣어 몰래 오슬로까지 가져갔지.

마지막 날 오전, 집으로 돌아가기 위해 짐을 싸기 직전에 우린 피오르의 장관을 다시 한 번 만끽하려고 발코니로 나갔지. 그때 호텔 주인의 딸 — 지금은 호텔 지배인이 된 여자 — 이 우리에게 다가와 잠시 은행에 다녀올 동안 세 명의 어린 딸을 삼십 분 정도 봐줄 수 있느냐고 물었어. 그 옛날에도 베스틀란 은행 지점이 그 구석진 산골에 있었다는 걸 생각하면 좀 이상하기도 해. 어쨌든 우리는 그 여자가 질문을 끝내기도 전에 그렇게 하겠다고 대답했지. 우린 그 귀엽고 예쁜 아이들과 어느새 친해져 있었으니까. 그중 가장 어렸던 아이는 그때 두 살도 채 되지 않았던 것으로 기억해. 그 호텔에 머물면서 아이들과 친해졌을 때 난 피임약 복용 중단을 심각하게 고려하기도 했어. 우린 호텔 주인의 딸이 우리를 신뢰한다는 게 무척 기뻤지. 보니와 클라이드를 믿고 자기 딸을 봐달라고 부탁할 사람은 많지 않을 거야, 그렇지? 왜 그랬는지 기억나지 않지만, 우린 결국 30분을 훨씬 넘기고 오전 내내 아이들을 봐줬어. 하지만 불평할 마음은 없었어. 왜냐면 호텔 주인한테 자전거도 빌릴 수 있었고, 거기 머무르는 동안 라디오도 계속 사용했으니까. 그러니 그 정도 봉사는 얼마든지 해줄 수 있었지. 물론 그 말을 입 밖에 내면서 과장되게 감사할 필요는 없었어. 게다가 우린 이미 그 호텔에 엄청나게 돈을 썼으니까. 솔직히 우린 아주 관대한 손님 축에 속했어. 와인이나 음식, 커피 등에 돈을 아끼지 않았지. 스테인, 그 호텔엔 칼바도스도 있었어! 당시엔 칼바도스를 파는 곳이 거의 없었잖아. 적어도 그렇게 외딴 곳에 있는 작은 호텔에선 말이야. 우린 노르망디로 자동차 여행을 갔을 때 거기서 처음으로 칼바도스를 맛볼 수 있었어. 우린 그 맛에 처음부터 매료됐지. 칼바도스를 일반 와인 가게에서 살 수 있었던 건 70년대 중반이나 돼서였어. 하지만 그땐 너무도 비싸서 자주 살 수 없었지. 하지만 그 호텔에서만큼은 매일 저녁 식사 후에 칼바도스를 마셨어.

어쨌든 그렇게 해서 우린 호텔에서 하루를 더 묵게 됐어. 12시쯤 돼서 호텔 주인의 딸이 돌아왔고, 더는 아이들을 봐줄 필요가 없어졌을 때 우린 마침내 둘만의 시간을 가질 수 있었지. 그런데 우린 이미 그 주변을 거의 빠짐없이 둘러봤기 때문에 마땅히 시간을 보낼 새로운 장소를 찾을 수 없었어. 단 한 군데 우리가 가보지 않았던 곳은 호텔 뒤편에 있는 작은 산이었어. 물론 그때 바로 체크아웃하고 헬라로 가서 그곳에 세워뒀던 차를 타고 집으로 돌아갈 수도 있었어. 경찰이 조사를 위해 차를 견인해가지만 않았다면 말이야. 그렇게 했더라면 우린 다음 날 오슬로로 돌아갈 수 있었을 거야. 하지만 우린 하루 더 묵으면서 호텔 뒤쪽에 있는 작은 산을 둘러보기로 했어. '피엘스튈렌'이라고 부르는 곳이었지. 날씨는 아주 화창했어. 운 좋게도 호텔에 묵는 동안 한 번도 비가 내리지 않았지.

도시락과 차를 넣은 보온병을 가지고 우린 네가 몇 주 전에 찾았던 문달스달렌을 지나 산으로 올라갔어. 넌 그곳을 잘 기억하고 있겠지만, 난 지금 모든 걸 세세히 써내려갈 작정이야. 그때 있었던 일을 하나도 빠짐없이 짚어볼 필요가 있기 때문이지.

우린 작은 농가를 지나 문달스달렌으로 향했어. 농가의 왼쪽에는 빨간 색으로 페인트 칠을 한 외양간이 있었고, 오른쪽에는 사격장이 있었지. 거기서부터 헤이메스튈렌까지는 오르막길로 이어졌어. 우린 오솔길 여기저기 널려 있던 소와 양 들의 배설물을 밟지 않도록 조심하며 걸었어. 당시는 온갖 가축이 산으로 들로 떼 지어 다닐 때였으니까.

여행을 떠난 지 일주일이 지났고, 우린 여전히 무슨 일이 닥칠지 전혀 모르고 있었어. 비록 헴세달 산에서 있었던 일이 그대로 묻혀버리고, 우리가 경찰에 체포되는 일이 일어나지 않더라도, 앞으로 그날의 기억은 절대 잊지 못하리란 걸 우린 잘 알고 있었지. 솔직히 우린 그런 기억을 간직한 채 살아갈 자신이 없었어. 하지만 겉으론 웃고 농담하며 지냈어. 넌 그 호텔을 '구석진 성애의 장소'라고 불렀지. 우린 바로 그 '구석진 성애의 장소'에서 보낼 날이 하루밖에 남지 않았다는 사실에 마음이 무거웠던 게 사실이야. 사실 따지고 보면 그 장소가 에로틱했던 게 아니라, 거기서 일주일이나 지냈던 우리가 에로틱했던 거지.

어쨌든 우린 산길을 산책했고, 넌 길에서 계속 날 껴안으며 키스를 퍼부었어. 틀림없이 네 머릿속엔 산책보다 다른 생각으로 가득 차 있었던 게 분명해. 화사한 햇살에 아무도 보이지 않는 오솔길… 하지만 난 너와 함께 길에서 충동적으로 욕정을 채우기보다는 일단 피옐스퇼렌 꼭대기까지 먼저 올라가기로 했지. 난 네가 산꼭대기까지 올라가고 나서도 힘이 남아 있다는 걸 증명할 수 있다면, 네가 원하는 대로 하겠다고 말했지. 넌 내 말에 자존심이 몹시 상한 것 같았어. 그런데 그때 바로 '그 일'이 일어났어. 넌 그날 이후 원래의 네 모습을 완전히 잃어버린 듯했어. 솔직히 그날의 일을 계기로 우린 헤어져야 했어. 우린 그날 이후 서로를 잃어버렸지.

헤임스틸렌에서 약 2백 미터 떨어진 곳, 길가 왼쪽에는 진분홍색 디기탈리스가 빽빽이 피어 있었어. 디기탈리스 푸르푸레아라는 그 진분홍 꽃을 먹으면 죽을 수도 있지만, 잎은 죽은 사람도 살려낸다는 약초로 알려졌지. 종모양의 꽃은 너무도 매혹적이었어. 난 네 팔을 뿌리치고 얼른 그곳으로 뛰어가 꽃잎을 만져봤지.

"얼른 여기 와서 이 꽃 좀 봐!" 난 네게 소리쳤어.

우린 그 디기탈리스 꽃밭 주변에서 잠시 머물렀어. 그런데 문득 길 맞은편 경사진 언덕, 자작나무 사이에서 무슨 소리가 들리는 것 같았어. 고개를 돌려보니 음지와 양지 사이 잿빛 공간, 연두색 이끼, 바로 그곳에서 회색 옷을 입고 디기탈리스와 똑같은 진분홍색 스카프를 두른 여자가 서 있었어. 난 지금도 그 순간을 똑똑히 기억하고 있어.

그 여자는 우리를 바라보며 미소 지었어. 스테인, 그녀는 바로 헴세달 산에서 우리가 차로 친 여자였어. 난 어떤 전지전능한 존재가 그 여자를 우리 앞에 옮겨놓았다는 생각이 들었어. 지금은 그 여자가 누구였는지, 또 어디서 왔는지 알 것 같아. 하지만 이 문제에 대해선 잠시 후에 다시 얘기할 거야. 그러니 조금만 기다려!

우린 그때 거기서 본 것에 대해 의견 일치를 봤어. 우리가 봤던 건 일주일 전 헴세달 산에서 차로 치었던 바로 그 여자였어. 게다가 그 여자는 산에 두고 갔던 바로 그 진분홍색 스카프를 두르고 있었지. 하지만 우린 그녀가 했던 말에 대해선 의견이 전혀 달랐지. 정말 이상한 일이야. 그때는 도무지 이해할 수 없었지만, 훗날 곰

곰이 생각해보니 그때 일을 설명할 수도 있을 것 같다는 생각이
들더구나.

넌 그 여자가 뭐라고 말했는지 기억해? 난 그녀가 나를 향해 이렇
게 말했다고 확신해.

"지금의 당신은 과거의 나입니다. 그리고 난 앞날의 당신이기도
합니다."

하지만 넌 그녀가 전혀 다른 말을 했다고 고집을 피웠어. 정말 이
상하지 않아? 우리는 같은 사람을 보고 있었는데, 그 사람이 우리
를 향해 동시에 서로 다른 말을 했다니! 넌 그 여자가 널 돌아보며
이렇게 말했다고 주장했어.

"당신은 과속운전으로 벌금을 물었어야 했어요…."

음성학적으로 따져도 네가 들었던 말과 내가 들었던 말에는 엄청
난 차이가 있어. "지금의 당신은 과거의 나입니다. 그리고 난 앞날
의 당신이기도 합니다."라는 말과 "당신은 과속운전으로 벌금을
물었어야 했어요…."라는 말은 의미나 문법을 봐도 절대 같은 말
일 수 없지. 그 여자가 동시에 나한테는 이 말을, 너한테는 저 말을
한다는 게 어떻게 가능할 수 있지? 정말 그랬다면, 그 여자는 대체
어떤 속임수를 썼던 걸까? 그게 우리한텐 풀지 못할 수수께끼로
남아 있었지.

난 지금, 우리가 산에서 차로 치었던 여자와 일주일 뒤에 호텔 뒤
쪽 작은 산에서 만났던 그 여자가 동일한 사람이고, 이 세상이 아
닌 다른 세상에서 왔다는 걸 굳게 믿고 있어. 그녀는 우리를 위로

하려고 거기 나타났던 거야! 그녀는 미소 짓고 있었어. 난 그 미소가 따스하거나 온화했다고 고집하진 않아. 왜냐면 그런 건 육체적이고 세속적인 의미에 불과하니까. 어쨌든 그건 적어도 악한 미소는 아니었어. 어딘지 모르게 장난기가 감도는 미묘한 미소였지. 심지어 매혹적으로 느껴지기까지 했어. 스테인, 이 세상에 죽음이란 존재하지 않아. 이해할 수 있겠어? 그 여자는 우리 앞에 잠시 모습을 드러내고 나선 연기처럼 사라졌어.

넌 오솔길에 털썩 주저앉아 두 손으로 얼굴을 감싸고 울기 시작했지. 넌 나와 눈도 마주치지 않으려고 했어. 난 "스테인, 그 여자는 사라졌어. 그러니 안심해도 돼."라고 말하면서 널 품에 안고 다독여줬지. 하지만 넌 울음을 그치지 않았어. 나도 그때는 정말 무섭고 두려웠어. 그때만 해도 내겐 믿음이 없었으니까. 그때 난 널 보호하고 감싸줘야 한다는 생각밖에 없었어.

그런데 넌 갑자기 벌떡 일어나 산 아래쪽을 향해 마구 달리기 시작했어. 난 네 뒤를 쫓아갔지만, 거리를 좁힐 수 없었지. 그래서 기다리라고 외쳤어. 결국, 넌 속력을 줄였고, 우린 다시 나란히 걸었어. 그리고 산에서 봤던 것에 대해 얘기를 나누기 시작했지. 하지만 우린 둘 다 제정신이 아니었기 때문에 우리 대화는 말다툼이 돼버렸어.

솔직히 우린 무슨 말을 해야 할지 몰랐어. 서로 질문하고, 반박하고, 찬성하기도 했지. 한마디로 갈팡질팡했다고나 할까. 결국 자작나무 숲에서 봤던 그 여자가 헴세달 산 위에서 우리가 차로 친 여자와 동일한 인물이라는 사실을 인정하는 데에는 의견이 일치했어. 난 그 여자가 분명히 우리 차에 치여 숨을 거뒀다고 믿었지. 하지만 넌 그녀가 차에 치긴 했지만 부상이 가벼워서 살아남았고, 지금은 건강을 회복한 게 분명하다고 주장했어.

그런데 어떻게 우리 뒤를 따라올 수 있었을까? 넌 그게 궁금해서 죽을 지경이었어. 넌 그 여자가 우리 뒤를 밟아 따라온 게 분명하다고 했어. 심지어 그녀가 고의적으로 우리가 묵는 호텔에 투숙해서 우릴 만날 계획을 세웠다고도 했지. 그런 네 근심 걱정은 세속적이고 물질적이었지만, 난 너와 전혀 다르게 생각했지. 난 그 여자가 호텔에 투숙하지도 않았고, 사전에 우리를 만날 계획을 세우지도 않았다고 믿었어. 난 그때 네게 이렇게 말했던 것 같아. "스테인, 그 여자는 이미 죽었어."

넌 의심스러운 눈초리로 날 뚫어지게 바라봤지.

"어쩌면 그 여자는 우리를 뒤쫓아 온 게 아닐 거야. 단지 다른 세상에서 와서 우리 앞에 모습을 드러냈을 뿐이야."

내 말을 듣고 넌 날 쏘아봤지. 하지만 네 눈빛에는 힘과 생기라곤 전혀 찾아볼 수 없었어. 그래, 넌 너무도 무기력해져 있었어.

맞아, 난 무기력한 상태에 있었어. 왜냐면 난 이미 그때부터 우리가 헤어지리라는 걸 직감하고 있었으니까. 난 그때나 지금이나 죽은 사람이 다시 살아서 우리 앞에 나타나는 건 불가능한 일이라고 믿어. 한마디로 너와 나는 생각이 정반대였지. 하지만 이제는 네 의견을 존중해줄 수 있어. 비록 내가 믿지 않는 일이라도 타인의 생각과 의견을 존중하는 건 얼마든지 가능한 일이니까. 그러고 보니 지난 삼십 년 세월에 나도 좀 변하긴 한 것 같아. 어쨌든 네 말처럼 당시엔 네 의견을 받아들일 수 없었던 게 사실이야. 계속 얘기해봐. 넌 과거의 우리 얘기를 통해서 뭔가를 말하고 싶어 하는 것 같아.

난 오전 내내 9평방미터의 이 작은 공간 속을 왔다 갔다 하면서 안절부절못하고 있었어. 뭔가를 해야만 할 것 같은 느낌 때문에 가만히 앉아 있을 수가 없어. 지금 시계를 보니 열두 시구나. 그래, 결심했어. 이제 뭘 해야 할지 알 것 같아.

넌 나머지 얘기를 계속해봐. 난 네가 나와 헤어지고 나서 베르겐으로 돌아갔던 때의 얘기를 쓸 때부터 네가 어떤 결론을 내놓을지 이미 짐작하고 있었어. 답장은 저녁 무렵에 쓸게.


우린 피옐스틸렌에서 있었던 일에 대해 되도록 서로 다른 개인적 해석을 입 밖에 내지 않기로 약속했어. 그다음 날 우린 차를 타고 집으로 돌아갈 예정이었지. 여러 지역을 거쳐 가야 하는 긴 여정이었어. 우린 그때 길가에 차를 세우고 우리가 경험했던 모든 걸 한 번쯤 정리했어야 하는데… 그렇게 하지 않은 게 좀 후회스럽기도 해.

난 호텔 뒤쪽 산 위에서 진분홍색 꽃밭에 쭈그리고 앉아 있었지. 그때 네가 내 뒤로 다가와 머리를 쓰다듬었고, 곧 너도 내 옆에 앉아 꽃잎을 만졌어. 그 순간, 길 쪽에서 정확히 무슨 소리가 들렸는지는 기억할 수 없지만, 우린 동시에 뒤를 돌아봤고 자작나무 숲 속에 서 있는 한 여자를 발견했어. 연두색 이끼 위에 서서 진분홍색 스카프를 두르고 있던 그 여자는 마치 동화 속에 나오는 산딸기 여인처럼 보였어. 그 여자를 산딸기 여인이라고 불렀던 건 나야. 그 여자를 '산딸기 여인'이라고 부른 건 우리가 그 여자를 언급할 때마다 느껴야 했던 의구심과 가슴을 짓누르는 답답함을 피하기 위한 일종의 구제책이기도 했지. 당시에 난 산딸기 여인을 '유령'이라든가 '혼령'이라고 집어서 말하지 못했어. 그땐 70년대 중반이었잖아. 내가 이걸 언급하는 이유는 그때 울리케 마인호프가 스탐헤임 감옥에서 숨을 거둔 지 며칠 되지 않았던 때였고, 또 바로 그해 '제니가 퇴사를 당했다, 일어서라, 네 시대가 돌아왔다. 철의 십자가와 데모 행렬, 슬로건으로 함께 일어서라'라는 긴 제목의 소설이 출간되기도 했어. 어떤 이들은 새 시대가 왔다고 선언하기도 했지. 우린 그때 물병자리 시대로 들어서는 변화의 시점에 서 있었어.

내가 이런 말을 하면, 넌 또 물질적인 관점에서 온갖 이론을 늘어놓을 게 분명해. 하지만 그때 우리가 같이 인정한 사실도 있었다는 사실을 기억해줘. 우린 적어도 헴세달 산에서 봤던 여자와 호텔 뒷산에서 봤던 산딸기 여인이 동일 인물이라는 데는 의견이 일치했잖아. 그때 넌 이런 말을 하기도 했어.

"이걸 영화의 한 장면이라고 생각해봐. 추리 소설의 한 장면을 읽는다고 생각해도 좋을 거야."

난 네가 그다음에 어떤 말을 할지 궁금했어. 넌 말했지.

"우리가 자작나무 숲에서 봤던 그 여자가 만약 쌍둥이라면…."

스테인, 너의 이 말은 예수가 물 위를 걸었던 건 그 물이 얼어 있었기 때문이라고 말하는 거나 마찬가지였어!

우리가 호텔로 돌아가기 위해 산을 내려갈 때 난 공황 상태에 빠지지 않으려고 네 손을 꼭 잡고 걸었어. 우린 두려워 어쩔 줄 몰랐지. 넌 다행히도 정신없이 달리는 짓 따위는 다시 하지 않았어. 그 대신 내 손을 아플 정도로 세게 쥐고 있었지. 그날 우린 저녁 식사 때 와인을 마셨어. 우리한텐 그 와인이 정말 필요했어. 한 병을 비우고 한 병을 더 주문했지. 난 그때 네게 잡혀 있던 손이 붓고 아파서 잔을 들어올리기도 힘들었어.

스테인, 그날 밤을 기억해? 그날 밤 유혹자는 네가 아니라 나였어. 난 그날 밤이 마지막 기회라고 생각했지. 그날 밤 너와 함께 살을 섞지 않는다면 다시는 너와 함께하지 못할 것 같았어. 난 온갖 기술과 미소를 동원해 널 유혹했지만, 넌 꿈쩍도 하지 않았어. 너도 나와 같은 이유로 슬픔에 빠져 있었어. 넌 시간이 흐를수록 점점 취했지. 식사를 마치고 우린 화이트와인 한 병을 주문해 방으로 가져갔어. 그날 밤이 어떻게 흘러갔는지 기억해? 난 와인에는 손도 대지 않았어. 그리고 넌 침대 발치에 머리를 두고 잠에 빠졌지. 내가 발가락으로 네 얼굴을 살짝 건드렸을 때 넌 손을 들어 귀찮다는 듯 내 발을 치워버렸어. 냉랭하지도 않고 적대감도 없었지만, 꽤 단호한 동작이었기에 난 적잖이 놀랐어. 솔직히 말하면, 우린 둘 다 잠을 이루지 못했어. 눈을 감은 채 깨어 있었지. 너도 내가 깨어 있다는 걸 알고 있었고 나도 마찬가지였지만, 우린 둘 다 잠든 척하고 있었지. 그러다가 결국 정말 잠이 들어 버렸어. 특히, 넌 그렇게나 술을 마셔댔으니 잠들지 않고 배겨낼 수가 없었을 거야.

난 우리가 산딸기 여인을 만나기 직전에 네 유혹을 거절했던 걸 후회했어. 우리가 서로 점점 멀어지고 있다는 걸 느꼈거든. 그렇게 생각하니 벌써 네가 그리워지기 시작했어.

한 침대를 나누어 썼던 한 몸 같은 존재를 그리워한다는 건 너무 가슴 아픈 일이야. 서로 다른 대륙에 떨어져 있는 연인을 그리워하는 것보다 더 고통스럽지.

동화 같은 우리 여정은 어느새 끝을 향하고 있었어. 우린 피오르를 건너는 배 위에서 다정하게 대화하고, 함께 커피를 마시기도 했지. 우린 스키를 들고 차를 세워둔 곳까지 걸어갔어. 다행히도 차는 얌전하게 우리를 기다리고 있었지. 마치 우리를 그리워하기라도 하듯… 난 만신창이가 돼버린 차가 불쌍했어. 그 말을 무심코 입 밖에 냈더니, 넌 농담처럼 이렇게 말했어.

"차 주인하고 세트를 이루려고 그러나봐."

우린 차에 시동을 걸고 그곳을 떠났어.

헴세달 산에 도달하면 무엇을 찾을 수 있을까? 지난번에 그곳을 떠났을 때 우리가 잊은 건 없었을까? 핏자국이 남아 있는지 자세히 살펴봤던가? 떨어진 살점이나 머리카락은 없었나?

하지만 집으로 돌아가는 차 안에서 우린 그런 얘기만 나누진 않았어. 분위기가 꽤 좋았지. 어쩌면 우린 그게 둘이 하는 마지막 여행이 될지도 모른다고 생각했기에 어떻게든 기분 좋은 분위기를 유지하려고 애썼는지도 몰라. 우린 서로 배려하려고 노력했어. 하지만 이전처럼 충동적으로 갓길에 차를 세우고 욕정을 불태우는 일 따위는 하지 않았어. 그런 일은 생각조차 할 수 없었지. 우린 서로 친절하고 예의 바르게 대했고, 깊이 배려했을 뿐이야.

피오르를 건너 레르달의 통널 교회를 지나고 절벽 끝 모퉁이에서 큰 바위를 보는 순간, 난 공황 상태에 빠졌어. 일주일 전 바로 그곳에서 난 네가 날 죽이고 너도 스스로 목숨을 끊으려는 줄로만 알았지. 넌 홀쩍이는 나를 오른팔로 감싸 안으며 위로해줬지. 얼마 후 우린 사고가 발생한 산꼭대기에 도착했어.

난 연구실을 나와 여행길에 올랐어. 지금은 골에 있어. 근처에 있는 페르스 호텔에서 와이파이를 연결해 노트북으로 네 메일을 확인했어. 그런데 난 호텔 손님이 아니어서 와이파이를 쓰려니 눈치가 보여. 난 그저 지나가는 손님에 불과하거든. 어쩌면 곧 쫓겨날지도 몰라. 예전엔 급할 때 화장실을 빌려 쓰려고 호텔에 슬쩍 들어간 적이 있었는데, 요즘은 와이파이를 쓰려고 아무 호텔에나 들어가는 게 좀 웃기기도 해.

난 그때 그 장소에 다시 가보고 싶어서 길을 나섰어. 이제 산 하나만 넘으면 도착할 거야. 그리고 네댓 시간 뒤엔 네게 메일을 보낼 수 있을 거야. 호텔에 도착하는 즉시 와이파이를 연결할게. 호텔 방은 예약해뒀어. 성수기가 지났기 때문에 오늘 내가 그 호텔의 유일한 손님이 될지도 모르겠어.

스테인, 지금 피예를란으로 가는 거야? 헴세달을 지날 때 나한테 손이라도 흔들어줘. 아마 그 주변에서 나하고 마주칠지도 몰라. 너와 나 사이엔 몇 킬로미터라는 공간적 거리와 같은 세대라는 시간적 거리밖에 없으니까….

우린 헴세달 산에 도착해서 엘드레 호수의 반짝이는 수면을 내려다봤지. 운전대를 잡고 있던 네 손과 액셀러레이터를 밟고 있던 네 다리가 갑자기 떨리기 시작했어. 넌 차를 갓길에 세웠고, 우린 동시에 차 문을 열고 밖으로 나갔어. 우린 여전히 서로를 아끼고 위했지. 하지만 슬픔과 후회, 비참함 때문에 욕정은 사라져버린 뒤였어. 넌 난생 처음 내 앞에서 욕을 했어. 난 그때까지만 해도 그런 말이 네 입에서 나올 수 있다는 걸 상상도 못했어. 난 너무 놀라 울기 시작했지.

우린 주변을 샅샅이 뒤졌지만, 진분홍색 스카프는 보이지 않았어. 진분홍색 물건이라면 산에서 금방 눈에 띌 듯도 한데 아무리 찾아도 보이지 않았지. 어쩌면 누군가가 그 스카프를 주워 갔는지도 몰라. 아니 어쩌면 바람에 실려 어디론가 날아갔을 수도 있겠지. 부서진 헤드라이트의 유리 조각을 하나 더 찾았던 게 위로가 됐는지 아닌지 확신할 수 없었어. 다시 한 번 말하자면, 우린 거기서 꽤 빠른 속도로 차를 몰았고, 한 사람을 치었어. 하지만 그걸 증명할 것은 아무것도 없었어. 핏자국도 없었고, 차가 충돌했을 만한 큰 바위나 흙더미도 없었지.

우린 다시 차에 올라 시동을 걸었어. 넌 강 건너편에 있는 기이한 바위산이 이 수수께끼와 관련이 있는 것처럼 말하기도 했어.

헴세달 산을 내려오면서 우린 일주일 전 그 산에서 경험했던 일에 대해서만 줄곧 얘기를 나눴지. 길옆에 차를 세우고 잠시 젊음을 만끽했던 바로 그곳을 지날 때 넌 네가 거부할 수 없는 매력을 지닌 남자라고 농담처럼 말했어. 하지만 우린 한적하고 외딴 곳에서 젊은 남녀가 할 수 있는 일을 더는 입 밖에 낼 수 없었지. 그럴 기분이 아니었으니까.

우린 그때 일종의 협정을 맺었어. 집으로 가는 차 안에서만은 산에서 일어난 일에 대해 대화할 수 있지만, 일단 오슬로에 들어가면 그 일은 없던 것으로 하자고. 두 사람 사이는 물론 다른 사람에게도 그 일을 입 밖에 내지 않기로 굳게 약속했지. 오슬로로 돌아온 우리는 약속을 지켰고, 산 위 엘드레 호숫가에서 일어났던 일은 '그 일'이라는 말로 바뀌어버렸어. 하지만 우린 지금 이메일을 통해 그 협정을 함께 깨고 있는 중이야. 이걸 제안한 사람은 바로 나였어. 난 이렇게 메일을 주고받으며 그때 일을 상세히 되짚어본다 해도 또 다른 불행이 우리에게 닥치리라곤 생각지 않거든. 솔직히 오히려 그 반대야. 난 이렇게 마음을 열고 모든 걸 풀어놓다 보면 희망이 보이리라고 생각해. 그래서 지금 이렇게 메일을 쓰고 있는 거야.

앞서도 말했지만, 그 진분홍색 스카프는 산에서 찾을 수 없었어. 하긴, 사고일로부터 일주일이나 지났기 때문에 만약 그때까지 스카프가 남아 있었다면 그것도 이상한 일일 거야. 하지만 솔직히 그 스카프를 찾을 수 없었다는 게 나한테는 약간 실망을 안겨줬어. 만약 우리가 그 진분홍색 스카프를 발견했다면, 자작나무 숲에서 그 스카프를 두르고 우리 앞에 나타난 여자가 살과 피로 이루어진 인간이 아니라는 걸 증명할 수 있었을 테니 말이야.

어쨌든 뉴스에서 그 사고를 한 번도 언급하지 않았기에 우리는 흰색 트럭 운전수가 차에 친 여자를 실어갔다고 믿게 됐지. 우리가 궁금해했고, 의견이 엇갈려 왈가왈부했던 문제는 사고 직후 그 여자가 어떤 상태에 있었는가 하는 거였어. 자작나무 숲에서 그 여자를 다시 볼 수 있었던 건 상처가 아주 가벼웠기 때문에 곧 회복됐기 때문이라고도 볼 수 있었지. 하지만 난 그 여자가 사고 직후에 숨을 거뒀다고 굳게 믿고 있었어. 스테인, 난 이 세상 말고도 다른 차원의 세계가 존재한다고 믿어. 넌 그 여자가 차에 치인 후 곧바로 툭툭 털고 일어났다고 생각했지. 그리고 지나가던 흰색 트럭을 잡아타고 산 아래로 갔다고 믿었어. 넌 그 여자가 외국 트레일러와 어떤 관련이 있을지도 모른다고도 했어. 바로 그 때문에 라디오에선 그 여름밤 사고에 관해 뉴스를 전혀 내보내지 않은 거라고 덧붙였지. 반면에 난 그 여자가 차에 치어 즉사했고, 트럭 운전수가 시체를 실어갔다고 믿었어. 그런데 그로부터 일주일이 채 지나지 않아서 그 여자가 건강한 모습으로 우리 앞에 모습을 드러냈어. 넌 그 여자가 건강을 회복했다고 믿었고, 난 그 여자가 죽은 뒤에 다른 차원의 세상으로 건너가 원래의 모습을 되찾았다고 믿었어.

우린 사건의 경위를 두고도 의견이 갈렸지. 넌 우리 차가 그 여자를 살짝 스치기만 했다면, 몇 분 뒤에 흰색 트럭이 그곳을 지나갈 때 그녀는 멀쩡했을 거라고 했어. 어쩌면 그 여자는 넘어졌다가 일어나 다시 걸었을지도 몰라. 그렇다면 트럭 운전수도 멀쩡한 여자를 경찰에 신고하지는 않았겠지.

난 그때 이렇게 반박했어.

"하지만 우린 차로 그 여자를 친 뒤에 그녀의 그림자도 못 봤어. 한마디로 공기 중으로 사라져버린 것 같았단 말이야. 설사 우리 차가 그 여자를 살짝 스치기만 했다고 하더라도, 그녀는 뺑소니쳐버린 우리한테 화가 나서 경찰에 신고했을 거야. 지붕 위에 스키를 싣고 가던 빨간 딱정벌레차가 자기를 치어 죽일 뻔했다고 경찰에 신고했을 거라고!"

넌 잠자코 내 말을 들으면서 운전대를 쥔 손에 더욱 힘을 줬지. 그리고 고개를 절레절레 흔들면서 생각에 잠겼다가 이렇게 말했어.

"그 여자가 의도적으로 경찰서에 찾아갔을 리는 없어. 그 이유는 나도 몰라. 난 이 사건에 우리가 모르는 어떤 이유가 분명히 숨어 있다고 생각해. 우선, 그 여자는 혼자서 한밤중 산꼭대기에서 대체 뭘 하고 있었을까? 상식적으로 그 시간에 여자 혼자 산에 오른다는 건 지극히 드문 일이야. 잠시 산책하는 중이었다는 설명은 더더욱 말이 안 돼. 왜냐면 그곳은 가장 가까운 별장이나 오두막에서 수 킬로미터나 떨어진 곳이니까. 물론 한밤중이라도 백야 때문에 그리 어둡진 않았지. 그러니 그 시간에 산책하거나 등산하는 건 절대 불가능한 일이라고 할 순 없어. 날씨도 그리 쌀쌀하지 않았지. 하지만 그 시간에 산길을 걷는다면, 그건 잠시 바람을 쐬려는 게 아니라 어떤 의무나 책임 때문이었던 게 분명해. 그렇지 않다면, 뭔가 또는 누군가로부터 도망치기 위해서였겠지."

그때 난 네게 묻지 않을 수 없었어.

"정말 그 여자가 도피 중이었다면, 예를 들어 어떤 이유로 그랬다는 거지?"

넌 내 질문에 대답하지 않고 몇 분 동안 묵묵히 차를 몰았어. 우린 얘기를 나누긴 했지만, 이전과는 달리 전혀 낯설고 진지한 분위기에서 대화했어. 우린 연인 사이라고 할 수도 없었어. 장난스러운 엉뚱한 말도 하지 않았고, 큰 소리로 웃음을 터트리지도 않았어. 하지만 우린 여전히 서로에게 호의를 보였고, 서로를 배려했어. 서로 최대한 잘해주려고 노력했던 거지. 하지만 연인 관계는 이미 끝난 상태였어.

난 또다시 같은 질문을 던졌어.

"정말 그 여자가 도피 중이었다면 대체 무엇으로부터, 누구로부터 도망쳤던 걸까?"

그러자 네가 이렇게 말하더군.

"길옆에 서 있던 트레일러의 운전수가 아닐까? 틀림없이 무슨 일이 있었을 거야. 그래서 그여자는 트레일러 운전수한테서 도망쳐 산길을 걷고 있었던 게 틀림없어. 어쩌면 그 여자는 그곳 지리를 잘 아는 사람일지도 몰라. 그렇다면 걸어서 산을 넘는 게 그리 어렵지 않았을 거야. 게다가 엘드레 호수만 지나면 양 옆으로 수 킬로미터 거리를 두고 작은 마을들이 있으니까."

넌 말을 마치고 날 뚫어지게 바라봤어. 마치 내가 네 생각에 이어 얘기해주길 바라는 것처럼. 하지만 내가 아무 말도 하지 않자, 넌 곧 이렇게 말했어.

"어쩌면 그 여자는 무자비한 살인범을 피해 도망치는 중이었는지도 몰라. 누가 알아? 어쩌면 그 남자는 여러 해 그 여자를 괴롭혀온 악당이었을 수도 있어. 어쩌면 그 여자를 죽이고 나서 그 외국 트레일러에 시체를 유기할 계획이었는지도 모르잖아. 그럴 때 희생자가 경찰에 곧바로 신고하는 경우는 드물어."

스테인, 난 네 상상력에 정말 감탄했지만 웃지 않을 수 없었어. 그래도 웃는 모습을 보이지 않으려고 손으로 입을 막았지. 넌 내가 억지로 웃음을 참고 있다는 걸 알아차리고 화난 목소리로 소리쳤어.

"그만둬! 어쩌면 그 여자가 트레일러 운전수였는지도 몰라. 우리가 갓길에 서 있던 트레일러를 지나칠 때 운전석엔 아무도 없었잖아. 하지만 우린 몇 분 뒤에 운전수였던 그 여자가 산길을 걷는 걸 봤지. 그 여자는 밤공기가 차가우니까 스카프를 둘렀겠지. 게다가 그 여자는 우리 차가 다가오는 걸 보고서도 우릴 향해 몸을 돌리지 않았어. 자기 정체가 드러날까 봐 그랬던 거지. 그건 그 여자가 흰색 트럭 운전수하고 만나기로 약속했기 때문이었을 거야. 두 사람은 강이 갈라지는 지점에서 만나 뭔가 중요한 걸 교환하기로 사전에 약속했겠지. 흰 가루 몇 킬로그램을 거래하기로 모의했을지도 모르지. 아니, 어쩌면 지폐였을지도 몰라. 그런 거래를 할 때 당사자들은 대부분 외부 사람한테 노출되지 않으려고 하잖아. 그 여자는 빨간 딱정벌레차에 치이고 나서 복수하기로 작정했을 거야. 길을 따라 걸으면서도 복수 계획을 머릿속에서 지울 수 없었을 테고, 마침내 헬라에서 그 차를 발견했겠지. 그때 우린 이미 빙하 계곡 골짜기로 몸을 숨긴 뒤였고, 그리로 향하는 도로 사정도 좋지 않았어. 하지만 그 여자는 포기하지 않고 우리 뒤를 쫓았던 게 틀림없어. 복수하려고 말이야. 그 여자는 유령 행색으로 우리 앞에 모습을 드러냈어. 보통 사람들한텐 그런 방법도 잘 먹히겠지. 사람을 파멸시키는 방법도 가지가지야. 그렇게 혼을 빼놓으면 자기가 원하는 방법으로 어렵잖게 복수할 수 있겠지."

난 네 끝없는 상상력에 웃음을 참지 못하고 큰 소리로 웃어버렸지. 난 네 허벅지에 손을 올려놓고 이렇게 말했어. 아, 그때 난 네가 내 손길을 좋아한다는 걸 느꼈어. 하지만 난 그게 우리의 마지막 신체적 접촉이 되리라는 걸 깨달았어.

"하지만 스테인, 스카프는 어떻게 설명할 거야? 만약 그 여자가 별로 다치지 않았다면, 그날 밤 산에 왜 스카프만 남아 있었는지 설명할 수 있어?"

난 너 자신도 네 말을 믿지 않는다는 걸 알고 있었어. 사실 너도 인정했잖아. 넌 그저 이성적으로 추론해보려고 노력했을 뿐이라고 얼버무렸지. 스테인, 그건 얼마든지 있을 수 있는 일이야. 하지만 우리가 자작나무 숲에서 봤던 그 산딸기 여인은 헴세달 산에서 우리가 차로 친 여자와 같은 사람이었어. 그리고 우리가 디기탈리스 꽃을 만지고 있을 때 그 여자가 우리 앞에 나타났던 건 그 무엇으로도 설명할 수가 없어. 바람처럼 나타났다가 안개처럼 사라져버렸잖아. 난 집으로 돌아가는 차 안에서 그 일에 대해 나만의 영적인 해석을 해봤어. 넌 그런 나를 잠자코 지켜봤지. 적어도 무시하진 않았어. 어쨌든 우린 당시 너무나 당황했고, 특히 넌 제정신이 아니었던 것 같아. 난 그날 아침 네가 일어나기 전에 읽던 책을 호텔에서 훔쳐왔다는 말을 하지 않았어. 내가 그 책을 호텔 서재에서 찾아낸 지 몇 시간 만에 산딸기 여인과 마주쳤다는 게 이상하지 않아?

시간이 흐를수록 산딸기 여인과의 만남에 뭔가 큰 의미가 있다는 생각이 점점 더 뚜렷해졌어. 우린 그때까지 삶의 열정과 활기를 마음껏 즐기며 살아왔지. 하지만 그럴수록 어느 날 갑자기 삶에 대한 의혹이 문득 찾아올 가능성도 크지. 우린 그 여행을 통해 현세뿐 아니라 저세상에도 우리 영혼을 담는 어떤 존재가 있다는 걸 깨닫게 됐어. 그 산딸기 여인은 마치 모나리자처럼 신비스러운 미소를 띠고 있었어. 그리고 우리한테 큰 선물을 줬지. 지금 이 순간, 내가 메일을 쓰고 있는 바로 이 순간에 난 그 선물을 너하고 함께 나누고 싶어. 늦었다는 생각은 하지 말아줘.

산딸기 여인에 관해 우리가 생각해야 할 문제는 또 있어. 자작나무 숲에서 만났던 그 여자, 진분홍색 스카프를 두르고 있던 그 여자는 아주 건강해 보였어. 그렇다면 우리가 죄책감에 시달릴 필요도 없지 않겠어? 우린 그 여자의 현세적 존재를 훼손했을 뿐이야. 물론 그 여자의 육신은 죽어 흙이 됐겠지. 차에 치인 순간 즉사했거나 며칠 뒤에 숨을 거두었을 거야. 하지만 산딸기 여인은 우리 앞에 모습을 드러내고 자신이 다른 세상으로 갔다는 걸 말해주려고 했어. 그래서 그녀가 우리 앞에 나타났던 게 아닐까? 그 여자는 나한테 이렇게 말했어.

"지금의 당신은 과거의 나입니다. 그리고 난 미래의 당신이기도 합니다."

다시 말해 걱정하지 말라고 했다고. 나도 자기처럼 될 거라고, 결코 죽지 않을 거라고… 너한테는 '당신은 과속운전으로 벌금을 물어야 했어요.'라고 했다면서. 그건 그 여자의 관점에서 한 말이었어. 그 여자의 새로운 시각. 다시 말해 과속 말고는 널 탓할 이유가 없다는 뜻이 아니겠어? 누구나 운전하다가 한 번쯤은 제한속도를 위반할 수도 있어. 따라서 산에서 있었던 일은 그 여자 관점에서 보자면 그다지 심각한 일이 아니었다고 해석할 수 있어. 인간의 육체는 언젠가 사라지겠지만, 죽음 이후엔 더 정화되고 더 안정된 다른 차원의 세계가 존재하니까. 그 여자는 우리 둘을 향해 자신의 관점에서 메시지를 전달했던 거야.

하지만 집에 도착하자마자 더는 그 일을 구체적으로 입 밖에 낼 수 없었지. 우리가 맺었던 일종의 협정 때문이었어. 하지만 그 경험이 남긴 트라우마는 우리 내면에서 지워지지 않았지. 우린 마주 볼 때마다 죄의식과 수치심을 이겨내지 못했어. 서로 커피나 차를 따라줄 때도 마찬가지였어.

하지만 난 우리가 연인 관계를 유지하지 못했던 이유가 죄의식이나 수치심 때문만은 아니라고 생각해. 수치심은 시간이 지나면 얼마든지 지울 수 있으니까. 솔직히 난 그때 우리가 곧바로 경찰서에 가서 자수해야 했다고 생각해. 어려운 일도 아니잖아. 경찰서에 가서 자수하고 합당한 벌을 받으면 됐어. 우린 혼자가 아니었으니 서로 의지하고 참다 보면 어느덧 죄를 씻을 수 있었을 거야.

하긴, 지금 생각해보니 우리가 경찰서에 전화한 적도 있었어. 기억나? 우린 신분을 숨기고 경찰서에 전화해서 그날 밤 산의 행정 구역 경계 지점에서 차 사고가 일어나지 않았느냐고 물었지. 그리고 차 사고를 목격한 것 같아서 전화했다고 덧붙여 말했어. 경찰들은 우리 증언을 기록했고, 관련 소식이 들어오는 대로 알려주겠다고 했지. 하지만 우린 신분이 알려지는 걸 원치 않는다며 우리가 다시 전화하겠다고 했지. 그로부터 이삼 일 지나 경찰서에 다시 전화했지만, 경찰들은 우리가 지목한 장소에서 사고는 없었다고 확인해줬어. 그리고 그 길은 시야가 좋아서 사고가 일어나는 지역이 아니라고 했어.

갑자기 꿈을 꾼 게 아닌가 하는 생각이 들었어. 우리가 경험했던 모든 일이 흔적도 없이 사라져버린 거나 마찬가지였으니까. 모든 게 신비로운 수수께끼처럼 변해갔어. 추리 소설의 한 장면 같았지. 한 사람도 아니고 두 사람이 함께 차를 타고 가다가 사고를 냈어. 한 여자를 차로 치었다고! 그렇다면 경찰이든 헌병이든, 어떤 사람이든 어떤 힘이든 그 여자의 시체를 치웠다고 생각할 수밖에 없어. 난 시간이 흐를수록 자작나무 숲에서 봤던 그 산딸기 여인이 차에 치어 죽었던 여자의 영혼이 분명하다고 믿게 됐어.

바로 이 문제로 우린 결국 갈라섰지. 우리가 함께 경험한 일을 두고 난 너와 전혀 다른 결론을 내렸어. 그리고 우린 바로 그 문제 때문에 헤어졌어. 난 집에 돌아오자마자 신비주의 철학에 관한 책을 읽기 시작했어. 호텔 서재에서 가져온 책도 몇 번이나 정독했지. 넌 그런 책을 읽는 나를 볼 때마다 언짢아하고 책을 빼앗아 던져버리기라도 할 것처럼 화를 내기도 했어. 난 성경도 열심히 읽었어. 이젠 스스로 나 자신을 기독교인이라고 부를 정도로 말이야.

죽음에서 부활한 예수는 사도들 앞에 나타났어. 난 부활한 예수가 자작나무 숲에서 봤던 그 여자처럼 영적인 상태에 있었다고 믿어. 우린 이 문제에 대해서도 얘기한 적이 있지. 난 예수가 실제로 죽고 나서 다시 그 몸으로 부활했다고 믿을 수가 없어. 그런 점에서 보자면 난 교회에서 말하는 '피와 살의 부활'이라는 교리를 전적으로 믿는 사람이라고 할 수 없어. 내가 믿는 부활은 영적인 부활이야. 바오로의 기록처럼 난 육체가 죽으면 이후에 다른 차원의 세계에서 영적인 존재로 살아갈 수 있다는 걸 믿어.

난 기독교 교리와 내 이성적 믿음을 종합하고 나서 우리 내면엔 불멸의 영혼이 존재한다는 결론을 내렸어. 누가 내게 근거 없이 기독교적 믿음을 강요했다면, 난 단호하게 거부했을 거야. 하지만 난 내 눈으로 직접 영적인 존재를 목격했어. 우리가 함께 차로 치어 죽인 그 여자는 옛날 예수가 죽음에서 부활해 사도들 앞에 모습을 드러낸 것처럼 우리 앞에 모습을 나타냈어. 넌 예수가 그렇게 했던 이유가 희망과 믿음을 주기 위해서라고 생각지 않아?

바오로의 말을 빌리자면 이렇게도 표현할 수 있겠지. '만약 예수가 죽음에서 부활했다고 공표할 수 있다면, 다른 이들도 죽음에서 부활하는 게 가능하다고 말할 수 있지 않을까요? 만약 죽은 자가 부활할 수 없다면, 예수의 부활도 불가능했겠지요. 예수가 부활하지 않았다면 우리 메시지는 무의미하고, 여러분의 믿음 또한 무의미한 것이 될 것입니다.'

난 신비주의나 초자연적 현상에 관한 책을 사 모으기 시작했고, 우리 작은 아파트는 이내 그런 책들로 꽉 차버렸어. 넌 내가 성경을 읽을 땐 그리 민감하게 반응하지 않았지만, 다른 책을 읽을 때면 견디지 못했지. 넌 내 새로운 사고방식에 대응할 믿음이 없었고, 나한테 배신감이 든다고 했어.

우리가 헤어져야 했던 이유는 네가 나를 참을 수 없었기 때문이었지. 반면 난 네 무신론적인 태도를 참고 견딜 수 있었어. 하지만 시간이 흐를수록 내 의견과 새로운 믿음에 반발하고 경멸하는 널 대하기가 힘들어졌지. 네게선 참을성이라곤 눈곱만큼도 찾아볼 수 없었어. 넌 점점 잔인해졌어. 결국 베르겐으로 향하는 기차에 몸을 실었을 때… 난 몹시 고통스러워하고 있었어.

삼십 년이 흐른 지금, 난 우리 이야기에 새로운 챕터를 쓸 필요가 있다고 생각해. 넌 몇 달 전에 호텔 발코니로 커피 잔을 들고 나오다가 거기 서 있던 날 발견했어. 난 그 순간, 네 눈을 통해 상황을 파악할 수 있었어. 그건 아주 강렬한 느낌이었지.

이제 실험적 사고를 한번 해볼까 해. 내겐 아주 중요한 일이야. 왜냐면 이 실험적 사고는 날 괴롭히는 의혹을 밖으로 끄집어내 살펴볼 기회가 될 테니까. 그래, 스테인… 나도 의혹을 느낄 때가 있어. 그때 우리가 차를 몰고 산을 넘던 일을 떠올려봐. 그리고 차 앞에 몰래 카메라가 설치됐다고 가정해봐. 충돌 직전에 우리 차 앞에 스카프를 두른 여자가 있었다면 카메라에는 어떤 영상이 포착됐을까?

내 말이 이상하게 들릴지도 몰라. 하지만 이제부터 정말 이상한 얘기를 쓸 거야.

우리가 '산딸기 여인'이라고 불렀던 그 여자는 뭔가를 계시하려고 저세상에서 모습을 드러냈어. 하지만 이미 말했듯이 그런 존재를 카메라에 담을 수 있는지는 확신할 수 없어. 자작나무 숲에서 그 여자가 했던 말을 녹음했다고 해도 그게 제대로 녹음될 수 있었는지 확신할 수 없는 것처럼 말이야. 그 여자는 살아 있는 두 명의 인간을 찾아온 영적 존재였어. 그렇다고 해서 그때 그 여자가 자신의 존재를 물리적으로 '실체화'했다고는 말할 수 없어. 그 여자는 우리한테 말을 건넸고, 우린 그 말을 각자 다르게 알아들었어. 그 여자는 나한테 하나의 생각으로 다가왔고, 네겐 또 다른 하나의 생각으로 다가갔던 거야. 그 여자가 우리한테 했던 말은 완전히 달랐어. 하지만 거기 숨겨진 메시지는 비슷한 것이었지.

우리가 했던 것과 비슷한 경험을 한 사람들 얘기는 문학 작품에서 얼마든지 찾아볼 수 있어. 여기서 근본적인 문제 하나만 지적하고 넘어갈게. 영혼은 우리가 알고 있는 시간과 공간의 한계에 전혀 구애받지 않아. 그렇다면 영혼을 구속하는 건 무엇일까? 우린 그 산딸기 여인이 다른 차원의 세상에 속해 있었는지, 아니면 이 세상을 완전히 벗어나지 못한 상태였는지 알 수가 없어. 어쩌면 그 여자는 일종의 계시적인 존재였는지도 몰라. 그렇다면 그녀는 지금도 어떤 방식으로든 우리 사이에 존재하는지도 모르지.

스테인, 내가 묻고 싶은 건 바로 이거야. 그날 산에서 우리가 경험했던 건 앞으로 우리한테 일어날 일을 경고하는 일종의 예시가 아니었을까? 헤드라이트도 분명히 꺼져 있었어. 충돌 순간에 내 안전벨트가 팽팽하게 당겨졌던 것도 사실이야. 그렇다면 그 순간 우린 뭔가에 부딪쳤던 게 확실해. 난 그 사실은 전혀 의심하지 않아. 내가 궁금한 건 우리가 충돌했던 게 혹시 영혼이 아니었느냐는 거지. 솔직히 그날, 차가 그 여자와 충돌했을 때 충격은 그리 크지 않았어. 차도 크게 망가지지 않았잖아. 충돌 후에 차를 계속 운전할 수도 있었지. 하지만 우리가 순록이나 엘크와 충돌했더라면 그 충격은 훨씬 더 컸을 거야. 차도 움직일 수 없을 정도로 망가졌을 게 분명해.

다시 사고 현장으로 돌아왔을 때 우린 진분홍색 스카프를 발견했지. 너무 오래된 일이라 확신할 수 없지만, 그때 경찰도 거기서 어떤 사고도 일어나지 않았다고 말했잖아.

우린 그 산딸기 여인을 모두 세 번에 걸쳐서 봤어. 처음 헴세달 산길을 걷고 있던 모습을 봤고, 그다음에 호숫가에서 봤고, 마지막으로 호텔 뒷산 자작나무 숲 속에서 봤지. 그리고 이후엔 전혀 모습을 드러내지 않았어. 그 여자는 오로지 우리 두 사람한테만 모습을 드러냈지. 우리 말고 그 여자를 본 사람이 있는지는 확신할 수 없어.

이렇게 하나하나 짚어보는 걸 언짢아하지 않았으면 좋겠어, 스테인. 우리 생각이 너무 달라서 네가 전처럼 소통을 중단할까 봐 걱정되는 것도 사실이야. 어쩌면 넌 내가 정신분열증에라도 걸렸다고 생각할지도 몰라. 하지만 난 우리가 함께 경험한 그 수수께끼 같은 일을 규명하는 데 설령 의견이 서로 다르더라도 네가 열린 마음으로 날 이해하리라고 믿어.

어쩌면 우린 근본적으로 불멸의 영적 존재일지도 몰라. 그리고 바로 그 점이 인간성의 핵심인지도 모르지. 그 밖의 모든 건 그저 표면적인 것에 지나지 않을지도 몰라. 별도, 태양도, 은하계도, 거북이나 벼룩과 다를 바 없는 것인지도 몰라. 왜냐면 그것들은 모두 시간 속에서만 존재할 수 있으니까.

비록 태고의 원시 척추동물과 호모 사피엔스 사이에 유전적 동질성이 있다고 해도, 난 인간이 그런 동물들과는 근본적으로 다르다고 생각해. 우린 거울 앞에서 자신의 눈을 들여다볼 수 있지. 인간의 눈은 영혼을 드러낸다고 하잖아. 그렇다면 우린 인간이 무엇인가 하는 수수께끼의 직접적인 해답이 된다고도 할 수 있지. 인도의 한 선지자는 무신론이 자신의 신성한 영혼을 믿지 않는 것이라고 말했지.

우린 육체와 영혼을 모두 갖춘 존재야. 하지만 우린 두꺼비에게도 있는 이 육체에서 벗어나야 해. 산딸기 여인은 피와 살로 이루어진 존재가 아니라 다른 세상에 속한 존재였어. 난 그 여자가 우리한테 전해준 그 신성한 메시지를 열린 마음으로 받아들여야 한다고 생각해.

난 지금도 우리가 나눴던 미소를 기억해. 삼십 년 만의 재회도 내 가슴에 영화의 한 장면처럼 간직하고 있어. 흐뭇하고 행복한 기억들이야. 난 이제 더 이상 피와 살로 이루어진 현세의 내 모습에 수치심을 느끼지 않아. 사실 이전에도 그런 적은 없었어. 그러니까 내가 하고 싶은 말은, 언젠가는 지금보다 더 가치 있고 영원한 다른 세상을 경험할 수 있으리라는 희망이 있어 좋다는 거야.

# VIII

디기탈리스! 솔룬, 넌 정말 천재야! 넌 너 자신도 모르는 사이에 오랜 수수께끼 하나를 풀었어. 하지만 이 얘기를 하기 전에 난 이야기를 거꾸로 뒤에서부터 짚어볼까 해.

난 지금 그때 우리가 함께 묵었던 호텔 방에 있어. 노트북을 무릎 위에 올려놓고 네 메일을 읽으면서 생각을 정리했지. 이 방에 들어오니 기분이 이상했어. 고통스럽기도 했지. 그래서 난 발코니로 나가 산과 빙하를 둘러봤어. 이 세상이 여전히 굳건히 제자리를 지키고, 정상적으로 돌아가고 있다는 걸 확인하고 싶었거든. 난 호텔 밖으로 나가서 구식 증기선이 정박해 있는 오래된 항구를 걸었어. 금방이라도 너와 마주칠 것 같은 느낌이 들더군. 도대체 시간이란 무엇일까? 모든 게 마치 이중노출로 촬영한 영화의 한 장면 같았어. 난 네 메일을 연달아 두 번 읽고 나서 삭제했어. 이제 호텔 방으로 돌아와 작은 책상 앞에 앉아 답장을 쓰려고 해.

난 오늘 오전 연구실에서 삼십 년 전에 그랬듯이 안절부절못했어. 뭔가 해야 했어. 그래서 여행을 떠나기로 했지. 난 베릿한테 전화해서 주말에 집중해서 써야 할 논문이 있어서 차를 타고 산으로 가는 중이라고 했어. 빙하 박물관과 관계된 일이라고 했지. 하지만 내가 여기

온 건 그 때문이 아니라 네 메일 때문이었어. 난 우리가 묵었던 호텔에 다시 가보기 전엔 마음의 안정을 찾을 수 없을 것 같았어. 난 다행히도 식당이 문을 닫기 전에 호텔에 도착했지. 저녁을 먹고 나서 방으로 올라와 메일을 확인했어. 메일이 도착한 지 삼십 분 정도 지났더군. 난 와인도 한 병 가지고 올라왔어. 지금 그 와인은 책상 위에 있어. 난 여기 혼자 왔어. 이번엔 너 없이 혼자 왔다는 뜻이야. 다리를 건널 무렵, 혹시 너도 저녁때쯤 이리로 오지 않을까 하는 생각을 해봤어. 난 옛날에 커피에 코냑을 곁들여 마시며 함께 음악실에 앉아 있던 우리 둘의 모습을 떠올려봤어. 하지만 이번만큼은 홀로 외로운 여행을 감수해야 한다는 생각도 들었어. 어쩌면 그건 내가 훈련해서 익숙해져야 하는 일일지도 몰라. 난 이곳에 깊은 애정을 품고 있어. 피오르를 둘러싼 작은 마을과 이 낡은 목조 호텔에.

난 이번에 처음으로 혼자 차를 몰고 산을 넘었어. 이상한 기분이 들더군. 사실 난 그 산을 너와 함께 여러 번 넘었어. 밤에도 낮에도 운전대를 잡고 산 위의 호숫가를 지나갔지. 페리 항구에 차를 주차하기 전에, 레이캉에르에서 경찰 검문을 받기 전에 밤하늘의 별들을 바라보기도 했어. 난 그때 흰색 트럭의 운전수가 빨간 폭스바겐을 경찰에 신고했다고 거의 확신했지.

우리 생각이 서로 다르다는 점에 대해선 충분히 논의할 여지가 있어. 하지만 어쨌든 간에 난 지금 네 말에 열린 마음으로 귀를 기울이고 있다는 걸 알려주고 싶어. 넌 그때 일을 세세하게 묘사했고, 그 상황에 대해 우리가 어떻게 서로 다르게 해석했는지도 잘 표현했어.

차를 타고 오슬로에서 골, 헴세달을 지나는 동안 네 신비주의적, 또는 영적인 세계관에 대해 생각해봤어. 삶에 대한 네 관점이 얼마나 선명하고 확실한지 조금은 알 것 같았어. 하지만 자연과학적인 면에서 보자면 아주 기본적인 개념조차 없었어. 내 말을 오해하지 마. 인간이 불멸의 영혼이 있는 존재라는 걸 과학적으로 증명할 수 있는 것도 아니니까. 인간의 의식은 뇌의 화학적 작용과 감정적 상태, 우리가 기억이라고 부르는 것들이 창조해낸 복합적 산물이라고 할 수 있지 않을까? 인간의 뇌는 각자의 영혼이 영적 세계와 물질세계를 연결하기 위해 사용하는 매개체 같은 것이 아닐까?

역사를 통해 사람들은 이런 질문을 수없이 제기해왔지. 난 이 질문에 대한 궁극적이고 구체적인 대답을 찾는 건 불가능하다고 생각해. 인간의 존재나 실체를 바라보는 초자연적 관점은 너무도 방대하고 신비롭기 때문에 아예 토론의 여지가 없다고 말할 수 있어.

우린 영적 존재야, 스테인! 죽음은 존재하지 않아. 따라서 죽은 자도 없어….

솔룬, 난 그렇게 비상식적이고 신비로운 걸 믿기엔 너무도 미미한 존재야. 물론 네 말이 사실이라면 더 바랄 게 없겠지. 이 세상의 의식은 바로 우리야. 우리가 알고 있는 건 전 우주를 통틀어 인간이 가장 고귀하고 가장 신비로운 창조물이라는 사실뿐이야. 그렇다면 살과 피로 이루어진 존재이기에 받아들일 수밖에 없는 이 운명 말고 다른 걸

꿈꾼다고 해도 그리 어리석은 일은 아니라고 생각해.

어쨌든 네 관점은 비록 이중적이긴 하지만, 현실적 존재로서의 너 자신을 부정하지 않는다는 말이 듣기 좋았어. 만약 네가 과거에 우리가 함께 나눴던 사랑의 행위마저도 우리가 피와 살로 이루어진 존재였기에 어쩔 수 없이 거쳐야 했던 과정이었을 뿐이라고 했다면 난 기분이 어땠을까? 실제로 현세의 감각적, 육체적 행위를 모두 부인하는 종교적 관점도 역사에서 흔히 찾아볼 수 있어. 그런 관점에선 인간이 진정으로 현실적인 존재라는 사실을 인정하기 어렵지.

오슬로를 떠나면서 내 머릿속은 여러 가지 생각으로 복잡해졌어. 헴세달에 이르렀을 때 난 갓길에 차를 세우고 잠시 생각을 정리하고 나서 다시 차를 몰았어. 그리고 삼십 년 전 어슴푸레한 백야의 빛 아래 지나갔던 그 평평한 산꼭대기에 도착했어. 그곳은 내가 마치 방황하는 네덜란드인(Flying Dutchman)[15]처럼 밤마다 꿈속에서 찾던 곳이기도 해. 우리가 진분홍색 스카프를 두른 여자와 마주치기 전에 지나간 그 이상한 언덕을 기억해? 넌 그 언덕에 '설탕 산'라는 이름을 붙여주기도 했지. 그러고 보니 그 이름이 꽤 어울리는 것 같기도 해. 그 산을 바라보고 있자니 왠지 모르게 달콤하고 풍성하고 육감적이기까지 하다는 느낌이 들더군. GPS를 보니 그곳의 지명이 '엘드레 언덕'이라고 나오더군.

---

15) 17-18세기의 선원들 사이의 문화에서 비롯한 것으로, 항구에 정박하지 못하고 대양을 영원히 항해해야 하는 저주에 걸린 유령선에 대한 전설

그 언덕을 지나서 오른쪽으로 나 있는 샛길을 발견했어. 그곳엔 관광객을 위한 팻말이 있었어. 그 고장 문화와 역사를 간단하게 소개하는 알림판이었지. 그중 하나엔 이렇게 쓰여 있었어.

"이 알림판 오른쪽에 보이는 둥근 언덕은 엘드레 언덕입니다. 이 언덕에는 옛날에 오스가르즈레이 또는 욜레스크레이라고 불리는, 인간의 눈으로는 볼 수 없는 부족이 살았다고 전해집니다. 이 부족 주민은 매년 성탄절 전날 밤 자정이 되면 엘드레 언덕에서 할링달까지 행진을 했으며, 길가에 있는 농가를 지나갈 때마다 성탄절 음식과 맥주를 얻어먹었다고 합니다. 이들을 위해 대문 밖에 음식과 음료를 풍성하게 내놓았던 농부들은 다음 해에 큰 행운과 축복을 받았다고 합니다. 그런데 음식에 십자가를 꽂아 놓으면 이들은 자존심이 상해 그 음식을 내놓은 농가에 불행을 전했다고 합니다. 헴세달 주민은 옛날에 오스가르즈레이 행진에 참가했던 이들의 이름을 기억하고 있다고 합니다. 그들의 이름은 튀드네 라나캄, 헬게 회그푓, 트론 회게쉬닝엔, 마스네 트뢰스트, 스펜닝 헬레 등입니다. 이들은 언덕 아래 드람멘 지역까지 행진했다고 알려져 있으며, 거기서 성탄절을 보내고, 그로부터 13일 뒤에야 엘드레 언덕으로 돌아왔다고 합니다."

마스네 트뢰스트! 튀드네 라나캄!

난 그 팻말에 적힌 글을 읽으면서 고개를 절레절레 흔들었어. 그리고 우리가 차로 치었던 그 여자가 인간이 아닐지도 모른다는 네 말을 떠올렸지. 어쩌면 네 말이 맞을지도 모른다는 생각도 들었어.

하지만 디기탈리스 꽃과 산딸기 여인! 맞아, 넌 바로 거기서 정곡을 찔렀어. 넌 자작나무 숲에서 우리가 같은 걸 봤다고 했어. 하지만 우리가 들었던 건 전혀 달랐지.

우린 풍성하게 피어 있던 디기탈리스 꽃에 매료됐고, 넌 꽃잎에 손을 대보기까지 했어. 그렇다면 우린 그때 같은 생각을 하고 있었던 게 틀림없어. 비록 입 밖에 내진 않았지만, 호텔에 머무는 동안 우리 머릿속엔 산에서 차로 치었던 그 여자에 대한 생각으로 온통 가득 차 있었지. 그리고 그 디기탈리스 꽃은 그 여자가 어깨에 두르고 있던 스카프와 같은 색이었어. 색만 같았던 게 아니라 색의 미묘한 뉘앙스까지 똑같았어. 어쩌면 바로 그런 이유 때문에 우리가 디기탈리스 꽃에 마음을 빼앗겼던 건 아닐까?

우린 갑자기 무엇 때문인지도 모르지만 동시에 몸을 돌려 뒤를 바라봤지. 어쩌면 덤불 속을 지나던 산짐승이나 까치들이 만들어냈던 소리 때문이었는지도 몰라. 어쨌든 우린 동시에 몸을 돌렸고, 그 순간 우리가 차로 치었다고 생각했던 그 여자를 발견했어. 그 여자는 진분홍색 스카프를 어깨에 두르고 자작나무 숲 속에 서 있었지.

어쩌면 우린 그때 환영을 봤는지도 몰라. 약초로도 쓰인다는 그 디기탈리스 꽃에 한껏 매료돼 있던 심리 상태라면 얼마든지 가능한 일이라고 생각해. 그런데 우리가 그 꽃에 매료됐던 이유는 무엇이었을까? 그 옆에는 다른 매력적인 꽃도 수없이 피어 있었는데 말이야. 그때 우리 등 뒤에 있는 숲에서 어떤 소리가 들렸고, 우린 순간적으로 몸을 돌려 그쪽을 바라봤지. 숲 속에는 진분홍색 스카프를 두르고 있던 한 여자가 서 있었고, 그녀는 우리를 향해 뭔가를 말했어. 적어도 우린 그렇게 생각했지. 그 여자는 내게 뭔가를 말했고, 너한텐 전혀 다른 말을 했어. 난 산책할 때부터 헴세달 산에서 너무 빨리 달리지 않았나 하는 생각으로 가득 차 있는 상태였고, 넌 열한 살 때부터 삶과 죽음에 대한 생각, 이승과 저승에 대해 생각해왔지. 그렇게 따지면 우린 그 여자를 통해서 우리 자신의 생각을 들었던 게 분명해.

그뿐 아니라 넌 그런 책을 찾아 읽기도 했잖아. 물론, 나도 그 책을 읽어봤어. 그렇다면 우린 바로 그 진분홍색 디기탈리스 꽃을 보고, 만지고, 그 향기를 맡으면서 환영과 환청을 경험하게 됐다고 말할 수 있지 않을까? 우린 자기 생각에 너무나 몰두한 나머지 환영을 봤던 거야. 당시에 우린 너무나 예민했고, 무방비한 상태에 있었어. 그래서 순간적으로 이성을 잃었던 거지.

난 내일도 여행을 계속할 참이야. 하지만 오슬로로 곧바로 돌아갈 생각은 없어. 에우를란즈달렌을 거쳐 홀까지 간 다음에 어쩌면 내친 김에 베르겐까지 가서 널 만나고 싶어.

그래도 될까?

라빅에서 오페달행 페리를 탈 수도 있어. 만약 페리가 그 시간에 운행한다면 말이지. 그리고 피오르를 건너 루틀레달과 솔룬까지 둘러볼 작정이야. 그곳 경치를 다시 한 번 눈에 넣어보고 싶어서 그래. 내가 너한테 이 여행에 동참해달라고 한다면 무리일까? 루틀레달에서 만날 수 있을지 모르겠다. 아니, 넌 버스를 타고 오페달로 오는 게 더 쉬울지도 몰라. 차를 두 대나 가져갈 필요는 없으니까. 넌 지난 메일에서 충동적인 여행에 대해 얘기했잖아. 우리한텐 아직 할 말이 많이 남아 있다고 생각해. 난 너와 함께 차를 타고 바닷가로 가고 싶어. 콜그로브를 거쳐 부둣가에 있는 구멍가게에서 아이스크림도 함께 사 먹고 싶고… 우리가 옛날에 그랬던 것처럼. 하지만 지금 네 처지에 이런 여행을 하기는 쉽지 않을지도 모르겠구나. 남편한테도 안부 전해줘.

만약의 경우에 대비해서 난 내일까지 호텔 방을 예약해뒀어. 아마도 난 이 호텔이 겨울에 문을 닫기 전 마지막 손님이 될 것 같아. 호텔 직원들은 벌써 짐을 싸고 가구들을 모두 천으로 덮고, 휴업할 준비를 마쳤어.

난 내일 오후나 저녁 무렵에 베르겐에 도착할 것 같아. 그러면 일요일쯤 나와 자동차 여행을 함께 하는 건 어떨까? 물론 네 사정이 허락한다면.

다시 너하고 함께 바닷가의 섬들을 바라보면 이상한 기분이 들 것 같아. 지금쯤이면 그곳은 보라색 꽃들과 덤불로 가득하겠지. 예전에도 바로 이 무렵에 그곳을 함께 찾았잖아. 우린 거의 매일 저녁, 그곳에 가서 바다 위로 잦아드는 석양을 바라봤어.

난 우리가 바로 그런 경치에 속한 존재라고 생각해.

글쎄… 하지만 언젠가는 우리 영혼이 또 다른 차원의 수평선 위로 솟아오를 게 틀림없어. 난 그렇게 믿어.

그런데 내가 정말 베르겐에 가도 되겠니?

물론.

진심이야?

그래, 스테인. 난 네가 벌써 베르겐에 도착해 있으면 좋겠다고 생각하고 있어. 그러니 걱정 말고 와!

솔직히 그동안 난 너에 대한 애정을 늘 간직해왔어. 이제 와서 굳이 이 사실을 숨길 필요는 없다고 생각해. 매일 네 생각을 하며 마음속으로 너와 대화해왔지. 그러고 보면 난 지금까지 너와 계속 함께 살아왔다고 해도 과언이 아니지. 이상한 일이야. 이상한 동거라고나 할까? 그리고 난 지난 삼십 년을 헛되이 보내지 않았어. 그 세월에 진심으로 감사해.

그래, 나도 그동안 중혼자로 살아온 것 같은 느낌이 든다고 말한 적이 있지. 나도 매일 널 생각했어. 너도 알다시피 내가 꽤 예민하잖아. 나도 네가 내 생각을 하고 있다는 걸 느낄 수 있었어. 그런데…

그런데? 우린 메일을 읽자마자 삭제하고 있잖아. 우리 말고는 이 메일을 읽을 사람이 없는데 뭘 망설여?

우린 그동안 영적으로 함께 살아왔다고 말할 수 있지 않을까? 그러니까 내 말은… 떼려야 뗄 수 없는 두 영혼이 함께 엮여 수십 광년 떨어진 곳에서조차 서로 상대의 감정에 반응하는… 솔직히 젊었을 때하고 달라서 이젠 몸과 영혼을 구별하는 일이 그리 쉽지 않아.

그 얘기는 만나서 하자, 함께 차로 솔룬을 여행하면서. 그렇게 할 수 있지? 와인을 마셨더니 좀 나른해. 오늘을 일찍 자야겠어. 4백 킬로미터나 차를 몰았으니 피곤할 만도 하지. 어쩌면 침대에 눕자마자 곯아떨어질지도 모르겠다. 그러고 보니 잠이란 건 참 이상한 상태라고 생각지 않니? 오늘 밤엔 어떤 꿈에서 널 만나게 될지 장담할 수 없으니까. 우주적인 꿈은 이미 꿔봤으니 오늘은 어쩌면 아주 평범하고 일상적인 꿈을 꾸게 될지도 모르겠어. 오늘 꿈속에서 널 만나면 송은 호숫가를 함께 산책하자고 조를 것 같아. 시계 방향으로! 잘 자!

# IX

좋은 아침!

잘 잤어? 닐스 페터한테 네가 베르겐으로 온다고 말했어. 그렇게 말하고 나니까 마음이 편해지더라. 그런데 오늘은 온종일 집 밖에서 시간을 보내야 할 것 같아. 생각할 것도 많고. 다시 메일 보낼게. 어쨌든 내일은 만날 수 있겠구나.

오후나 저녁 무렵 호텔에서 와이파이를 사용할 수 있으면 너한테 곧바로 메일을 보낼게. 오늘 하루 잘 지내. 난 이제 아래층으로 내려가서 아침을 먹고 체크아웃할 거야. 어제저녁엔 식당 손님이 나밖에 없어서 좀 불편하기도 했어. 와인 한 병을 주문했는데 혼자 마시기엔 많아 보일 수도 있겠지만, 난 네 몫까지 마실 생각이었거든. 난 네가 내 맞은편에 앉아 있다고 상상했어. 옛날 네 모습과 지금의 네 모습이 겹쳐 떠오르더구나. 물론 큰 차이는 없었어.

\*\*\*

안녕. 이제 베르겐에 도착했어. 호텔 방에 앉아 창밖을 내려다보고 있지. 빛은 점점 선명하고 날카롭게 변했어. 지금은 저녁이야. 올여름 들어 처음으로 계절이 바뀌었다는 느낌이 들어.

송네 피오르 남쪽에 내려갔을 때 아주 큰 교통사고를 목격했어. 그 장면을 보니 온몸이 떨리더라. 이제 호텔의 미니바를 비우면서 신문을 읽을 생각이야. 그리고 곧 잠자리에 들겠지. 내일 오전 아홉 시쯤 호텔 로비에서 만날까? 그리고 함께 루틀레달을 둘러보고 거기서 페리를 타고 솔룬으로 가면 어떨까?

널 다시 만난다는 생각, 널 다시 품에 안을 생각에 마음이 설렌다.

***

아침 식사 마치고 계속 리셉션 데스크 앞에서 서성였어. 아홉 시 십오 분. 네가 어제 내 메일에 답장을 쓰지는 않았지만, 난 네가 이리로 오는 걸로 알고 있어. 만약 올 수 없다면 전화라도 해주겠니? 어쨌든 난 지금 호텔 방에서 네 메일을 기다리고 있어.

***

벌써 열두 시야. 아직 너한테서 아무 소식도 없구나. 네 휴대전화로 전화했지만 전원이 꺼져 있더라. 몇 시간 더 기다려볼게. 그래도 너한테서 아무 소식 없으면 집으로 전화할게.

-스테인.

스테인 씨에게

솔룬이 가지고 있던 메모리 스틱을 노트북에 끼워넣어 봤습니다. 솔룬은 그 일을 당했을 때 당신 메모리 스틱을 목에 걸고 있었습니다. 하지만 나는 그 내용을 세세히 살펴보지 않았습니다. 그것이 당신과 솔룬이 주고받은 메일이라는 것을 알게 되자 더는 읽지 않았다고 고백합니다. 이제 이 남아 있는 메일들은 당신 소유가 됐습니다. 복사본은 없으리라고 짐작합니다. 왜냐면 솔룬이 컴퓨터에 저장했던 것들은 모두 삭제했으니까요. 나는 당신의 마지막 메일을 이 메모리 스틱에 함께 저장해두었습니다. 네, 당신이 솔룬에게 보냈던 마지막 메일은 내가 읽었습니다. 고통스러운 시간에 읽었던 고통스러운 내용이었다고 말해야겠군요. 당신이 이 편지를 읽을 즈음이면 이 메모리 스틱에서 모든 걸 찾을 수 있을 것입니다.

당신에겐 무슨 말을 해야 할지 모르겠습니다. 그래서 더욱 쓸모없는 겉치레는 생략하려고 하니 양해해주기 바랍니다. 고결하게 진행됐던 장례식에 관해서도 세세히 언급하지 않을 생각입니다. 애초에 나는 당신을 전혀 모르는 사람처럼 대하기로 작정했습니다. 비록 장례 행렬에서 당신과 몇 마디 나누긴 했지만 말입니다. 잉그리와 요나스에게도 당신의 신분을 밝히고 싶지 않았습니다. 사실 나는 당신이 우리 가족을 존중해서 추모식에 참석하지 않기를 바랐습니다. 장례식은 공식적인 의식이니 어쩔 수 없어도 추모식은 지극히 사적인 자리니까요. 추모식에는 일반적으로 가까운 가족이나 친지만이 참석합니다. 하지만 당신은 솔룬과 끝까지 함께하겠다고 단호하게 말했습니다. 그래서 나는 아이들에게 당신이 솔룬의 학창 시절 친구라고 소개할 수밖에 없었습니다. 이것을 양식 있는 사람의 이중적인 도덕성이라고 불러야 할까요. 당신이 뭐라고 하든 상관없습니다. 이것은 흔히 발생하기 때문에 미리 연습을 해둘 수 있는 상황과는 거리가 먼 경우니까요.

당신이 나를 옹졸한 인간이라고 비난해도 변명할 생각은 없습니다. 하지만 이 말은 꼭 하고 넘어가야겠습니다. 당신은 추모식에 당당하게 모습을 드러냈을 뿐 아니라, 추모식이 끝날 무렵 잉그리에게 농담을 걸기도 했습니다. 대체 당신은 그때 무슨 생각을 하고 있었습니까? 그동안 잠자고 있던 사교성이 갑자기 눈뜨기라도 했단 말입니까? 당신은 사람들의 관심을 받고 싶어 했고 청중을 주도하고 싶어 했습니다. 그리고 당신은 원하는 바를 얻었습니다. 하지만 잉그리가 당신 농담에 웃음을 터뜨리는 모습에 내가 큰 상처를 받았던 것도 사실입니다.

당신과 솔룬 사이에는 내가 솔룬과 함께 나누지 못한 뭔가가 있다는 것을 나는 이미 오래전에 깨달았습니다. 칠십 년대부터 당신, 아니 당신과 솔룬에 대해 자주 들어 알고 있었습니다. 솔직히 내가 '들어 알고 있다'고 했지만 자세한 내용은 하나도 없었습니다. 하지만 내게는 그것으로 충분했습니다.

나는 당신에게 이 메모리 스틱을 보내면서 몇 마디 덧붙이고 싶었습니다. 이것을 그녀의 기억에 대한 나의 책임으로 이해해주기 바랍니다. 마치 유산 정리를 하는 것 같은 기분도 듭니다. 나는 당신들이 메일을 통해 무슨 말을 나눴는지 모릅니다. 내가 알고 있었던 것은 단지 당신들이 메일을 주고받았다는 사실뿐입니다. 솔룬은 이 사실을 내게 숨기려 하지 않았습니다.

나는 요즘 이런 생각을 해봅니다. 그때 호텔에서 당신들이 만나지 않았더라면 지금 상황이 달라져 있을까? 솔룬이 죽지 않았을 수도 있지 않을까? 나는 스스로 이런 질문들을 던지는 것이 불쾌하고 달갑지 않은 제 의무 중의 하나라고 생각합니다. 솔룬은 이제 더는 이런 질문을 스스로 던질 수 있는 처지가 아닙니다. 따라서 이토록 크고 무거운 질문들을 가슴속에 홀로 지니고 살아야 한다는 것은 여간 고통스러운 일이 아닙니다.

가까운 친척들과 추모 행렬을 할 때 나는 언젠가 당신에게 연락해서 솔룬에게 무슨 일이 일어났는지 자세히 설명해주리라 마음먹었습니다. 이 메모리 스틱이 당신 것이라는 사실도 알고 있었기에 이것을 전해주면서 당신에게 몇 마디 해야겠다고 생각했습니다. 내가 아이들과 가족들 앞에서 어떤 처지에 놓여 있는지 당신은 이해하십니까? 도대체 당신은 누구였습니까?

솔룬이 세상을 떠난 뒤 남은 사람은 나밖에 없습니다. 솔룬이 남긴 자리를 채워야 하는 것도 바로 나입니다. 그러니 이제 당신과는 어떤 형태의 연락도 하지 않았으면 하는 나의 바람을 이해해주기 바랍니다.

생기에 가득 차 있던 솔룬의 마지막 모습을 본 것은 지난 토요일이었습니다. 나는 그날 오전, 솔룬이 특별하게 들떠 있다는 인상을 받았습니다. 아내는 당신이 베르겐으로 오는 중이라고 내게 말해줬습니다. 바로 그 때문에 아내가 들떠 있었던 걸까요? 나는 속 좁은 남편처럼 보이지 않으려고 당신을 저녁 식사에 초대하자고 제안했지만 솔룬은 싫다고 했습니다. 말도 안 되는 소리라고 단번에 거절하더군요. 그건 나를 위하는 솔룬의 깊은 마음이기도 했습니다. 적어도 나는 그렇게 생각했습니다.

몇 년 전 십이월로 기억합니다. 십 년, 십오년 년 전쯤이었던 것 같습니다. 나는 솔룬에게 성탄절을 맞아 아름다운 스카프 한 장과 베고니아 꽃을 선물했습니다. 그 일을 지금도 기억하는 이유는 그 스카프와 베고니아 꽃이 똑같은 진분홍색을 띠고 있었기 때문입니다. 나는 베고니아를 먼저 사고 나서 지나가던 상점에서 그와 똑같은 색의 스카프를 발견하고 당장 샀습니다.

하지만 솔룬은 그 스카프를 한 번도 두르지 않았습니다. 포장지를 뜯을 때부터 깊이 생각에 잠겨 묵묵히 앉아 있었습니다. 이유를 물었더니, 그 스카프를 보면 자기가 늙어간다는 게 느껴지기 때문이라고 했습니다. 그뿐 아니라, 그 스카프는 언젠가 당신과 함께 경험했던 기이한 일을 떠올리기 때문이라고도 했습니다. 내가 이 말을 하는 이유는 지난 칠월 우리가 그 호텔에 갔을 때도 솔룬이 비슷한 말을 했기 때문입니다. 윌스트라 호숫가를 지날 때쯤 나는 날씨에 대해 짤막하게 언급했습니다. 며칠 동안 자욱하게 그곳을 덮고 있던 안개가 걷히는 중이었습니다. 그때 솔룬은 갑자기 스카프 얘기를 꺼냈습니다. 베고니아 얘기도 했고, 삼십 년 전에 있었던 일에 대해서도 언급을 했습니다. 하지만 그 '기이한 일'이 무엇인지는 자세히 설명해주지 않았습니다. 사실, 그 얘기는 전에도 한 적이 있습니다. '스테인'에 대한 얘기도 꽤 많이 했던 것이 사실입니다. 나는 아내에게 집으로 돌아가기 전에 솔룬의 여름 별장에 잠시 들르자고 했습니다. 어쩌면 과거의 기억을 훌훌 털어버릴 수도 있지 않을까 하는 기대 때문이었습니다. 아내는 내 손을 꼭 잡으면서 그것이 바로 우리에게 필요한 거라며 내 제안에 찬성했습니다.

이제 당신에게 이 말도 한 셈이군요. 나는 솔룬을 위해 당신에게 이 모든 것을 알려야 할 책임이 있다고 생각합니다.

내가 당신의 답장을 원하지 않는다는 것도 이해해주시기 바랍니다. 나는 솔룬의 남편으로서 세상을 떠난 아내의 뒷정리를 하고 있을 뿐입니다.

아내가 세상을 떠난 날, 아내는 무슨 이유에서인지 그 오랜 스카프를 꺼내 놓았습니다. 나는 병원에서 돌아오고 나서야 책상에 놓여 있던 그 스카프를 봤습니다. 십 년 전, 또는 십오 년 전 내가 아내에게 선물했던 상태 그대로 여전히 곱게 접힌 채 선물상자 안에 들어 있었습니다. 도대체 왜 그랬을까요? 왜 아내는 스카프를 다시 꺼내놓았을까요?

나는 그 선물상자 안에 지금 당신이 읽고 있을 이 메모리 스틱을 함께 넣었습니다. 왜냐면 나는 스카프와 메모리 스틱이 내가 아니라 당신에게 속한 물건이라고 생각했기 때문입니다. 나는 솔룬이 떠나간 지금, 당신의 소유물은 아무것도 이 집에 남겨두지 않기로 했습니다. 나는 당신과 솔룬이 주고받은 메일을 요나스가 훔쳐보는 것도 원하지 않습니다. 그리고 잉그리가 그 스카프를 물려받는 것도 원하지 않습니다. 나는 다시 살아가야 합니다. 한 사람이 세상을 떠나고 나면 뒤처리해야 할 일이 한두 가지가 아닙니다. 은

행계좌도 정리해야 하고, 잡지 정기 구독도 중단해야 합니다. 내겐 당신도 정리해야 할 과제 중 하나일 뿐입니다.

오늘 오전 잠시 사무실에 다녀왔습니다. 아내는 친구를 만나러 간다면서 나와 함께 집에서 나왔습니다. 저녁 전에 돌아올 수 없을 것 같다면서 늦어질지도 모르겠다고 했습니다. '아주 많이' 늦어질지도 모른다고 덧붙이더군요.

아내는 그 친구가 어디 사는 누구인지 말하지 않았습니다. 나는 아내가 왜 송은 북쪽으로 가는지 궁금했습니다. 왜냐면 거기 산다는 친구 얘기를 들어본 적이 없었으니까요. 어쨌든, 아내는 늦게까지 돌아오지 못할 거라고 말한 뒤에 집을 나섰습니다.

나는 아내가 솔룬까지 갈 리는 없다고 생각했습니다. 하지만 왜 목적지를 말하지 않았을까요? 그리고 왜 차를 가져가지 않았을까요? 왜 하필이면 교통체증이 심한 에우로파 길을 걸을 생각을 했던 걸까요?

아내가 사고를 당한 지점은 오페달 남쪽 E39 도로였습니다. 더 정확히 말하면 브레케와 루틀레달로 향하는 갈림길이었습니다. 버스 기사는 아내가 베르겐에서 버스를 탔으며, 인스테 피오르의 어느 외딴 마을에서 내렸다고 확인해줬습니다. 버스 기사는 종점인 오페달에서 차를 돌렸고, 왔던 길을 되돌아가다 보니 아내가 여전히 거기 서 있었다고 진술했습니다.

솔룬은 예측 불가능한 여자였습니다. 하지만 지금 와서 이런 말을 하는 게 무슨 소용이 있겠습니까? 혹시 오슬로에서부터 베르겐

북쪽으로 왔던 사람이 당신이었던가요? 그렇진 않을 것이라 짐작합니다만… 당신이 그날 베르겐으로 왔다면 기차를 타고 왔으리라고 생각했습니다.

아내는 송네 피오르에서 남쪽으로 몇 킬로미터 떨어진 지점에서 트레일러에 치였습니다. 그곳 제한속도는 시속 80킬로미터였지만 긴 내리막길을 달리는 육중한 트레일러는 최소한 100킬로미터 시속으로 달렸으리라 짐작합니다. 더구나 그곳은 시야가 나빴죠. 트레일러 운전수는 오페달에서 출항하는 페리를 놓치지 않으려고 한껏 속력을 냈다고 합니다. 아마 그 운전수는 긴 세월을 감옥에서 보내게 될 겁니다.

어이없는 일이지만, 그 운전수도 장례식에 참석했습니다. 하지만 추모식에는 얼굴을 내밀지 않는 예의는 갖췄습니다. 만약 그가 추모식에도 모습을 드러냈다면 나는 단번에 그를 쫓아냈을 겁니다. 경찰에 신고했을지도 모릅니다.

토요일 사무실에서 잔무를 해결하고 있을 때, 헤우켈란 병원에서 전화가 왔습니다. 병원에서는 사고 소식과 함께 구급 헬리콥터로 솔룬을 이송했다고 알려줬습니다. 상태가 위중하다는 말과 함께. 나는 아이들이 오기 전에 서둘러 병원에 누워 있을 솔룬에게 달려갔습니다. 아내의 상태가 위중하다는 것은 한눈에 알아볼 수 있었습니다. 그런데 솔룬이 갑자기 눈을 떴습니다. 눈동자가 아주 맑았습니다. 솔룬이 말했습니다.

"만약 내가 틀렸다면 어떡하지? 어쩌면 스테인의 말이 맞았을지도 몰라!"

진실은 어린 아이와 술 취한 자들의 입에서만 나오는 것이 아닙니다. 죽어가는 사람들에게서도 때로 진실을 들을 수 있습니다.

"어쩌면 스테인 말이 맞았을지도 몰라…"

당신에게는 이 말이 어떻게 들립니까? 기분이 좋습니까?

나는 책임감 때문에 솔룬이 생애 마지막으로 했던 이 말을 당신에게 전합니다. 나는 솔룬이 무슨 뜻으로 이 말을 했는지 모릅니다. 당신은 알고 있겠죠. 물론 나도 짐작은 합니다만, 그것은 어디까지나 짐작에 불과합니다.

돌이켜 생각하니 지난여름 당신들이 그 호텔에서 재회했던 것은 운명이었던 것 같기도 합니다. 솔룬은 그날 이후 전혀 다른 사람이 된 것 같았으니까요.

나는 솔룬이 매우 종교적인 사람이라는 것을 잘 알고 있습니다. 어쩌면 당신도 알고 있을지 모르겠습니다. 솔룬은 이 세상의 삶 이후에 또 다른 세상의 삶이 있다고 확고하게 믿고 있었습니다. 내 생각에 당신은 매우 이성적인 사람인 것 같습니다만… 내 짐작이 맞습니까? 더욱이 당신은 기후 연구자, 과학자가 아닙니까? 나는 삶에 대한 당신과 솔룬의 관점이 서로 대립했으리라고 짐작합니다.

나는 솔룬이 평온하게 살기만을 바랐습니다. 그것은 지금도 마찬가지입니다. 솔룬의 영혼에 평온이 깃들기를 바랄 뿐입니다. 솔룬은 빛이자 불꽃이었습니다. 또한 솔룬은 참으로 예민한 사람이었고, 영적인 능력도 있었던 여자였습니다.

"어쩌면 스테인의 말이 맞았을지도 몰라⋯."

나를 바라보는 솔룬의 눈빛에는 차츰 절망이 깃들기 시작했습니다. 나는 고통스럽기까지 한 슬픔과 절망으로 몸을 떨었습니다. 솔룬은 다시 의식을 잃었습니다. 사경을 헤매던 아내는 마지막으로 눈을 뜨고 나를 바라봤습니다. 그때 그 텅 빈 시선은 너무도 허무하고 무기력해 보였습니다. 어쩌면 더는 할 말이 없었는지도 모르겠습니다. 마지막 작별 인사를 건넬 힘이 남아 있었는지 모르겠지만, 솔룬은 끝내 아무 말도 하지 않았습니다.

스테인 씨, 솔룬은 믿음을 잃었습니다. 희망을 잃고 절벽 아래 심연으로 떨어졌습니다. 너무 큰 상처를 받고 고통스러워한 영혼이었습니다.

당신 말이 맞았을지도 모른다던 솔룬의 말은 대체 뭘 의미하는지요? '맞는다'는 '그것'은 뭔가 아주 중요한 것입니까? 당신에게는 다른 사람의 믿음에 의혹을 심어놓는 능력과 의지가 그토록 중요했단 말입니까? 아니, 나는 당신의 대답을 듣고 싶지 않습니다. 그 이유를 정확히 알 수 없지만, 나는 당신이 입센 소설의 어느 불평쟁이 등장인물처럼 나와 솔룬의 삶에 끼어들었다는 느낌을 지울 수 없습니다. 문득 바닷가에서 나타난 낯선 사람처럼 말입니다. 아니 당신은 입센의 희곡 「들오리」[16]에 나오는 그레거스 베를

---

16) 들오리(1884): 헨릭 입센이 1884년 발표한 희곡 작품으로 원제목은 *Vildanden*이며 야생오리라는 뜻을 지니고 있다. 우리나라에는 「들오리」라는 제목으로 번역, 출간되었다.

레였던가요? 그렇다면 나는 렐링 역할을 자청해야겠습니다. 그리고 솔룬의 작은 서재에 앉아 창밖 시내 정경을 말없이 바라볼 작정입니다.

아내는 겨울이 오기 전에 솔룬으로 가서 바다를 향해 마지막 작별 인사를 해야겠다고 말했습니다. 아내는 자주 그런 여행을 혼자 계획하곤 했습니다. 하지만 이번에는 당신과 함께 바다에 작별 인사를 할 예정이었나요? 지난 칠월에 갑자기 둘이 함께 산에 올랐던 것처럼.

내가 왜 이런 질문을 하는지 모르겠습니다. 대답을 원하는 것도 아닌데 말입니다. 물론 대답을 듣는다고 해도 이제 와서 무슨 의미가 있겠습니까….

당신은 결국 베르겐으로 왔습니다. 하지만 한발 늦게 도착했지요. 이미 모든 것이 끝난 뒤에 당신은 그날 오후 우리 집으로 전화를 걸었습니다. 우리는 병원에서 막 돌아와 있던 참이었습니다. 전화를 받았던 잉그리는 당신이 누구인지도 모르며, 낯선 사람과 얘기할 기분이 아니라고 했습니다. 나는 식탁 앞으로 몸을 숙여 잉그리에게 나직이 속삭였습니다. 나는 전화를 건 사람이 누군지 알고 있다고. 하지만 나 또한 당신과 얘기할 기분이 아니었습니다. 그래서 결국 요나스가 전화를 받았고, 솔룬이 세상을 떠났다는 소식을 당신에게 전했습니다.

그런데 당신은 그 후에 무엇을 했습니까? 장례식 날까지 계속 베르겐에 머물렀습니까? 아니면 바다를 보러 솔룬으로 떠났습니까?

제 질문은 수사적인 질문일 뿐이니 괘념할 필요는 없습니다.

나는 이 편지를 계기로 다시는 당신과 접촉하는 일이 없기를 바랍니다. 나는 당신이 이런 나의 소망과 결심을 존중해주기만을 바랄 뿐입니다. 앞으로 아이들을 키우고 이런저런 일상을 살아가다 보면 그것만으로도 힘겨울 듯해서 드리는 말씀입니다.

솔룬이 없으니 집이 많이 허전합니다. 아마 나 외에도 솔룬을 그리는 사람이 많으리라 짐작합니다. 나는 비록 렐링 역할을 자청하긴 했지만, 앞으로도 솔룬을 그저 그런 평범했던 사람으로 기억하지는 않을 것입니다.

이것으로 글을 맺겠습니다.

— 닐스 페터

피레네의 성

1판 1쇄 발행일 2016년 11월 30일
지은이 | 요슈타인 가아더
옮긴이 | 손화수
펴낸이 | 임왕준
편집인 | 김문영
펴낸곳 | 이숲
등록 | 2008년 3월 28일 제301-2008-086호
주소 | 서울시 중구 장충단로8가길 2-1(장충동 1가 38-70)
전화 | 2235-5580
팩스 | 6442-5581
홈페이지 | www.esoope.com
페이스북 | www.facebook.com/EsoopPublishing
Email | esoope@naver.com
ISBN | 979-11-86921-28-9 03850
ⓒ 이숲, 2016, printed in Korea.
표지 저작권 ⓒ René Magritte / ADAGP, Paris - SACK, Seoul, 2016